KYLIE SCOTT

Sweet Little Lies

KYLIE SCOTT

sweet little lies

Roman

Ins Deutsche übertragen von Katrin Reichardt

LYX

LYX in der Bastei Lübbe AG
Dieser Titel ist auch als E-Book und als Hörbuch erschienen.

FSC
www.fsc.org
MIX
Papier aus verantwortungsvollen Quellen
FSC® C014496

Die Originalausgabe erschien 2019 unter dem Titel »Lies«.

Published by arrangement with Kylie Scott.
Dieses Werk wurde im Auftrag der Jane Rotrosen Agency LLC vermittelt durch die Literarische Agentur Thomas Schlück GmbH, 30161 Hannover

Für die deutschsprachige Ausgabe:

Textredaktion: Andrea Kalbe
Umschlaggestaltung: © ZERO Werbeagentur, München
unter Verwendung eines Motivs von © PixxWerk, München
Satz: Greiner & Reichel, Köln
Gesetzt aus der Adobe Caslon
Druck und Verarbeitung: GGP Media GmbH, Pößneck
Printed in Germany
ISBN 978-3-7363-1439-9

1 3 5 7 6 4 2

Sie finden uns im Internet unter lyx-verlag.de
Bitte beachten Sie auch: luebbe.de und lesejury.de

PLAYLIST

»Fake Love« von BTS
»It's a Heartache« von Bonnie Tyler
»Tear Me to Pieces« von Meg Myers
»Secrets« von Mary Lambert
»Here You Come Again« von Dolly Parton
»Bad Guy« von Billie Eilish
»Barracuda« von Heart
»Cuz I Love You« von Lizzo
»Piece of My Heart« von Janis Joplin
»Little of Your Love« von Haim

1. KAPITEL

»Du wirst ihm das Herz brechen.«

»Nein, werde ich nicht«, widerspreche ich. »Darum geht es doch gerade. Wenn ich wirklich glaubte, ich würde ihm mit meiner Trennung das Herz brechen, würde ich es gar nicht erst tun.«

Meine beste Freundin Jen sieht nicht überzeugt aus.

Das halbe Zimmer ist mit Kartons vollgestellt. Was für ein Chaos. Wer hätte gedacht, dass man in nur zwölf Monaten so viel Krempel anhäufen kann? Wenigstens waren wir nicht so lange zusammen, dass ich vergessen habe, wem was gehört. Was das anbelangt, ist ein Jahr offenbar der perfekte Zeitpunkt für eine Trennung.

»Es ist nun mal Tatsache, dass wir uns nicht lieben. Dementsprechend haben wir auch nicht das Recht, verlobt zu sein, geschweige denn zu heiraten.« Ich seufze. »Hast du das Packband irgendwo gesehen?«

»Nein. Aber er ist so ein netter Kerl.«

»Darüber diskutiere ich nicht.« Ich rapple mich auf und steige die Treppe zum zweiten Schlafzimmer hinauf. Hier befindet sich Thoms Homeoffice/inoffizieller Fitnessraum. Normalerweise betrete ich dieses Zimmer nicht. Zum Glück muss ich nur kurz herumstöbern, bis ich entdecke, was ich suche. Man kann über Versicherungsgutachter sagen, was man will – gut organisiert sind sie auf jeden Fall. In der untersten Schublade von Thoms Schreibtisch findet sich eine nette kleine Auswahl an Büromaterialien. Ich nehme mir einige Rollen dickes Klebeband.

»Und ihn auf diese Art zu verlassen …«, fährt Jen fort, als ich wieder nach unten komme.

»Wie oft habe ich ihm schon gesagt, dass wir reden müssen? Aber er schiebt es immer auf die lange Bank, behauptet, dass nicht der richtige Zeitpunkt dafür wäre. Gerade ist er schon wieder nicht da. Ich habe ihm vergangene Woche andauernd Nachrichten geschickt, aber er antwortet nur sporadisch.«

»Du weißt doch, wenn er einen Auftrag bekommt, muss er alles stehen und liegen lassen. Mir ist durchaus klar, dass er nicht unbedingt ein aufregender Mann ist, Betty, aber –«

»Ich weiß.« Ich klatsche schwungvoll ein Stück Packband auf den Deckel des letzten Kartons und klebe ihn zu. Ich weiß, dass ich bei der Operation »Alle Mann von Bord« mehr oder weniger die Böse bin. Aber nicht nur. Im Verhältnis sechzig zu vierzig würde ich sagen. Oder vielleicht auch siebzig zu dreißig. Schwer zu beurteilen. »Ich weiß das alles. Aber er ist immer mit der Arbeit beschäftigt oder auf Geschäftsreise. Was soll ich denn tun?«

Von Jen kommt nur ein Seufzen.

»Wenn einem bewusst geworden ist, dass man einen derart gravierenden Fehler begangen hat, ist es schwer, nur herumzusitzen und darauf zu warten, dass sich das Problem von alleine löst. Außerdem ist es uns beiden gegenüber nicht fair, sich weiter etwas vorzumachen.«

»Kann schon sein.«

»Und die Tatsache, dass er sich schon wieder kein bisschen bemüht hat, unserer Beziehung Vorrang einzuräumen und in seinem vollen Terminkalender ein wenig Zeit für mich zu finden, beweist einmal mehr, dass mein Entschluss, es jetzt zu beenden, bevor alles noch komplizierter wird, richtig ist. Und damit Schluss.«

Sie sagt nichts.

»Außerdem solltest du doch eigentlich auf meiner Seite stehen. Hör auf, an mir zu zweifeln.«

»Du wolltest unbedingt heiraten und Kinder haben.«

»Ja.« Ich hocke mich auf meine Fersen. »Wahrscheinlich liegt das daran, dass ich als Kind zu oft mit Kens und Barbies Traumhaus gespielt habe. Aber ich habe festgestellt, dass man sich in einer Beziehung mit dem Falschen viel einsamer fühlen kann, als wenn man alleine ist.«

Jen und ich sind schon befreundet, seitdem wir uns am College ein Zimmer geteilt haben. Wir haben die Beziehungshochs und -tiefs der jeweils anderen miterlebt. Aus irgendeinem Grund scheine ich eine Frau zu sein, mit der Männer zwar ausgehen, aber nicht zusammenbleiben. Offensichtlich bin ich gut fürs Bett, jedoch nicht für eine Beziehung geeignet. Vielleicht liegt es an meiner großen Klappe. Oder vielleicht daran, dass ich nicht den aktuellen Schönheitsidealen entspreche, sprich, dass ich dick bin. Vielleicht wurde ich unter keinem guten Stern geboren. Keine Ahnung – ist das Pech der anderen, nicht meines. Wie jeder habe ich Fehler, aber alles in allem bin ich toll. Ich habe viel zu geben. Diese Tatsachen musste ich mir in den vergangenen Monaten viel zu oft ins Gedächtnis rufen.

»Es laufen einfach so viele Idioten herum«, meint Jen. »Ich hatte mich für dich gefreut, dass du einen anständigen Mann gefunden hast.«

»Ich glaube, mir ist ein Idiot, der mich wirklich mag, lieber als ein netter Kerl, der nur der Form halber mit mir zusammen ist. Ehrlich gesagt lege ich mir lieber ein Dutzend Katzen zu und gewöhne mich an die Vorstellung, in völliger Abgeschiedenheit alleine alt zu werden, als mit jemandem zusammenzubleiben, der mich wie ein lästiges Anhängsel behandelt.«

Sie sieht mich ziemlich lange an, bevor sie schließlich nickt. »Tut mir leid, dass es nicht geklappt hat.«

»Mir auch.«

»Es wird Zeit, die Autos zu beladen. Oh Mann, dafür schuldest du mir aber was.«

Ich lächle. »Das tue ich.«

Jen steht auf und streckt sich, bevor sie sich eine der Umzugskisten schnappt, die mit »Küche« beschriftet sind. »Ich wollte nur verhindern, dass du etwas tust, was du womöglich hinterher bereust. Verstehst du?«

»Ich weiß. Danke.«

Nun stehe ich allein in unserer Dreizimmerwohnung, und es ist ganz still. Mein Abschiedsbrief, auf dem vorne sein Name steht, wartet auf dem Wohnzimmertisch. Eine leichte Wölbung im Umschlag verrät, dass mein Verlobungsring darin steckt. Es ist ein hübscher, einfacher Ring aus Gelbgold, der mit einem einzelnen kleinen Diamanten besetzt ist. Meine Hand fühlt sich ohne ihn seltsam an. Nackt. Es heißt, es gebe verschiedene Liebessprachen und man müsse sich die Zeit nehmen, um die Bedürfnisse seines Partners zu verstehen. Ich habe den Eindruck, dass er und ich nie so weit gekommen sind. Oder vielleicht bin ich in Sachen Beziehung auch einfach nur eine Null.

Die Brautmodenmagazine, die sich bei mir angesammelt haben, liegen im Müll. Vielleicht hätte ich sie lieber in den Blumenladen, wo ich arbeite, mitnehmen sollen, damit jemand anderes noch etwas Sinnvolles damit anfangen kann. Aber sie wegzuwerfen fühlt sich symbolträchtiger an, endgültiger. Meine Familie lebt in einem anderen Staat, und sonst kenne ich nur wenige Menschen, die ich als gute Freunde bezeichnen würde. Introvertiert zu sein macht es schwierig, neue Leute kennenzulernen. Einen Lebensgefährten oder sogar einen Ehemann zu haben würde bedeuten, dass ich nicht mehr alleine bin. Dass es jemanden gibt, der mich gernhat, sich um mich kümmert und mich an erste Stelle setzt. Zumindest die meiste Zeit. Nur tut Thom das leider überhaupt nicht, und genau aus diesem Grund stehe ich jetzt hier.

Ich straffe meinen langen dunklen Pferdeschwanz. In einem für meine Verhältnisse außergewöhnlich geschickten Manöver, auf das mein Yogalehrer sicher mächtig stolz wäre, schnappe ich mir gleich drei Kisten auf einmal und klemme sie mir unter den Arm. Ich trage sie nach draußen in die Nachmittagshitze. Jens Honda Civic parkt am Straßenrand. Sie hat die Heckklappe geöffnet und räumt im Kofferraum herum. Mein alter Subaru wartet in der Auffahrt darauf, beladen zu werden. Vögel singen, und Insekten zirpen. Es ist einer dieser typischen milden Herbsttage in Kalifornien.

Dann fliegt hinter mir die Wohnung in die Luft.

Als ich wieder zu mir komme, liege ich auf dem Rasen vor dem Haus auf mehreren zerdrückten Umzugskisten. Anscheinend haben sie den Aufprall abgefedert. Meine Ohren klingeln, während Rauch in den Himmel aufsteigt. Die Wohnung steht in Flammen. Zumindest das, was noch von ihr übrig ist. Das kann doch nicht wahr sein.

»Betty!«

Ich versuche, mich in die Richtung umzudrehen, aus der Jens Stimme kommt, aber ich kann mein Auge nicht öffnen. Als ich die Stelle betaste, klebt Blut an meinen Händen. Außerdem schmerzt mein Gehirn. Es fühlt sich an, als hätte mich jemand am Kragen gepackt und kräftig durchgeschüttelt.

»Oh mein Gott, Betty«, keucht sie und fällt neben mir auf die Knie. Aus irgendeinem Grund ist sie ganz unscharf, ihre vertrauten Gesichtszüge sind verschwommen. »Geht es dir gut?«

»Klar«, sage ich, bevor alles schwarz wird.

Als ich das nächste Mal aufwache, liege ich in einem fahrenden Fahrzeug. Es sieht so aus, als befände ich mich in einem Krankenwagen. Nur dass hier irgendetwas nicht stimmt. Eine Frau leuchtet mir mit einer kleinen Taschenlampe in die Augen, die sie anschließend einfach hinter sich wirft. Sie trägt auch keine Sanitäterkleidung, sondern eine enge schwarze Hose und ein Trägerhemd.

»Die Gute hat Glück gehabt. Sie hat nur eine leichte Gehirnerschütterung und eine kleine Schnittwunde an der Stirn«, sagt die Frau mit englischem Akzent. Dann reißt sie ein Desinfektionstuch aus der Packung und macht sich daran, mir nicht gerade sanft das Blut aus dem Gesicht zu wischen. »Sie entspricht jedenfalls nicht seinem üblichen Frauentyp.«

»Was hattest du denn erwartet?«, fragt der Fahrer.

»Ich weiß auch nicht. Wahrscheinlich eine, die weniger füllig und unscheinbar ist.«

Er schnaubt.

»Sie ist aufgewacht«, sagt die Frau.

»Das kommt ungelegen.«

»Ich kümmere mich darum.« Sie lässt das Desinfektionstuch fallen und nimmt sich eine Spritze.

»H-halt«, stottere ich. Mein Mund ist staubtrocken, und meine Muskeln schmerzen. »Was ist hier los?«

Ohne ein weiteres Wort sticht sie mir die Spritze in den Arm und drückt den Kolben herunter. Es geht alles so schnell. Ich versuche, mich zu bewegen, sie wegzustoßen, aber sie ist zu stark, und ich komme nicht gegen sie an. Nicht in meinem momentanen Zustand. Während mir wieder schwarz vor Augen wird, sehe ich noch, dass an der Seite eine weggeworfene Sanitäter-Uniform liegt.

»Wer sind Sie?«, murmele ich und spüre, wie meine Lippen, mein Gesicht und der Rest meines Körpers langsam taub werden.

»Freunde«, antwortet sie. »Na ja, gewissermaßen.«

Der Fahrer lacht nur.

Mein Bewusstsein kehrt nur langsam zurück. Als triebe ich unter Wasser, in einem Ozean aus Nacht. Diesmal sitze ich jedoch aufrecht auf einem Stuhl, in einem großen, spärlich beleuchteten Raum. Da mir jemand die Schuhe gestohlen hat, spüre ich unter den Füßen den kalten nackten Boden. Ich fühle mich benommen und fürchterlich. Meine Hände sind schmerzhaft fest hinter meinem Rücken gefesselt. Dann verschwinden die Schatten, als mir mit einem hellen Licht ins Gesicht geleuchtet wird. Es ist grell und schrecklich, und sofort rast eine neue Woge aus Schmerz durch meinen ohnehin schon pochenden Kopf. Als Nächstes bekomme ich einen Eimer eiskaltes Wasser ins Gesicht.

»Aufwachen!«, schreit mich die schattenhafte Silhouette eines Mannes an. »Es wird Zeit, dass wir uns unterhalten, Miss Elizabeth Dawsey.«

Ich zucke zusammen und erschauere. »W-wo bin ich?«

»Ich stelle die Fragen, und du beantwortest sie mir. So läuft das hier.«

»Ist das alles denn wirklich nötig?«, fragt die Frau mit dem britischen Akzent. Ihre Stimme kommt von weiter hinten aus dem Raum. »Er wird nicht erfreut sein.«

»Du hältst den Mund«, blafft der Mann.

Da mir das blendende Licht noch immer in die Augen scheint, kann ich kaum etwas erkennen. Unter meinen nackten

Füßen spüre ich Beton, und die Luft im Raum ist staubig. Ich könnte mich so ziemlich überall befinden. »Ich verstehe nicht. Wer sind Sie eigentlich?«

Schwere Schritte kommen auf mich zu. Dann: *klatsch!* Seine Hand fährt auf meine Wange nieder. Dreckskerl. Mich hat noch nie jemand geschlagen. Es ist ein Riesenschock. Mein Gesicht pocht schmerzhaft, und ich schmecke Blut. Anscheinend habe ich mir auf die Zunge gebissen. Allerdings tut mir sowieso mehr oder weniger alles weh.

»An deiner Stelle hätte ich das nicht getan«, sagt die Frau.

Doch der Mann beachtet sie nicht weiter und tritt wieder hinter die Lichtquelle zurück. »Was fällt dir zu dem Wort ›Wolf‹ ein?«

»Wolf?«, frage ich.

»Beantworte die Frage.«

»Ich weiß nicht … Was meinen Sie damit?« Ich zittere, und das nicht nur vor Angst, sondern auch, weil mir unter meinen durchnässten Kleidern eisig kaltes Wasser über die Haut rinnt. »Das Tier?«

»Was denn sonst?«

»Fell? Zähne? Haus Stark? Keine Ahnung.«

Die Frau lacht auf.

»Erzähl mir von deinem Verlobten«, fordert er. »Sag mir alles, was du über diesen Mann weißt.«

Das ergibt für mein ohnehin benebeltes Hirn alles absolut keinen Sinn. »Aber warum? Thom hat nichts verbrochen. Herrgott, er ist Versicherungsgutachter. Wann immer es gebrannt hat oder es eine Überflutung gab, geht er hin und hilft den Leuten bei der Feststellung ihrer Versicherungsansprüche. Das tut er momentan auch. Er ist in Florida, um Schäden zu begutachten, die dieser Wirbelsturm hinterlassen hat. Es kam doch in den Nachrichten.«

»Bist du dir da sicher?«

»Was wollen Sie damit andeuten?« Plötzlich bekomme ich Angst. »Es geht Thom doch gut, oder? Ich meine, es kann ihm bei der Explosion nichts passiert sein. Er hält sich auf der anderen Seite des Landes auf.«

»Nein, bei der Explosion war er nicht in der Nähe. Erzähl mir mehr über ihn.«

»Ähm, wir haben uns in einer Bar in der Innenstadt kennengelernt und sind etwas über ein Jahr zusammen. Er arbeitet viel und fleißig. Er sieht sich gern Footballspiele an und mag es, morgens laufen zu gehen. Sein Lieblingsessen ist Lasagne, und er trinkt gern Bud Light, obwohl es wie Spülwasser schmeckt.«

»MEHR.«

»Ich weiß nicht, was Sie von mir wollen«, schreie ich. Ich hatte noch nie in meinem ganzen Leben solche Angst.

»Beschreib ihn mir.«

»Er ist ein ganz gewöhnlicher Mann. Mittelgroß. Sportlich, aber nicht muskulös. Braune Augen und braune Haare. Er ist einunddreißig.«

»Ticktack, ticktack«, sagt die Frau. »Dir bleibt nicht mehr viel Zeit.«

»Und wessen verdammte Schuld ist das?«, faucht der Mann.

»Ich habe ihr anscheinend etwas mehr von dem Schlafmittel verpasst als beabsichtigt. Hoppla.«

Er schnaubt. »Red weiter, Miststück.«

Ich habe hämmernde Kopfschmerzen. »Ich, ähm ... Er schläft auf der rechten Seite des Bettes.«

»Welche Waffen bewahrt er im Haus auf?«

»Meinen Sie so was wie Pistolen? Keine. Ich hasse diese Dinger. Das tun wir beide.«

Die Frau lacht schon wieder. »Sie ist nicht besonders helle, was?«

»Red weiter«, wiederholt der Mann.

»Thom ist ein anständiger Mensch. Er ist nett … höflich. Hält nichts von sozialen Medien. Hat keine nahen Angehörigen.« Was ich ihnen erzähle, ist weder verfänglich noch irgendwie interessant. Trotzdem habe ich ein schlechtes Gewissen, weil ich überhaupt etwas sage. Aber was um alles in der Welt soll ich sonst tun? »Warum wollen Sie das wissen? Ich verstehe das alles nicht. Was hat er getan? Worin ist er verwickelt?«

»Wer sagt, dass er in irgendetwas verwickelt ist?«

»Die Tatsache, dass ich hier bin und Sie mich verhören, ist ein deutlicher Hinweis darauf, dass etwas nicht in Ordnung ist.«

»Pass bloß auf. Ich glaube, du weißt es gar nicht richtig zu schätzen, wie nett ich zu dir bin«, droht der Widerling. »Es könnte für dich auch sehr schnell sehr viel unangenehmer werden. Du ahnst nicht, wie unangenehm.«

»Ich weiß nicht, was Sie wollen. Haben Sie die Wohnung in die Luft gejagt?« Mein Herz schlägt wie wild, und ich bekomme nicht genug Luft. »Werden Sie mich töten?«

»Du stellst mir schon wieder Fragen. Tss. Du kapierst es einfach nicht. Vielleicht würdest du gern mal eine Runde Waterboarding ausprobieren? Klingt das unterhaltsam für dich?«

Ich schluchze erstickt.

»Ich kann dir sagen, das setzt einem heftig zu. Es fühlt sich für dich genau so an, als würdest du ertrinken. Du bekommst keine Luft mehr, und Wasser dringt in deine Lunge ein. Glaub mir, das tut verdammt weh. Deine Nasennebenhöhlen fühlen sich an, als würden sie explodieren. Irgendwann, Betty, verlierst du schließlich das Bewusstsein. Dann werde ich dich nicht gerade sanft aufwecken, und wir fangen wieder von vorne an.« Der sadistische Mistkerl lacht. »Ich tue das wirklich sehr ungern. Aber, weißt du, ich glaube einfach, dass du mir gegenüber nicht ganz aufrichtig bist. Wirklich bedauerlich. Dieser ganze Football- und Lasagne-Blödsinn. Das sind nur oberflächliche Informationen. Du musst mehr wissen über diesen Mann, mit dem du zusammenwohnst. Den Mann, den du heiraten wirst. Inzwischen müsstest du eigentlich all seine Geheimnisse kennen, oder?«

Ich schüttle den Kopf. »Thom hat keine Geheimnisse.«

»Jeder hat Geheimnisse.«

»Nein, Thom nicht. Ich meine, er hasst seinen Chef und trinkt seinen Kaffee schwarz«, plappere ich los. Die Worte sprudeln so hastig aus mir heraus, dass sie geradezu übereinanderstolpern. »Er ist etwas einzelgängerisch. Hat nur wenige Freunde, die er v-vom College kennt, von der Arbeit … Ich weiß nicht … Oh Gott.«

»Redest du mit deinen Freunden über Thom?«

»Na ja, ich rede mit meiner Freundin Jen. Moment mal, wo ist Jen? Haben Sie sie auch verschleppt?«

»Die Freundin ist aus der Sache raus«, sagt die Frau. »Sie ist sauber.«

»Geht es Jen gut?«, wiederhole ich. »Haben Sie ihr etwas getan?«

»Deiner neugierigen kleinen Freundin geht es bestens. War nicht einfach, sie davon zu überzeugen, nicht in den Rettungswagen zu steigen«, sagt der Mann. »Vielleicht hätten wir sie mitnehmen sollen. Ich glaube, um deinem Gedächtnis auf die Sprünge zu helfen, brauchst du etwas mehr Ansporn.«

»Bist du sicher?«, fragt die Frau.

»Schalt mal deinen Kopf ein«, fährt er sie an. »Wenn sie die Wohnung gefunden haben, dann wissen sie auch über sie Bescheid. Und wenn sie von ihr wissen, haben sie sicherlich versucht, sie zu kompromittieren. Leg sie auf den Boden.«

»Oh nein. Ich bin nur Zuschauer«, sagt die Frau. »In dieser Sache bist du auf dich allein gestellt.«

Das Licht wird ausgeschaltet, und vor meinen Augen tanzen weiße Flecken. Ich blinzle und blinzle, aber es dauert trotzdem eine Weile, bis ich wieder etwas sehen kann. Derweil höre ich Geräusche. Ein Wasserhahn, der aufgedreht wird. Wieder schwere Schritte. Das kaum hörbare Zischen der Klimaanlage, die sich einschaltet.

Nach und nach schärft sich mein Blick. So, wie es aussieht, befinden wir uns in einem leeren Keller. Die weit oben liegenden schmalen Fenster sind vernagelt. Er hat unverputzte Backsteinwände und einen Betonboden. Der Mann steht ein Stück weit weg neben einer Waschwanne und hat mir den Rücken zugewandt. Er ist groß, komplett in Schwarz gekleidet, und sein Kopf ist kahl rasiert. Die Frau hat sich lässig an eine Wand gelehnt und inspiziert ihre Fingernägel. Sie ist klein, hat kurzes dunkles Haar und goldbraune Haut.

Das ist alles nicht real. Das kann es nicht sein. Mir tut alles weh. Und in Kürze werden noch mehr Schmerzen auf mich zukommen.

Jemand trabt die Treppe hinunter und kommt nach und nach in Sicht. Zuerst schwarze Stiefel. Dann eine Jeans. Dann ein weit geschnittenes graues T-Shirt. Schließlich sehe ich sein Gesicht …

Es ist Thom.

Ich bin unendlich erleichtert. Er ist hier. Es geht ihm gut. Oh, Gott sei Dank. Obwohl: Jetzt, da ich ihn mir genauer betrachte, fällt mir auf, dass etwas an ihm anders ist als sonst. Mein benebeltes Hirn kommt nicht dahinter, was genau nicht stimmt. Als wäre dieser Mann Thoms Doppelgänger. Er sieht zwar aus wie er, aber sein Gesichtsausdruck …

Oh liebe Güte. Was, wenn sie ihm auch etwas antun?

»Thom«, keuche ich, »nicht.«

Er bedenkt mich lediglich mit einem flüchtigen Blick. »Was geht hier vor?«

Der Widerling dreht sich um und sieht äußerst angesäuert aus. Er lässt noch immer das Wasser laufen, vermutlich in einen Eimer. Außerdem hält er ein abgerissenes Stück von einem Handtuch in der Hand. »Wolf.«

»Spider«, sagt Thom.

»Da wir sie mitnehmen mussten, wollten sie, dass wir eine Gefährdungsabschätzung durchführen«, sagt die Frau. Sie lehnt noch immer lässig an der Wand.

»Die Aktion ist genehmigt«, knurrt der Mann.

»Und ihr wart der Ansicht, das würde bedeuten, dass ihr sie fesseln und foltern sollt?«, fragt Thom. »Das wage ich zu bezweifeln.«

Die Frau seufzt. »Damit das klar ist – ich habe ihm gleich gesagt, dass das keine gute Idee ist.«

»Damit hattest du recht.«

»Hey, jetzt mal langsam.« Der Mann hebt beschwichtigend die Hände. »Ich hatte ja nicht vor, es wirklich zu tun. Ich habe sie damit nur unter Druck setzen wollen. Du weißt doch, wie das läuft. Man muss –«

Alles geht unfassbar schnell. Es ist nur eine Angelegenheit von Sekunden, mehr nicht. Thoms Hand schnellt vor und trifft Spiders Luftröhre. Der Mann krümmt sich und schnappt keuchend nach Luft.

Thom zieht unterdessen in aller Seelenruhe eine Pistole aus dem Gürtel.

In einer fließenden, anmutigen Bewegung holt er aus und schlägt dem Mann den Pistolengriff seitlich gegen den Kopf. Der geht sofort zu Boden.

»Genau das wollte ich auch schon seit Jahren tun«, sagt

die Frau. »Für meinen Geschmack hat er immer etwas zu viel Freude daran, Frauen wehzutun. Was für ein mieser Kerl.«

Jetzt wird es mir endgültig zu viel. Diese ganzen Drohungen und die Angst und die Gewalt, das bin ich nicht gewohnt. Aus Filmen vielleicht, aber nicht in der Realität. Galle steigt meine Kehle hoch, und ich beuge mich rasch zur Seite und übergebe mich. Erbrochenes spritzt mir seitlich ans Bein. Aber ich bin zu entsetzt, um mich zu ekeln. Stattdessen fühle ich mich zerbrechlich und leer. Als könnte ich jeden Augenblick einfach zusammensacken.

»Fox, schaff ihn hier weg«, befiehlt Thom ganz ruhig.

»Herrgott, ich hasse diese Schlepperei.« Die Frau, Fox, zückt ein Handy und beginnt, mit den Daumen etwas zu tippen. Statt Thoms Anweisungen zu befolgen, schickt sie anscheinend jemandem eine Nachricht. Vielleicht muss sie auch erst mal ihre Social-Media-Konten checken. Keine Ahnung. Das alles ergibt überhaupt keinen Sinn.

Thom kommt auf mich zu. Seine Miene ist streng, sein Blick kalt. Ich habe mich bisher noch nie vor ihm gefürchtet, aber jetzt bekomme ich Angst. Urplötzlich hat er ein Messer in der Hand, geht in die Knie und zerschneidet die Fesseln an meinen Handgelenken. Dann nimmt er mein Kinn und betrachtet mich ganz genau.

Ich stoße ihn weg und wische mir den Mund mit dem Handrücken ab. Meine ganze Welt ist plötzlich auf den Kopf gestellt. Thom entpuppt sich als versierter Kämpfer, und ich werde um ein Haar in die Luft gesprengt und das Opfer von Waterboarding. Was zum Teufel soll das alles?

»Thom«, flüstere ich.

Sein dunkles Haar ist nicht so langweilig und ordentlich frisiert wie normalerweise, sondern sieht zerzaust und cool aus. Und er ist so fokussiert, entschlossen. Nein, vor allem selbstbewusst. Das ist der Unterschied zwischen diesem Mann und meinem ehemaligen Verlobten. Er ist selbstsicher und stark. Bereit, ganze Nationen zu unterwerfen, es mit allen aufzunehmen und zu siegen.

Heiliger Bimbam. Wer ist dieser Mann?

Mein Thom ist das jedenfalls nicht. Das kann unmöglich sein.

»Deine Augen sind blau«, sage ich.

»Ich trage in deiner Gegenwart Kontaktlinsen.«

»Nein. Du bist sein böser Zwillingsbruder.« Das klingt vollkommen logisch. Na ja, zumindest einigermaßen. »So muss es sein.«

»Sei nicht albern«, entgegnet er knapp. »Ich bin's, Betty. Dein Verlobter.«

»Ich kenne Thom. Er ist ganz anders als du. Er würde niemals …«

Er schweigt kurz, seufzt. »Du hast meine Narben gesehen. Du kennst sie.«

»Ich kenne Thoms Narben, aber …«

Ohne ein weiteres Wort zieht er das T-Shirt über den Kopf. Thom war schon immer fit, doch jetzt, im Zwielicht des Kellers, mit der Pistole, die in seinem Hosenbund steckt, wirkt sein durchtrainierter Oberkörper irgendwie hart und gefährlich. Wie auch immer, die Narben sind jedenfalls da. Jede einzelne. Eine an der Schulter. Eine an seinem rechten Oberarm. Vier auf seinem Bauch, die in einem kleinen Grüppchen angeordnet sind.

Ich schüttle den Kopf. »Thom würde niemals in der Öffentlichkeit das Oberteil ausziehen. Dafür ist er zu gehemmt. Wir haben noch nicht mal beim Sex das Licht angelassen.«

»Er hatte Hemmungen wegen der Spuren, die der Autounfall bei ihm hinterlassen hat, nicht wahr?«

»Ja, und wegen der Narben, die er durch Sportverletzungen und eine Operation in jüngeren Jahren zurückbehalten hat.«

»Sie sind mir egal.« Er seufzt. »Aber die Gefahr war zu groß, dass jemand sie womöglich als Schuss-, Stich- und Granatsplitterverletzungen identifizieren könnte.«

Na, so was. »Thom?«

»Hi, Schatz.« Er lächelt bedrückt und etwas zerknirscht. Jetzt sieht er zum ersten Mal genau wie mein Thom aus.

»Was um alles in der Welt geht hier vor?«

Er sagt nichts. Aber er mustert mich, lässt den Blick über mein lädiertes Gesicht und meinen zerschrammten Körper wandern. Dann bleibt er an meinen Händen hängen. »Betty, wo ist dein Ring?«

»Ich – ich habe ihn abgenommen. Ich habe dich verlassen.«

Nun sieht diese unheimliche alternative Version von Thom zum ersten Mal fast ein bisschen verblüfft aus. Sogar leicht schockiert. »Du hast mich verlassen? Aber warum solltest du …« Er sieht rasch zu Fox hinüber, die gerade Spider wegträgt. Sie hat ihn sich über eine Schulter gehängt, wie Feuerwehrleute es tun. Offenbar ist sie deutlich stärker, als sie aussieht. Thom beugt sich dicht zu mir und raunt mir mit heiserer Stimme zu: »Erzähl niemandem davon. Hast du verstanden?«

»Was? Aber warum denn?«

»Niemandem. Dein Leben hängt davon ab.«

Fox kehrt ohne Spider zurück und gesellt sich zu uns. »Alles geregelt.«

»Gut«, antwortet Thom.

»Das alles ist selbstverständlich allein deine Schuld«, sagt Fox. »Du warst derjenige, der unbedingt einen weißen Gartenzaun und eine spießige Familie als Tarnung haben wollte. Gähn.«

Thom zieht mich auf die Füße. Ich wanke, als stünde ich mitten in einem Sturm. Er legt mir seinen starken Arm um die Taille und drückt mich an sich. Ich möchte ihn nicht berühren, diesen Fremden, der ohne Skrupel Gewalt einsetzt. Aber wenn ich weiterhin aufrecht stehen bleiben und hier rauskommen möchte, sind meine Möglichkeiten begrenzt.

»Das interne Leck wird bereits untersucht«, sagt Fox. »Wir müssten bald etwas für dich haben.«

Thom nickt nur.

»Was soll ich Spider erzählen, wenn er wieder zu sich kommt?«, fragt Fox.

»Sag ihm, dass er nie wieder meine Verlobte anfassen soll, sonst bin ich beim nächsten Mal ihm gegenüber nicht mehr so diplomatisch.«

Fox schnaubt. »Meinetwegen. Mach's gut, Betty. Nichts für ungut, ja?«

Thom schiebt mich so schnell er kann aus dem Keller hinaus.

»Ich weiß, dass du einige Fragen hast.«

Was für eine Untertreibung. Wir befinden uns in einem der zahlreichen Schlafzimmer des weitläufigen alten Ranchhauses. Ich schätze, es steht irgendwo in einem der Canyons mitten in der Wildnis. Es sind keine benachbarten Gebäude zu sehen. Außer Fox, dem bewusstlosen Spider und einem Mann, der im größten Zimmer vor unzähligen Computern sitzt, scheint niemand hier zu sein. Es sind nur die nötigsten Möbel vorhanden. Es gibt keine Bilder oder irgendwelche Andenken. Nichts deutet darauf hin, dass hier jemand wohnt.

Alles ist so unwirklich. Am liebsten würde ich mich kneifen, aber mir tut sowieso schon alles weh. Apropos: »Gab es bei der Explosion noch andere Verletzte?«

»Nein.«

»Sie sollte tödlich sein?«

»Soweit wir feststellen konnten, hatte die Bombe eine Fehlfunktion. Sie ging zu früh hoch.«

»Jemand hat also tatsächlich versucht, uns in die Luft zu sprengen. Ich frage mich … Ich habe Klebeband gesucht und war deshalb in deinem Büro. Normalerweise gehe ich dort nie hinein.«

Er bläht die Nasenlöcher. »Das könnte es gewesen sein.«

»Dann gibt es ein Leck in deiner Organisation, und jemand will dich töten«, sage ich mit zittriger Stimme. »Oder uns beide?«

»Du hast vorhin aufmerksam zugehört.«

»Ich bin nicht so dumm, wie du vielleicht glaubst.« Fast könnte ich lachen. Oder weinen. Das eine oder das andere. »Zumindest hoffe ich das.«

»Schatz –«

»Komm mir nicht mit *Schatz*.«

Er atmet tief durch und fährt sich mit einer Hand durchs Haar. In den vergangenen Monaten hatte er so viel zu tun, dass es inzwischen länger ist als gewöhnlich. Er hat längst einen Haarschnitt nötig. »Ich habe dich nie für dumm gehalten, Betty.«

»Nein. Nur für verzweifelt.«

Er sagt nichts. Eine deutliche Bestätigung für meine Vermutung. Nicht, dass das nötig gewesen wäre.

»Und?«, frage ich.

»Solange wir die Person, die Informationen weitergibt, nicht identifiziert haben, können wir auch nicht wissen, ob nur ich das Ziel bin. Allerdings wäre das am logischsten.«

»Außer, sie wollen mich töten, um dich damit zu verletzen. Obwohl es dich nicht besonders hart treffen würde, oder?«

Er presst kaum merklich die Lippen aufeinander. »Angesichts dessen, dass ich den letzten Kerl, der dir wehgetan hat, fast kaltgemacht habe, können wir wohl davon ausgehen, dass ich schon ein bisschen was für dich übrighabe.«

»Ein bisschen was. Wie großzügig von dir.« Ich sitze auf der Kante des Kingsize-Betts und kämpfe mit meinen angespannten Nerven, meiner Müdigkeit und meinen Schmerzen. Ich würde jetzt einiges für eine Kopfschmerztablette geben oder auch etwas Stärkeres. Vielleicht eine Flasche Heil-Wodka. »Wie geht es jetzt weiter?«

»Jetzt warten wir erst einmal ab, was Badgers Computer-Nachforschungen ergeben. Momentan sind wir hier in Sicherheit.«

»Badger«, sage ich amüsiert. »Habt ihr auch einen Otter?«

»Nicht, dass ich wüsste.«

»Du und deine Freunde seid ja ein richtiger Zoo.«

Die Stille, die nun entsteht, ist erdrückend. Absolut unangenehm. Nicht auszudenken, dass ich vorhatte, mein Leben mit diesem Mann zu verbringen. Diesem Wildfremden.

»Sie hat mich und unser gemeinsames Leben als Tarnung bezeichnet. Heißt das, du bist ein Spion oder ein Regierungsbeamter, oder was?«

»Etwas in dieser Art.«

»Oh mein Gott, bist du ein Landesverräter?«

»Nein, Betty. Die Leute, für die ich arbeite … gehören zu einer internationalen Gruppierung, deren Ziel es ist, dass so wenig Scheiße wie möglich passiert. Das ist wirklich alles, was ich dazu sagen kann.«

»Und für diese Leute tötest du?«

Er zögert kaum merklich, bevor er antwortet. »Wenn nötig. Es gibt gefährliche Menschen auf dieser Welt. Aber manchmal sammle ich auch nur Informationen. Jeder Auftrag ist anders.«

»Aber sie beinhalten alle, dass du vorgibst, jemand zu sein, der du nicht bist, richtig? Dass du andere Menschen belügst?«

»Ja.«

»Hm. Das kannst du sehr gut.« Ich beobachte ihn aufmerksam. »Tust du das alles zum Wohle der Menschheit oder für Geld?«

»Geht nicht beides?«, fragt er lässig. Der neue Thom ist aalglatt.

»Was hast du vorhin damit gemeint, mein Leben würde davon abhängen, dass ich niemandem verrate, dass ich dich verlassen habe?«

»Du weißt inzwischen zu viel. Das Einzige, was dich momentan noch am Leben hält, ist die Tatsache, dass sie – die Leute, die das Sagen haben – glauben, dass du mir gegenüber loyal bist und ich eine Beziehung mit dir habe. Wenn sich das allerdings ändern sollte, dann werden sie das Risiko-Nutzen-Verhältnis, dich am Leben zu lassen, neu bewerten.«

»Alles, was ich weiß, ist, dass ihr euch selbst Tiernamen gebt und einer mysteriösen Organisation unterstellt seid, die ihr als ›sie‹ bezeichnet.«

»Das genügt.«

»Es ist doch lächerlich, dass sie mich nur, weil ich das weiß, töten würden.« Ich möchte am liebsten mit Fäusten auf ihn einschlagen. Schreien und vor Wut brüllen. Vielleicht mache ich das später, wenn ich genug Energie dafür habe. »Ist Thom Lange überhaupt dein richtiger Name?«

»Thom ist mein Vorname.«

»Aber Lange nicht dein Nachname.«

»Nein.« Er schweigt kurz. »Warum wolltest du weggehen?«

»Spielt es denn überhaupt noch eine Rolle, warum ich versucht habe, dich zu verlassen, nachdem wir nun aneinander gekettet sind?«

»Ich dachte, du wärest glücklich.« Seltsamerweise klingt er fast ein wenig gekränkt. Was vollkommen verrückt ist. »Ich weiß, dass ich in letzter Zeit sehr beschäftigt war, aber –«

»Du weißt schon noch, dass es hier um eine vorgetäuschte Beziehung geht«, sage ich mit zusammengebissenen Zähnen. »Eine Lüge, die du mich hast glauben lassen, indem du mich manipuliert und getäuscht hast.«

Einen Augenblick lang sehen wir einander nur an. Keiner von uns ist glücklich.

»In Anbetracht dessen, wie schnell ich eingeknickt bin, als ich unter Druck gesetzt wurde, kann ich es dir fast nachsehen, dass du mir nicht die ganze Wahrheit gesagt hast. Aber ich glaube wirklich nicht, dass ich dir jemals vergeben kann, diese Beziehung überhaupt angefangen zu haben.«

»Jeder bricht unter Folter ein. Es ist nur eine Frage der Zeit.« Den zweiten Punkt spricht er nicht an. Mit keiner Silbe.

»Na toll.«

»Du bist erschöpft. Du solltest schlafen.« Er nickt in Richtung einer Tür auf der gegenüberliegenden Seite des großen Schlafzimmers. »Falls du dich waschen möchtest, ist dort drüben das Bad. Ich sehe später wieder nach dir.«

»Okay.«

»Ich bin in der Nähe. Du bist in Sicherheit, Betty.«

Ich weiß nicht, was ich sagen soll. Ich fühle mich bei diesem neuen Thom absolut nicht sicher.

Dann ist er verschwunden.

Ich habe keine Ahnung, wo wir uns befinden und wie weit wir wohl von der Zivilisation entfernt sind. Ich habe weder Geld noch Schuhe. Meine Chancen, zu fliehen, sind gering bis nicht vorhanden.

Im Moment habe ich eigentlich keine andere Wahl, als zu bleiben und meine Lage zu überdenken. Mein angeblicher

Verlobter möchte offensichtlich, dass ich am Leben und unverletzt bleibe. Das ist doch schon mal was.

Die Frau im Badezimmerspiegel sieht bleich und ziemlich mitgenommen aus. Ich drehe die Dusche auf und prüfe mit der Hand die Wassertemperatur. Rote Striemen ziehen sich um meine Handgelenke. Eine weitere, deutlich sichtbare Erinnerung an den verrückten, brutalen Tag, der hinter mir liegt. Meine Kleider stinken nach Rauch und Erbrochenem. Aber immerhin gibt es hier Seife und Shampoo, Handtücher und einen weichen weißen Bademantel. Das muss erst mal genügen. Ich muss mich am Riemen reißen und irgendwie mit der Situation klarkommen.

Nur die erste Träne hinterlässt eine Spur in meinem verrußten, schmutzigen Gesicht. Rasch folgt ihr eine zweite. Schon bald ist mein Blick verschleiert, und ich stelle mich rasch unter die Dusche, damit das Rauschen des Wassers mein Weinen übertönt. Es wäre toll, wenn ich es schaffen würde, mit dieser Situation umzugehen und stark zu bleiben. Aber anscheinend brauche ich vorher erst mal einen Augenblick, um alles herauszulassen. Die Wut, den Stress und das Grauen der vergangenen Stunden. Meine Angst.

Denn ich sitze in der Falle. Auf nichts anderes läuft es hinaus.

2. KAPITEL

In aller Frühe weckt mich ein Klopfen an der Tür. Fahles morgendliches Dämmerlicht stiehlt sich zwischen den Kanten der Vorhänge hindurch, die dunkle Schatten auf die kahlen weißen Wände werfen. Nachdem ich um ein Haar in die Luft gesprengt und gefoltert wurde und ein Verhör über mich ergehen lassen musste, sollte ich doch zumindest ausschlafen dürfen. Aber offensichtlich wird das nicht klappen.

Ich setze mich langsam auf und streiche mir die Haare aus dem Gesicht. Dabei achte ich auf das Klammerpflaster auf meiner Stirn und meine weiteren Verletzungen. Thom geht währenddessen mit gezogener Waffe zur Tür. Ich habe gar nicht bemerkt, dass er bei mir im Bett gelegen hat. Als mich vor einigen Stunden ein Albtraum geweckt hat, war er jedenfalls noch nicht da. Bizarr, wie entspannt er mit der Waffe umgeht. Als wäre sie lediglich eine Verlängerung seines Körpers. Nachdem er nachgeschaut hat, wer draußen vor der Tür steht, lockert er seinen Griff um die Waffe und signalisiert mir mit einem Nicken, dass alles in Ordnung ist.

Schlafen hat nichts geändert. Er wirkt auf mich noch immer wie ein Fremder mit Thoms Gesicht. Mehr als je zuvor. Ich weiß nicht, ob ich mich jemals daran gewöhnen kann, in diese kalten blauen Augen zu blicken.

»Wolf.« Der Mann, der das Zimmer betritt, ist groß und hager, hat schwarze Haare und braune Haut. Ich schätze ihn auf Ende zwanzig. Er trägt einen schicken Anzug und ein weißes

Hemd, das er am Kragen aufgeknöpft hat. In den Händen hält er zahlreiche Einkaufstüten. Außerdem sieht er richtig gut aus. »Und das ist bestimmt deine wunderschöne Verlobte.«

Ich ziehe den Ausschnitt des Bademantels enger über meinem üppigen Dekolleté zusammen, weil – *hallo*.

»Das ist Crow«, erklärt mir Thom und steckt die Waffe zurück in den Hosenbund. Seine Füße sind nackt, ebenso wie sein Oberkörper. Wieder mal kann ich seine Narben deutlich sehen.

Er hat immer darauf bestanden, nur im Dunkeln Sex zu haben, und wenn er geduscht hat, hat er die Badezimmertür abgeschlossen. Ich dachte immer, das läge daran, dass er total verklemmt ist. Ich meine, wer hat denn bitte schön keine Makel? Nach all den Ausreden, die er vorgeschoben hat, um mich auf Distanz zu halten und seine Tarnung nicht auffliegen zu lassen, ist es seltsam, ihn jetzt so zu erleben. Eins steht definitiv fest: Ich möchte ihm noch immer für die ganzen Lügen und den Mist, den er während unserer Beziehung verzapft hat, eine kleben.

Er steht neben dem Bett und achtet darauf, zwischen mir und dem Fremden zu bleiben, obwohl er gleichzeitig sagt: »Er ist ein Freund.«

Crow lächelt. »Hast du nicht mal zu mir gesagt, dass es in diesem Geschäft keine Freunde gibt?«

Thoms Mundwinkel heben sich zu einem leichten zustimmenden Grinsen.

»Hi«, sage ich.

Crow stellt die Einkaufstüten auf dem Bettende ab. Die meisten tragen den Aufdruck der Nobelkaufhauskette Neiman Marcus. »Für dich, Betty. Kleider und so weiter. Da er mir deine Maße gegeben hat, sollten sie eigentlich passen. Ich freue mich sehr, deine Bekanntschaft zu machen. Ich wollte dich schon seit geraumer Zeit gern kennenlernen, aber jemand hat festgelegt, dass du absolut tabu bist.«

»Das war zu ihrem Besten. Und ich hatte dich gebeten, ein paar Sachen zum Anziehen zu besorgen«, sagt Thom hörbar verärgert. »Und nicht, den ganzen verdammten Laden leer zu kaufen.«

»Die Einkaufsberaterin brauchte die Provision, und du kannst es dir problemlos leisten. Der Ersatzring ist in der kleinen blauen Tüte. Den habe ich persönlich ausgesucht.«

Thom stöhnt genervt. »Will ich überhaupt wissen, was er gekostet hat?«

»Wahrscheinlich nicht.« Der Mann beugt sich vor und findet in dem Haufen Einkaufstaschen sofort, was er gesucht hat. Tatsächlich: In einer Tiffany-blauen Tüte steckt eine Ringschatulle. »Die Ehre gebührt wohl dir.«

Thom nimmt sich kommentarlos die kleine Schachtel, die neben mir auf dem Bett steht. Ich weiß seinen Blick nicht zu deuten. Er greift nach meiner Hand, hält sie vorsichtig fest und schiebt mir den Klunker auf den Finger. Der Diamant ist riesengroß, und der Ring passt perfekt.

»Ich dachte, wir wollten niemandem erzählen, dass –«, setze ich an.

»Du kannst Crow vertrauen. Sollte jemand fragen, dann sagst du eben, dass du den alten Ring gestern Morgen bei der Hausarbeit abgenommen hast. Deswegen hattest du ihn bei der Explosion nicht mehr am Finger.«

»Ich persönlich hätte ja anständig um ihre Hand angehalten, wäre vor ihr auf die Knie gegangen und hätte es ordentlich gemacht. Das ist ein Platinring mit einem fünfkarätigen, quadratisch geschliffenen Diamanten«, verkündet Crow. »Wie findest du ihn, Betty?«

»Wow.«

»Ich glaube, er gefällt ihr«, sagt er lächelnd. »Ich habe einen hervorragenden Geschmack.«

Thom grummelt wütend: »Du kaufst dir von meinem Geld ihre Zuneigung. Ich mime einen normalen Versicherungsangestellten. Wie zum Teufel sollte ich mir so ein Ding leisten können?«

»Die einzigen Leute, die dieser Ring täuschen soll, wissen doch längst Bescheid, dass du kein normaler Versicherungsangestellter bist. Lass Betty sich daher doch an dem Stein erfreuen.«

»Er ist wunderschön, Crow. Vielen Dank.«

Der Mann lächelt mir kurz zu. »Gern geschehen, Betty.«

»Und danke, dass du mir die Kleider besorgt hast. Ich vergesse ständig, dass alles, was ich besessen habe, in die Luft geflogen ist.« Wenn ich überlege, was ich alles verloren habe – ein furchtbarer, ernüchternder Gedanke. Nicht, dass irgendetwas von meinen Sachen besonders wertvoll gewesen wäre. Aber ihr ideeller Wert … Wie zum Beispiel meine Lieblings-T-Shirts. Bücher mit gebrochenen Rücken und abgegriffenen Seiten, die ich in Ehren gehalten habe. Mein geliebter alter Plattenspieler und die Plattensammlung, die ich von meinem Großvater geerbt habe. Einfach all die Kleinigkeiten, aus denen mein Leben bestanden hat. Aber ich weiß auch, dass das nur Gegenstände waren und ich froh sein kann, dass ich noch am Leben bin.

»Deine Fotos hast du aber gesichert, oder?«, fragt Thom.

Ich nicke.

»Wenigstens etwas.«

»Ja«, sage ich wenig überzeugt.

Crow räuspert sich. »Du hast vermutlich schon von Scorpion gehört?«

Thom nickt. »Sie war eine gute Agentin.«

»Ich weiß, dass ihr beiden euch nahestandet. Wir müssen diesen Mistkerl finden. Sofort.«

»Badger verfolgt gerade bei sämtlichen uns betreffenden Dateien zurück, wer auf sie zugegriffen hat. Sucht nach allen Personen, die Aufträge von mir und ihr überlebt haben. Nach jemanden, der womöglich einen Groll gegen sie gehegt hat.«

»Wenn es etwas gibt, wird Badger es finden«, sagt Crow.

Aha, Scorpion war also eine Sie, und Thom und sie standen sich nahe. Interessant. Ich weiß nicht genau, ob es mir was ausmachen würde, falls er mich betrogen hat. Doch, würde es. Allein die Vorstellung schmerzt.

Ich ziehe die Taschen, die mir am nächsten stehen, zu mir heran und wühle mich durch mehrere Schichten Seidenpapier zu meinen neuen Sachen durch. Eine Grundausstattung mit Make-up, Haut- und Haarpflegeprodukten und Tampons. Eine Auswahl an Kleidern wie Jeans und T-Shirts, dazu eine warme Jacke und ein paar robuste und gleichzeitig schicke Boots. Toll.

Auf die raffinierte Unterwäsche hätte ich allerdings verzichten können. Es spricht doch nichts gegen zweckmäßige, bequeme, unsexy Oma-Unterhosen. Insbesondere in meiner derzeitigen misslichen Lage. Wenn Thom mich spärlich bekleidet sähe, würde er ohnehin nicht in Verzückung geraten. Noch so ein deutlicher Hinweis auf die Fragwürdigkeit unserer angeblichen Romanze. Ich war so naiv.

»Wie jetzt, seid ihr alle ehemalige Militärs, oder was?«, frage ich, in der Hoffnung, dass ich ein paar Informationen bekomme, durch die ich – zumindest in einer Hinsicht – etwas weniger dumm dastehe.

»Wir wurden von überallher rekrutiert. Darüber dürfen wir eigentlich nicht reden.« Crow lehnt sich mit verschränkten Armen an die Wand. »Bisher hat noch niemand versucht, sein wahres Leben mit der Arbeit zu vermischen. Dass du hier bist, ist äußerst ungewöhnlich und so bisher noch nie vorgekommen.«

»Ich weiß ja nicht, ob dieses Leben wirklich so *wahr* war, denn Thom hat mich ja belogen und so weiter«, sage ich. »Aber so sieht euer Leben aus? Was passiert hinterher? Erwartet man von euch, dass ihr euch irgendwann einfach zur Ruhe setzt und nie wieder ein Wort darüber verliert, was ihr getan oder erlebt habt?«

»Im Großen und Ganzen schon. Obwohl wir uns um unseren Ruhestand eigentlich kaum Gedanken machen müssen«, sagt er gedehnt. »Die wenigsten von uns leben dafür lange genug. Die Regierungen heuern für die härtesten Aufträge gern Leute an, die sie als entbehrlich erachten. Und hinterher wird selbstverständlich alles abgestritten.«

Thom sieht ihn wütend an. »Das genügt. Du machst ihr Angst.«

»Ich habe keine Angst«, schwindle ich.

»Entschuldige«, sagt Crow und geht zur Tür. »Ich gewähre euch zwei Turteltauben jetzt mal etwas Privatsphäre.«

»Danke für die ganzen Sachen, Crow.«

»Gern geschehen, Betty.« Er zwinkert mir noch einmal zu, bevor er aus der Tür schlüpft.

Dann wird es still im Zimmer, und wir sind wieder allein. Es dauert einen Moment, bis ich meine Stimme wiederfinde. Bis mein Hirn es schafft, die vielen neuen bruchstückhaften Informationen zusammenzusetzen.

»Wie oft hättest du es um ein Haar nicht mehr heil nach Hause zurückgeschafft?«, frage ich, während ich am Satinschleifchen eines Stringtangas zupfe, den ich niemals tragen werde. »Die Wahrheit, Thom.«

»Oft genug, um jedes Mal sehr dankbar zu sein, wenn ich zurück in unsere Wohnung kam. Weißt du noch, wie ich dir erzählt habe, dass bei der Begutachtung eines Feuerschadens in Idaho die Decke über mir eingestürzt ist?«

»Ich weiß noch, dass ich gemeckert habe, weil du schon zwei Tage später wieder zur Arbeit gegangen bist, obwohl die Nähte noch nicht mal verheilt waren.«

»Du hättest erst den anderen Kerl sehen sollen.« Er zuckt mit den Schultern. »Aber ich bin gut in dem, was ich tue. Versuch, dir keine allzu großen Sorgen zu machen.«

»Das sagt sich so einfach.«

»Ich schaue lieber mal bei Badger vorbei.« Thom steht auf, um Crow zu folgen. Im Gehen nimmt er sich ein Oberteil, das auf dem Boden liegt. »Wenn ich zurückkomme, bringe ich etwas zu essen und Kaffee mit.«

»Okay.«

Er verharrt einen Moment und mustert mich.

»Was ist?«

»Du verkraftest das alles wirklich sehr gut.«

Ich muss lachen. »Ach, tatsächlich? Denn innerlich kreische ich entweder in den höchsten Tönen oder kämpfe gegen den überwältigenden Drang an, dich für die ganzen verdammten Lügen, die du mir aufgetischt hast, umzubringen.«

»So, so. Das merkt man dir kaum an, also … Gute Arbeit.« Er betrachtet mein Gesicht mit teilnahmsloser Miene. Allerdings war Thom schon immer eher distanziert. Wieder ein Hinweis darauf, wie unecht unsere Romanze war. »Betty, ich weiß, wie schwierig es sein muss, mir nach alldem noch zu vertrauen. Aber ich bin deine größte Hoffnung, hier lebend rauszukommen.«

»Und gleichzeitig bist du der Grund, weshalb ich überhaupt in diese Situation hineingeraten bin.«

Dazu sagt er nichts.

»Du hast recht. Es fällt mir sehr schwer, dir zu vertrauen.«

Er nickt. »Ich bin bald wieder da.«

Genau, wie ich Spider erzählt habe, bin ich Thom zum ersten Mal an einem besonders miesen Samstagabend in einer Bar in der Stadt begegnet. Das Problem war, dass ich im Grunde selbst die Schuld daran trug, dass mein Tag so fürchterlich verlaufen war. Eine Braut hatte sich freudestrahlend bei mir erkundigt, welche Blumenarrangements ich auswählen würde, wenn ich selbst heiraten würde. Sie hatte nur freundlich sein wollen. In meiner gedankenlosen Versessenheit, es jedem recht machen zu wollen, hatte ich einfach drauflosgeplappert. Pfingstrosen. Maiglöckchen. Alles, was ich mir jemals für mich selbst erträumt hatte. Sie war sofort von meinen Ideen begeistert gewesen, und entsprechend war ich den Rest des Tages damit beschäftigt gewesen, für die Hochzeit einer anderen meine Traumarrangements anzufertigen. Sie sahen toller aus, als ich es mir vorgestellt hatte. Verdammt, warum war ich nur so gut in meinem Job?

Einem vernünftigen Menschen hätte es nichts ausgemacht, seine Vorstellungen mit jemand anderem zu teilen. Schließlich ging es ja nur um banale Bouquets und Ansteckstäußchen. Tischdekorationen und so weiter. Aber aus irgendeinem Grund machte es mir etwas aus. Sehr viel sogar.

Damals war ich fünfundzwanzig, hatte nach meinen Maßstäben noch nie einen richtigen festen Freund gehabt und fühlte mich einfach nur vollkommen mies. Unmengen an Wodka Soda hätten daran nichts geändert, aber ich war trotzdem bereit, es auf einen Versuch ankommen zu lassen. Da fand Thom mich. Wie geschickt er sich in mein Leben geschlichen hat, mit nur minimalem Aufwand. Denn an jenem Tag hatte ich aufgegeben. Ich glaubte nicht mehr daran, dass ich etwas Besseres als eine halbherzige Beziehung mit einem einigermaßen netten Kerl verdienen würde.

Melodramatik und Alkoholrausch sind keine gute Kombination. Irgendwann kam ich allerdings doch wieder zur Besinnung und begriff, dass eine Beziehung nicht nur daraus besteht, dass man seine Kleider neben die des anderen in den Schrank hängt. Das war vor ungefähr vier oder fünf Wochen. Ich bin nicht unbedingt schnell von Begriff.

Ich ziehe mir eine Skinny Jeans, kniehohe Stiefel und ein schwarzes T-Shirt an. Die Haare binde ich mir im Nacken zu einem Pferdeschwanz zusammen, allerdings nicht zu fest, damit mein Kopf oder die zahlreichen Verletzungen in meinem Gesicht nicht noch schlimmer schmerzen. Auch wenn ich nicht so tough bin wie Fox, kann ich doch zumindest einigermaßen patent wirken. Zumindest kann ich es versuchen.

Das Klammerpflaster muss bleiben, aber wenigstens lassen sich die meisten Blutergüsse in meinem Gesicht mit Concealer überdecken. Nachdem ich in einer breiten, geschwungenen Linie schwarzen Eyeliner und dazu noch Wimperntusche aufgetragen habe, fühle ich mich wieder etwas normaler, auch wenn mein Leben gerade völlig außer Kontrolle geraten ist. In Sachen Make-up stehe ich nicht auf dezente Natürlichkeit, sondern bevorzuge den Sechzigerjahre-Vintage-Look. Ich liebe Sophia Loren mit ihren prächtigen, von Pasta und Wein geformten Hüften und Brüsten. Sie hatte es drauf. Es gibt bedeutend Wichtigeres als eine Wespentaille. Beispielsweise, sich selbst zu mögen und das Leben zu genießen.

Den Rest der Einkäufe stopfe ich in eine Reisetasche, die ich ebenfalls von Crow bekommen habe und die ebenfalls ein Designerlabel trägt. Laut Preisschild wurde sie zum Schnäppchenpreis von nur dreitausend Dollar erstanden. Crow hat es fraglos sehr genossen, Thoms Geld zu verprassen. Es fühlt sich auf jeden Fall gut an, sich anzuziehen und etwas Ordnung zu schaffen. Fast so, als hätte ich diese wahnwitzige Situation zumindest ein kleines bisschen unter Kontrolle.

Der Kaffee lässt ganz schön auf sich warten, weshalb ich letztlich beschließe, mich selbst auf die Suche danach zu begeben. Thom wäre es sicherlich lieber, wenn ich mich versteckt halten würde. Aber es geht mir gegen den Strich, dass ich nicht weiß, was um mich herum im Haus geschieht. Da die ganze Sache mit dem Verhör inzwischen schon einen halben Tag zurückliegt, habe ich wieder genug Mut, um mich auf Erkundungstour zu wagen.

Im Flur ist niemand zu sehen. Der Boden ist mit abgetretenen Terrakottakacheln gefliest und erstreckt sich links und rechts von mir. Da ich von links leise Stimmen höre, wende ich mich in diese Richtung. Meine Neugier verleitet mich dazu, den Kopf in jede offene Tür zu stecken, an der ich vorbeikomme. Im Zimmer neben meinem entdecke ich nur eine kahle Matratze und zwei Nachttischchen. Im nachfolgenden Zimmer sieht es genauso aus. Auch hier gibt es keine Bilder, persönlichen Gegenstände oder irgendetwas, das darauf hinweisen würde, dass das Haus tatsächlich bewohnt ist.

Noch immer dringen die Stimmen durch den Flur zu mir. Verrückt, ich schleiche mich gerade an einen Haufen Spione heran. Ich habe den Tarnmodus wirklich super drauf.

Moment mal. Vor einer Schranktür im zweiten Zimmer befindet sich auf dem beigefarbenen Teppich ein verdächtiger Fleck. Jemand hat dort seine Spuren hinterlassen. Da die Vorhänge zugezogen sind, sieht der Fleck im Halbdunkel schwarz aus. Oder vielleicht ist er auch dunkelbraun. Doch je näher ich herangehe, desto weniger sicher bin ich mir. Ein penetranter metallischer Geruch hängt im Zimmer. Es stinkt nach Kupfer, und mir dreht sich der Magen um. Ich habe ein sehr ungutes Gefühl.

Die Schranktür ist nicht ganz geschlossen, und aus dem Spalt lugt die Oberkante eines Stiefels hervor. Ich sollte nach Thom rufen. Den Rückwärtsgang einlegen und schnellstens von hier verschwinden. Nur was ist, wenn derjenige, der gerade den Boden vollblutet, noch nicht tot ist und mein Zögern ihn womöglich endgültig umbringt?

Oh Gott.

Mit zitternden Händen greife ich nach dem Schrankgriff und ziehe die Tür auf.

Die Leiche im Inneren ist dunkel und blutüberströmt und sieht grauenvoll aus. Das Gleiche gilt für das Messer, das in der Brust steckt. Der Tote stinkt nach verfaulenden Körperflüssigkeiten, und ich muss heftig schlucken, weil mir die Galle hochkommt. Sich schon wieder zu übergeben ist auch keine Lösung. Ich habe noch nie eine Leiche gesehen. Ich schaffe es nicht, die Augen abzuwenden, während mein Hirn nicht weiß, was es verdammt noch mal mit all den fürchterlichen Eindrücken anfangen soll, die auf es einprasseln. Wahrscheinlich sollte ich irgendjemandem Bescheid sagen. Ja. Gut. Das klingt sinnvoll.

»Thom?«, sage ich, doch meine Stimme ist schwach und nutzlos. Ich trete einen Schritt zurück, dann noch einen. Ohne in Panik auszubrechen, weil Panik mir jetzt auch nicht weiterhilft. »Thom!«

Schritte von mehr als einer Person nähern sich schnell durch den Flur. Dann packen starke Hände meine Schultern und schieben mich vorsichtig beiseite.

Thom begutachtet den Inhalt des Schranks und seufzt. »Es ist Spider.«

Hinter mir stößt jemand einen Fluch aus.

»Solltest du nicht, ähm, überprüfen, ob er noch lebt?«, frage ich.

»Jemand, der so viel Blut verloren hat, steht nicht mehr auf.« Er sieht zu den anderen hinüber, die sich inzwischen im Raum versammelt haben, und mustert sie. Während ich geschlafen habe, sind anscheinend noch mehr Leute zu unserer Gruppe hinzugestoßen. Fox und Badger sind noch da. Aber nun sind auch noch ein großer, blonder Thor-Doppelgänger und eine Frau mit coolen roten Haaren mit von der Partie.

»Ich war's nicht«, sagt Fox. »Als ich ihn gestern im hintersten Schlafzimmer abgeladen habe, war er zwar bewusstlos, davon abgesehen aber quicklebendig. Als ich später nach ihm sehen wollte, war er nicht mehr da. Ich ging davon aus, dass er sich davongeschlichen hat, um Wolf aus dem Weg zu gehen.«

»Wolf und Spider sind aneinandergeraten?«, fragt die Rothaarige.

»Ich habe ihm nur eine deutliche Warnung zukommen lassen, mehr nicht.« Thoms Kiefermuskeln spannen sich sichtlich. »Das ist nicht gut.«

»Sehe ich auch so«, sagt der große, blonde Mann.

Badgers Augen sind gerötet, und er tippt mit den Fingern ununterbrochen gegen seine Hüfte. Weiß Gott, wie lange er schon vor seinen Suchmaschinen sitzt und Energydrinks in sich hineinschüttet. Er ist jünger als die anderen, drahtig und zappelig. »Dann spreche ich jetzt mal laut aus, was wir alle denken. Es ist einer von uns.«

»Möglicherweise«, sagt Thom. »Sehr wahrscheinlich sogar. Wenn jemand die Absperrung durchbrochen hätte, dann hätten sie nicht nur einen von uns ausgeschaltet. Sie hätten weitergemacht. Zumindest hätte ich so gehandelt. Es kommt mir eher so vor, als würde uns jemand aus Spaß erledigen. Außerdem hat das Alarmsystem des Hauses keine Eindringlinge registriert.«

Der Thor-Verschnitt dreht sich zu mir um und streckt mir die Hand hin. »Hey. Du musst die Verlobte sein. Ich bin Bear.«

»Betty.«

»Ich bin Hawk«, sagt die Rothaarige und winkt mir relativ desinteressiert mit den Fingern. Sie trägt ein knappes grünes Kleid und hat am Oberschenkel ein langes Messer festgeschnallt. »Zwei sind tot, bleiben noch sechs von uns als mögliche Verdächtige übrig. Sieben, wenn wir Betty mitzählen.«

Thom stellt sich rasch vor mich und schirmt mich vor den anderen ab. Offenbar möchte er mich instinktiv schützen. Oder zumindest scheint es so.

»Das ist wirklich übel.« Badger schüttelt den Kopf. »Nichts gegen euch, aber ich wechsle bis auf Weiteres den Standort.« Er verliert keine Zeit und drängt sich an Fox und Crow vorbei, um das Zimmer zu verlassen.

»Bevor du gehst, versuch noch ein letztes Mal, die Nachricht ans Hauptquartier zu schicken«, ordnet Thom an. »Wenn sie die Kommunikation mit uns abbrechen, bis diese Sache geklärt ist, müssen wir das jetzt wissen.«

»Diese Saftsäcke«, knurrt Hawk.

»Es geht doch nichts über einen kleinen Loyalitätsbeweis, damit man weiß, wo man steht«, sagt Bear.

Dem scheint niemand widersprechen zu wollen.

»Jetzt tun sie wieder so, als wüssten sie von nichts – wie immer. Wir können wohl davon ausgehen, dass von denen da oben keine Hilfe zu erwarten ist.« Thom sieht mich rasch über die Schulter hinweg an. Er scheint nicht wirklich beunruhigt zu sein, aber zufrieden sieht er auch nicht aus. »Vergessen wir nicht unsere Aufgabe. Wir müssen herausfinden, wer hinter dieser Sache steckt, und die Verantwortlichen aufhalten, bevor noch mehr von uns draufgehen.«

Fox verdreht die Augen. »Wie immer eine äußerst erhebende und ermutigende Ansprache, Wolf.«

Anstatt ihr zu antworten, packt er meine Hand und zieht mich mit sich zurück in das Zimmer, das wir nutzen. Er deutet auf die gepackte Tasche, die auf dem Bett steht. »Ist das alles?«

»Ja.«

Er hängt sich die Tasche über die Schulter, dann marschiert er mit großen Schritten den Flur hinunter und führt mich zu einer angrenzenden Garage. Zwei Fahrzeuge stehen darin: ein eleganter Lamborghini und ein klobiger SUV. Leider komme ich nicht in den Genuss des sexy Sportwagens. Zu schade. Ich würde sehr gern noch einmal in solch einem Auto fahren, bevor ich sterbe.

Ich werde nämlich den Eindruck nicht los, dass das schon bald passieren könnte.

»Ich kann mich selbst anschnallen.« Ich schlage seine Hand weg. »Meine Güte, Thom.«

Er deponiert meine Tasche auf dem Rücksitz und zaubert eine Jacke, eine Pistole und ein Ersatzmagazin aus irgendeinem Geheimversteck hervor, das sich dort hinten befinden muss. Dann schlägt er die Tür wieder zu. Jede seiner Bewegungen ist zügig und wohl bemessen. Irgendwie anmutig. Er steckt die Waffe in den Hosenbund und das Magazin in eine Tasche. Dann fährt auch schon das Garagentor hoch. Während er noch mit seinem Handy beschäftigt ist, steigt er auf der Fahrerseite ein und lässt den Motor an. Der alte Thom war in solchen Dingen eine komplette Niete, aber dieser Thom ist offensichtlich hervorragend in Sachen Multitasking. Jede Wette, dass er auch noch mit Messern jonglieren würde, wenn ich ihn darum bäte.

»Werden wir sterben?«, frage ich, nur um Konversation zu machen.

Er heftet den Blick auf den Rückspiegel und fährt rückwärts aus der Garage. »Du wirst nicht sterben.«

»Aber du vielleicht?«

»Interessiert dich das denn?«

»Ehrlich gesagt weiß ich das selbst nicht genau.« Ich lache auf.

Thom schweigt.

»Ich muss Jen anrufen und ihr Bescheid sagen, dass es mir gut geht.«

»Betty, es ist zu gefährlich für dich, jemanden zu kontaktieren. Das geht gerade nicht. Nicht Jen. Keinen von der Familie. Niemanden.«

»Bei der Arbeit werden sich alle fragen, wo ich stecke.« Ich runzle die Stirn. Mom würde mich jetzt wieder ermahnen, dass man davon viel mehr Falten bekommt als vom Lächeln, aber ich finde, dass man durchaus mal die eine oder andere Falte riskieren darf, wenn man gezwungen wird, sein Leben zurückzulassen, und womöglich einem frühen Tod entgegensieht. »Wir können ihnen doch sicherlich zumindest eine kurze Nachricht zukommen lassen, damit sie wissen, dass ich noch lebe.«

»Zu riskant.«

»Aber sie machen sich bestimmt große Sorgen.« Meine Kehle schnürt sich zu, und meine Augen brennen. »Lieber Himmel, das ist alles so verrückt.«

»Daran lässt sich im Moment nichts ändern«, sagt er entschieden. »Versuch einfach, Ruhe zu bewahren.«

Er hat gut reden. Meine Gedanken wollen einfach nicht aufhören, durch meinen Kopf zu rasen. Angst macht mich anscheinend geschwätzig. Oder vielleicht glaubt auch ein Teil von mir, dass ich diese Situation durch mehr Informationen vielleicht besser begreifen kann. »Du hast in diesem Zoo also das Sagen, ja? Sie scheinen alle auf deine Führung zu vertrauen, deinen Anweisungen zu folgen.«

»Ich bin derzeit der erfahrenste Agent.«

»Wer ist Scorpion? War sie deine richtige … Vergiss es. Ich will es überhaupt nicht wissen.«

Wir lassen das Haus hinter uns, rasen über Schotterpisten davon. Um uns herum erheben sich Staubwolken, und die Sonne brennt vom Himmel. Ich habe keine Ahnung, wo wir sind. Keine Ahnung, was auf mich zukommt. Der Geruch von Blut scheint noch immer in meiner Lunge zu kleben. Das Bild von Spiders Leiche geht mir nicht aus dem Kopf.

»Langsam atmen, Betty. Wir haben gerade keine Zeit für eine Panikattacke.«

Der Arsch hat nicht ganz unrecht. Mein Brustkorb hebt und senkt sich rasch. Mein ganzer Körper ist schweißgebadet. Er dreht die Klimaanlage auf, und kalte Luft bläst mir entgegen. Es hilft ein bisschen. Ebenso wie langsam und tief zu atmen.

»Ich habe noch nie einen Toten gesehen«, sage ich leise.

»Ich weiß.«

»Hast du ihn getötet?«

Er sieht zu mir herüber, die Lippen fest aufeinandergepresst. »Nein.«

»In Ordnung.« Ich nicke. Wahrscheinlich mache ich mich gerade zum Narren, aber ich glaube ihm trotzdem. »Warum bin ich noch am Leben? Ich habe nur ein paar Zimmer weiter geschlafen, und außer Spider und mir war niemand in der Nähe. Es wäre so einfach gewesen.«

»Der Killer hat momentan keinen Grund, dich zu töten. Wer immer dahintersteckt, betrachtet dich wahrscheinlich als strategisch wichtige Bürde für mich, weil er glaubt, dass er leichter mit mir fertigwerden kann, wenn ich mich darauf konzentrieren muss, dich zu beschützen.«

»Ist das wahr? Bin ich eine Bürde?«

Er schluckt. »Ich bringe dich an einen Ort, wo ich dich in Sicherheit weiß. Danach kümmere ich mich um diese ganze Angelegenheit.«

»Du lädst mich irgendwo ab?«

»Ich dachte, von mir wegzukommen wäre genau das, was du willst?«

»Wirklich? Du willst das ausgerechnet jetzt diskutieren?« Ich drehe mich auf meinem Sitz zur Seite. Ich will ihm lieber ins Gesicht sehen. »Thom, du warst nie zu Hause. Wenn mich deine physische Anwesenheit genervt hätte, dann hätte ich einfach alles beim Alten belassen können. Aber so ist es nicht. Unsere Beziehung an sich war einfach totaler Mist.«

»In welcher Hinsicht?« Jetzt klingt er beinahe wütend. Das ist wahrscheinlich seit Ewigkeiten die erste aufrichtige Emotion, die er mir gegenüber zeigt. »Weil ich berufsbedingt reisen musste? Um unseren Lebensunterhalt zu verdienen?«

»Weil du selbst, wenn du zu Hause warst, nie wirklich bei mir warst. Geistig und emotional warst du ganz woanders.«

»Das ist doch absurd.«

»Eigentlich ist diese ganze Diskussion ziemlich absurd.«

Die Schotterpiste endet. Nun sieht es draußen schon wieder mehr nach Zivilisation aus. Mehr Häuser. Vereinzelte Menschen und Autos. Anzeichen von Leben. Normalem Leben. Leute, die ihren alltäglichen morgendlichen Verrichtungen nachgehen und deren Welt nicht auf dem Kopf steht und die nicht um ihr Leben fürchten müssen.

»Was soll das heißen, ich war nicht bei dir?«, fragt er jetzt unüberhörbar gereizt. »Jedes Mal, wenn du dich über irgendeinen Idioten von der Arbeit beschwert oder erzählt hast, wen Jen schon wieder gevögelt hat, habe ich zugehört. Auch wenn du dich ständig wiederholt hast, bin ich aufmerksam geblieben und habe dich unterstützt.«

»Weißt du, du bist nicht so gut darin, Interesse zu heucheln, wie du vielleicht glaubst.«

»Ich habe dich immer entscheiden lassen, was wir im Fernsehen ansehen oder welches Essen wir bestellen sollen.«

»Ist das alles, was deiner Meinung nach eine Beziehung ausmacht?«, frage ich, und alle Panik ist längst vergessen. Diese Einblicke in Thoms Gedankenwelt sind wirklich faszinierend. Und irgendwie verstörend.

»Weißt du, nicht alles war eine Lüge.«

»Wirklich?«, frage ich skeptisch. »Was war denn echt?«

»Es war nicht gelogen, als ich gesagt habe, dass ich dich liebe.«

Ich muss lachen. Vielleicht sollte ich das nicht tun, aber ich kann mich nicht zurückhalten. »Wie ironisch. Denn ausgerechnet das war das Einzige, was ich dir nicht geglaubt habe.«

»Warum nicht?« Er macht ein finsteres Gesicht. »Es gab doch Intimität. Wir hatten Sex.«

Ich schnaube höhnisch. Ich kann nicht anders.

»Was denn?«

»Unser Liebesleben war nicht besonders toll.«

Es dauert einen Augenblick, bis er etwas erwidert. »Ein durchschnittliches zusammenlebendes Paar hat ungefähr einundfünfzig Mal im Jahr Sex. Wenn wir die Zeit abziehen, die ich berufsbedingt abwesend war, sind wir auf den Durchschnittswert gekommen.«

»Wir sind auf den Durchschnittswert gekommen? Aha«, sage ich. »Oh ja, all mein Streben gilt der Durchschnittlichkeit. Das ist mein Lebensziel.«

»Jetzt wirst du sarkastisch. Wie überraschend.«

»Ach ja? Möchtest du mal etwas wirklich Sarkastisches hören, Thom? In den meisten Fällen war der Sex echt skandalös, und das meine ich nicht im positiven Sinn.« So, jetzt ist es raus. »Ich habe mir Dessous gekauft und sämtliche dämlichen Artikel mit Sextipps gelesen. Ich habe versucht, unser Liebesleben interessanter zu gestalten.«

Er umklammert das Lenkrad fester. »Die meisten Frauen erreichen nicht jedes Mal beim Verkehr mit ihrem Partner den Höhepunkt. Tut mir leid, aber ich musste darauf achten, den Mittelwert nicht zu überschreiten … Die Illusion aufrechtzuerhalten, dass wir ein ganz normales Paar sind.«

Ich sehe ihn nur ungläubig an.

»Das ist eine allgemein bekannte Tatsache. Wissenschaftliche Untersuchungen haben gezeigt, dass –«

»Moment mal«, unterbreche ich ihn. Mein Hirn arbeitet auf Hochtouren. »Willst du damit sagen, dass du Nachforschungen darüber angestellt hast, wie eine durchschnittliche Beziehung aussieht, daraus abgeleitet hast, wie oft wir miteinander schlafen sollten, und dir dann hin und wieder die Mühe gemacht hast, mir einen Orgasmus zu bescheren, sofern es für dich zweckdienlich war?«

»Nicht für mich. Für dich. Ich habe versucht, dir die Beziehung zu geben, die du wolltest. Sicherheit. Normalität.«

»Gib mir deine Pistole.« Ich strecke die Hand aus. »Ich werde dich erschießen.«

»Betty.«

»Gib mir deine Pistole.«

»Ich werde nicht zulassen, dass du mich erschießt. Beruhige dich.«

»Ich will mich nicht beruhigen.« So. Viel. Wut. »Wir hatten nicht nur eine vorgetäuschte Beziehung, sondern du hattest obendrein auch noch vorsätzlich schlechten Sex mit mir! Du bist ein Monster.«

Er bedenkt mich mit einem Seitenblick. »Ich habe mich bemüht, alles realistisch wirken zu lassen. Glaubhaft. Ich habe versucht, dem, was ich für deine Erwartungen hielt, gerecht zu werden.«

»Ach ja? Falls du noch einmal versuchen solltest, neben mir zu schlafen, dann kannst du mit Sicherheit erwarten, dass ich dich ersticken werde.« Ich setze mich kerzengerade auf meinen Sitz und starre zur Windschutzscheibe hinaus. »Ich kann dir gar nicht sagen, wie … für dich ist in der Hölle ein Extraplatz reserviert, Freundchen.«

»Ich habe dir gegeben, was du wolltest. Du hast selbst gesagt, dass es das ist, was du willst.«

»Was?« Es fühlt sich an, als würde mein Kopf gleich explodieren. »Wann? Wann habe ich jemals zu dir gesagt, dass ich so schlechten Sex wie nur möglich haben will?«

»Nicht zu mir. Zu Jen. Vor unserem ersten Date. Du hast zu ihr gesagt, dass du es leid bist, dich nach dem perfekten Traumprinzen zu verzehren. Dass dir etwas Sicheres, Gutes und Angenehmes auch schon genügen würde.«

»Du hast mein Telefon abgehört? Meine Privatgespräche belauscht?«

»Ich musste mich versichern, dass du kein Sicherheitsrisiko darstellst.«

Mir fehlen die Worte. Darum stiere ich ihn nur fassungslos an.

»Ich habe mich bemüht, ein guter Lebensgefährte für dich zu sein. Ein guter Verlobter.«

»Nein, das hast du nicht. Du hast lediglich den geringstmöglichen Aufwand betrieben, um mich ruhigzustellen. Das ist ein großer Unterschied, Thom. Ein wirklich großer Unterschied.« Ich werde nicht losheulen. Ich gedenke nicht, vor ihm Schwäche zu zeigen. Wenigstens hatte ich sowieso nicht damit gerechnet, dass die Wahrheit irgendetwas wieder in Ordnung bringen würde. Juhu, ein dickes Lob für mich, weil ich nicht mehr ganz so furchtbar naiv bin. »Gott sei Dank.«

»Wie bitte?«

»Gott sei Dank habe ich meine Erwartungen inzwischen stark genug gesteigert, um zu begreifen, dass ich etwas Besseres verdient habe.«

Dazu hat er anscheinend schon wieder nichts zu sagen. Auch gut.

»So lange habe ich geglaubt, dass es an mir liegt. Dass ich nicht hübsch genug wäre oder klug genug oder ... einfach generell nicht genug für dich.«

»Betty.« Er klappt den Mund auf und wieder zu. »Das ist doch verrückt.«

Mein Herz tut weh. Ich schüttle den Kopf. »Fahr einfach.«

Wir fahren stundenlang in nördliche Richtung. Thom ist im Grunde eine Maschine. Eine Art Killerroboter, der aus der Zukunft zu mir geschickt wurde, um mein Liebesleben zu ruinieren. Mit Sicherheit wäre die Welt dem Untergang geweiht gewesen, wenn ich häufiger als einmal im Monat einen Orgasmus gehabt hätte. Dieser Arsch.

Sein Blick zuckt ständig zwischen der Straße, dem Rückspiegel, mir und den uns entgegenkommenden Autos hin und her. Wahrscheinlich will er herausfinden, ob wir verfolgt werden. Oder er macht sich Sorgen, dass ich mich aus dem fahrenden Wagen stürzen könnte, nur um von ihm wegzukommen. Das könnte durchaus passieren. Wütend genug bin ich jedenfalls. Aber für mich selbst könnte das eventuell ein ziemlich böses Ende nehmen. Nach der gestrigen Explosion tut mir sowieso schon alles weh, da brauche ich nicht noch mehr Verletzungen. Also ignoriere ich ihn mit all der aufgestauten Wut, die ich in mir habe, und schlafe die meiste Zeit.

Wir fahren immer weiter, bis am Nachmittag der leere Tank einen Zwischenstopp irgendwo im nördlichen Kalifornien notwendig macht. Wir halten an einer kleinen einsamen Tankstelle abseits des Highways. Hallo, Junkfood. Ich habe seit einer halben Ewigkeit nichts mehr gegessen. Vor etwa einer Stunde haben wir kurz angehalten, damit ich hinter einem Baum pinkeln gehen konnte. Thoms Besorgnis darüber, dass uns jemand sehen könnte, übersteigt nämlich inzwischen längst den Rahmen normaler Vorsicht und artet zusehends in Verfolgungswahn aus. Nicht nur ist er in permanenter Alarmbereitschaft, sondern hat auch noch die SIM-Karte seines Handys ausgetauscht und die alte mit dem Schuhabsatz zertreten. Offenbar befindet sich auf seinem Handy auch ein Programm, mit dem man Peilsender aufspüren kann, um sich zu vergewissern, dass der SUV nicht verwanzt ist. Außerdem weiß ich, dass er unter seiner Kleidung ein Waffenarsenal versteckt.

»Gott sei Dank. Ich habe einen Bärenhunger.« Ich schicke mich an, die Autotür zu öffnen, doch Thom packt meinen Arm und hält mich zurück. »Was ist?«

»Bitte bleib im Wagen. Ich hole dir, was immer du willst.«

»Warum? Hier ist doch niemand außer dir, mir und der Kassiererin. Ich bezweifle, dass sie sich auch nur im Geringsten für uns interessiert.«

»Weil es auch in einem Saftladen wie diesem Überwachungskameras gibt, die gehackt werden könnten, um uns zu finden.«

So gern ich aussteigen und mir die Beine vertreten würde, muss ich zugeben, dass er nicht ganz unrecht hat. Verflixt. Ich lasse mich wieder in den Sitz sinken. »Na gut. Dann bring mir von allem eins.«

»Wird gemacht.«

Thom fischt eine Baseballkappe vom Rücksitz und setzt sie sich auf, bevor er aussteigt. Er behält den Kopf unten, damit sein Gesicht für eventuelle Kameras oder Beobachter nicht deutlich erkennbar ist. Er schleicht vorsichtig davon, schafft es aber irgendwie, dabei ganz normal und unauffällig zu wirken. Nur ein Mann, der etwas zu erledigen hat. Alle weitergehen, hier gibt's nichts zu sehen. Drinnen belädt er den Einkaufskorb und geht damit zu der gelangweilt aussehenden Dame mittleren Alters, die an der Kasse steht. Wieder bewegt er sich mühelos leicht und unauffällig und verhält sich so uninteressant wie möglich. Eine beeindruckende Vorführung. Er macht sich kleiner, indem er den Rücken krümmt, und seine hängenden Schultern lassen ihn wie einen x-beliebigen Taugenichts auf der Durchreise wirken.

Kein Wunder, dass er es so lange geschafft hat, mich an der Nase herumzuführen. Der Mann ist wahrhaftig ein Wolf im Schafspelz.

»Du bist ein Naturtalent«, begrüße ich ihn, als er sich wieder ins Auto setzt und mir die Tüte mit meinem Junkfood überreicht.

»Hmm?«

»Wie du dich bewegst und verhältst. So raffiniert.«

Er startet den Motor und greift nach seiner Tüte Swedish-Fish-Weingummis.

»Wo hast du das gelernt?«

Er sieht mich an. »Darüber darf ich nicht sprechen, Betty.«

»Schon, aber ich dachte mir, wenn du recht hast und wir wirklich auf absehbare Zeit gezwungen sind, zusammenzubleiben –«

»Ich habe recht. Außer natürlich, du bevorzugst es, tot zu sein.«

»Lass mich ausreden«, sage ich. »Wenn wir das alles überstanden haben – sofern wir diese Sache überleben –, fällt dir bestimmt etwas ein, wie du deine Vorgesetzten beschwichtigen kannst und wir gleichzeitig so wenig Zeit wie möglich miteinander verbringen müssen. Du bist doch ein kluger, gewitzter Kerl. Das muss man in deinem Metier sein, nicht wahr? Also, wir sorgen dafür, dass uns deine Organisation nicht mehr im Nacken sitzt, und leben beide unser eigenes Leben. Treffen uns mit anderen. Befriedigen unsere emotionalen und sexuellen Bedürfnisse anderweitig.«

»Du beabsichtigst, fremdzugehen?«

Ich zucke mit den Schultern. »Zählt das unter diesen Umständen überhaupt als Fremdgehen?«

Er wirft mir einen genervten, unfreundlichen Blick zu.

»Oder«, fahre ich fort, »du fängst an, mit mir zu reden.«

»Und wenn ich mit dir rede, ist alles wieder in Ordnung?«

»Nicht mal ansatzweise.« Mein Lachen ist vollständig freudlos. »Aber es könnte sein, dass wir uns dadurch wieder gut genug verstehen, um so etwas Ähnliches wie Freunde zu sein.«

»Was habe ich davon?«

»Soll das etwa heißen, dass du tatsächlich unsere Beziehung in irgendeiner Form wiederaufleben lassen willst?« Ich sehe ihn skeptisch an. »Ernsthaft?«

Er zuckt kaum merklich mit den Schultern.

»Mehr bringst du nicht zustande? Was für hervorragend ausgeprägte Kommunikationsfähigkeiten. Und da wunderst du dich, dass ich dich verlassen habe? Wow.«

»Komm schon, Betty –«

»Deinetwegen wurde ich in diesen ganzen Schlamassel hineingezogen«, sage ich und bin jetzt wirklich sauer. »Wenn du endlich anfangen würdest, mit mir zu reden, wäre das zumindest ein Anfang. Vielleicht könnte ich dir dadurch ein Stück weit vergeben, und wir könnten zumindest wieder minimal Vertrauen zueinander aufbauen … Vorausgesetzt, dass du daran überhaupt interessiert bist.«

Kein Kommentar von Thom. Vielleicht hat er ja bald genug von mir und bringt mich höchstpersönlich um. Schließlich weiß ich fast nichts über diesen Mann.

»Ist es nicht schön, dass ich so entgegenkommend und liebenswürdig bin?«

»Ist es nicht schön, dass du hier gemütlich im Auto sitzen kannst, anstatt gefesselt und geknebelt im Kofferraum zu liegen?«

Was für ein absoluter Blödmann er doch ist. Und genau in diesem Augenblick sehe ich es. »Ach du Schande. Da überfällt gerade ein Mann die Tankstelle.«

»Ach ja?« Thom dreht sich nicht mal um. »Das Auto ist kugelsicher. Uns passiert nichts.«

»Schon, aber die Kassiererin ist nicht kugelsicher. Oh mein Gott, unternimm etwas!«

Er neigt den Kopf. »Betty, wir versuchen, uns bedeckt zu halten. Derartige Verbrechen ereignen sich tagtäglich. Sie gibt ihm das Geld heraus. Er wird sie nicht erschießen.«

»Das kannst du nicht wissen.«

»Aber ich weiß, wenn ich jetzt dort reingehe und ihn verschrecke, ist die Wahrscheinlichkeit groß, dass jemand verletzt wird.«

Drinnen in der Tankstelle schiebt die Frau Bargeld und Zigarettenschachteln über die Ladentheke. Sie weint und zittert. Der Räuber stopft seine Beute in die Taschen seiner Jogginghose und seines Kapuzenpullovers.

»Oh, wie schrecklich.«

»Siehst du, er macht sich schon wieder aus dem Staub, ohne dass ein Schuss gefallen ist.«

»Die arme Frau. Vielleicht verliert sie ihren Job. Ob sie wohl eine Krankenversicherung hat? Solch ein Erlebnis löst doch bestimmt eine posttraumatische Belastungsstörung aus, oder?«

Thom stößt einen tiefen Seufzer aus. »Schnall dich an«, befiehlt er. »Sofort.«

Ich tue, was er sagt.

Thom flucht leise. Er sieht mir direkt in die Augen. Dann macht der SUV plötzlich einen Satz nach vorn. Gleich darauf quietschen die Reifen, als Thom eine Vollbremsung hinlegt.

Wir haben den Räuber nicht überfahren. Zumindest dachte ich das. Aber da er nun brüllend am Boden liegt, muss irgendetwas passiert sein.

Thom stößt die Fahrertür auf, die mit einem dumpfen Laut gegen irgendetwas prallt. Ich glaube, das war der Kopf des Räubers. Dann steigt Thom aus, reißt dem Schurken die Waffe aus der Hand und setzt sich wieder ins Auto.

»Ist er tot?«

»Nein«, antwortet Thom. »Ich bin ihm nur über den Fuß gefahren, um ihn außer Gefecht zu setzen. Er hat lediglich ein paar gebrochene Knochen und eine Gehirnerschütterung. Die Dame von der Tankstelle verständigt bereits die Polizei. Sie wird das Geld zurückbekommen, und er wird es überleben. Das wird sicher eine lehrreiche Erfahrung für ihn sein.«

Sieh mal einer an.

Wieder quietschen die Reifen, und wir rasen davon. Anscheinend will Thom so schnell wie möglich von der Tankstelle weg.

»Ein paar gebrochene Knochen und eine Gehirnerschütterung?« Mir ist ganz flau im Magen. »Mehr nicht?«

»Ja.«

»Autsch«, sage ich. »Trotzdem danke, dass du doch kein kompletter Soziopath bist.«

»Gern geschehen. Aber wir können nicht alle retten, okay?«

»Okay.«

Ehrlich gesagt bin ich gerade ziemlich verblüfft. Er hat etwas Nettes getan. Mehr oder weniger. Hat seine Fähigkeiten nicht für das Böse, sondern für das Gute eingesetzt. Vielleicht ist er ja doch nicht so anders als der nette und ethisch korrekte Mensch, für den ich ihn gehalten habe. Allerdings wären da immer noch die zahlreichen Lügen und der schlechte Sex. Und seine Bereitschaft, meine Lebenszeit dafür zu verschwenden, eine vorgetäuschte Beziehung zur Aufrechterhaltung seiner Tarnung zu führen. Nein, ich glaube, ich hasse ihn trotzdem noch wie die Pest und würde ihn auch weiterhin am liebsten erschießen.

»Ich bin, genau wie ich es dir erzählt habe, in Pflegefamilien aufgewachsen«, sagt er, wirft sich einen seiner Weingummi-Fische in den Mund und kaut andächtig. »Die meiste Zeit habe ich nur Mist gebaut, mich ständig in Schwierigkeiten gebracht. Bis meine Pflegeeltern irgendwann genug von mir hatten und mich zur nächsten Pflegestelle abschoben. Niemand hat sich wirklich für mich interessiert.«

Ich dachte mir schon immer, dass dieser Aspekt seiner Vergangenheit für seine emotionale Verkümmerung verantwortlich ist. Eine Kindheit ohne Liebe hinterlässt zwangsläufig Spuren. Es ist furchtbar, sich vorzustellen, wie einsam er gewesen sein muss. Meine Familie hat auch ihre Macken, aber wir lieben uns. Wir kümmern uns umeinander. Ich habe versucht, diese Gefühle auch Thom zu vermitteln, aber was Emotionen angeht, ist er unglaublich resistent. Jetzt weiß ich wenigstens, wieso. Er hatte nicht nur eine schlimme Kindheit, sondern wurde höchstwahrscheinlich auch darauf trainiert, keine Gefühlsregungen zuzulassen. Ich kann mir vorstellen, dass Bindungen einzugehen, wahre Gefühle für jemanden zu entwickeln, es einem erschwert, nach der Erledigung eines Auftrags einfach zu verschwinden. Oder jemanden zu töten.

»Bei der ersten sich bietenden Gelegenheit bin ich zur Armee gegangen. Dort stellte sich heraus, dass es doch etwas gibt, worin ich gut bin. Ich habe mich aus Schwierigkeiten rausgehalten und hart gearbeitet«, fährt er fort. »Hab mich bis zum Rang eines Rangers hochgedient, bevor ich schließlich für diese Aufgabe ausgewählt wurde. Anfangs dachte ich, dass ich für die Delta Force getestet werde, aber so war es nicht.«

»Jetzt bist du nicht mehr beim Militär?«

»Nein. Heutzutage arbeite ich eher im privatwirtschaftlichen Sektor. Ohne staatliche Aufsicht. Privat finanziert.«

»Was haben sie mit dir gemacht?«

»Mich mächtig in die Mangel genommen. Dagegen war das Training, das ich zuvor durchlaufen hatte, ein Witz.«

Ich nicke und lasse mir all die neuen Informationen noch einmal durch den Kopf gehen. »Aber ihr seid die Guten, oder? Ihr versucht, gewisse Dinge in Ordnung zu bringen?«

»Ja, Betty. Wir versuchen es.«

»Auf welche Weise?«

Jetzt ist seine Miene wirklich sehr angespannt. »Das ist ganz unterschiedlich. Indem wir Terroristen aufhalten, bei Geiselnahmen eingreifen, Völkermorde zu verhindern versuchen, Atomwaffen aufspüren oder Waffengeschäfte blockieren. Wir versuchen, das Übel an der Wurzel zu packen.«

Das klingt, als würde er für das Gute kämpfen. Aber ich wünschte trotzdem, dass ich besser wüsste, was in ihm vorgeht. Ich dachte, dass ich ihn durchschauen würde, aber nun wird mir klar, dass ich keine Ahnung habe. In der momentanen Situation liegt alle Macht in seinen Händen. Ich bin nur Zuschauerin bei dieser Geschichte, die mich am Ende womöglich umbringen wird und aus der es auf absehbare Zeit kein Entrinnen gibt. So vollständig von jemandem abhängig zu sein ist Mist. Aber im Moment ist eigentlich alles ziemlicher Mist. »Und das ist die Wahrheit … Das alles, was du mir gerade erzählt hast?«

»Ja, das ist die Wahrheit. Wir sind nicht immer erfolgreich, aber wir bemühen uns.«

Im Moment bleibt mir nichts anderes übrig, als abzuwarten, was passieren wird. »Okay.«

3. KAPITEL

»Dann wurdest du also in Spionage-Kram ausgebildet?«

»Definiere ›Kram‹.«

»Na, du hast ganz offensichtlich das goldene Abzeichen für Lügen und Manipulation.«

»Offensichtlich«, stimmt er zu. »Obwohl wir das lieber als Etablierung und Aufrechterhaltung unserer Tarnung bezeichnen. Als aktive Überwachung. Das klingt schöner. Höflicher.«

»Hm. Welche Abzeichen hast du sonst noch?«, frage ich und drehe mich wieder auf dem Sitz zur Seite. Ich will ihn lieber ansehen. Irgendwie erscheint er mir zusehends lebendiger. Insgesamt realer. Vielleicht habe ich es nun langsam tatsächlich mit dem echten Thom zu tun und nicht nur mit einem müden Abklatsch.

»Ach, Infiltration, Identitätsdiebstahl ... die üblichen Kniffe und Tricks. Was man eben als Kampf- und Spionageabwehrfähigkeiten bezeichnet.«

»Hast du irgendwelche besonderen Ausrüstungsgegenstände? So etwas wie einen Fluchtrucksack?«

Er bedenkt mich mit einem leicht genervten Seitenblick.

»Du weißt schon, was ich meine, Thom. Diese Ausrüstung, die normale Menschen für eine eventuelle Zombieapokalypse bereithalten. Oder, in deinem Fall, die man braucht, wenn man bei Spionageaktivitäten ertappt werden sollte.«

»Bereiten sich normale Menschen tatsächlich auf eine mögliche Zombieapokalypse vor?«

»Laut Reality-TV schon.«

Er gibt ein leises Brummen von sich. »Um deine Frage zu beantworten: Ich habe eine Tasche mit Einsatzausrüstung. Aber es gibt auch einige Dinge, die ich für Notfälle stets bei mir trage.«

»Was zum Beispiel?«

Er verzieht kurz gequält das Gesicht. In seiner Welt sind Informationen ein wertvolles Gut, und ich verlange gerade von ihm, dass er sie ohne Gegenleistung herausrückt. Fast tut mir der arme Kerl ein bisschen leid. »Eine Rasierklinge, einen Handschellenschlüssel, eine Haarnadel ... Solche Sachen habe ich eigentlich immer zur Hand.«

»Wozu eine Haarnadel? Für Frisurennotfälle?«

»Klar, dafür könnte ich sie auch verwenden. Aber ich setze sie lieber dazu ein, um mich aus Kabelbindern zu befreien.«

»Aha. Ich weiß ja, dass du auf Herrenhandtaschen stehst, aber diese ganzen Gegenstände habe ich noch nie bei dir gesehen.«

»Das kommt daher, dass sie in meiner Kleidung versteckt sind, im Saum meines Hemds oder meiner Hose, der Zunge meines Schuhs, meinem Gürtel oder dergleichen. Unsere Operationen werden ja nicht ohne Grund als geheim bezeichnet.«

Ich schüttle den Kopf. »Wow. Du lebst wirklich in einer seltsamen Welt.«

»Ich kann nachvollziehen, dass dir das so erscheint. Aber ich kenne es im Grunde nicht anders.«

Interessant. »Vermutlich kannst du dich, sofern du ausreichend Zeit dafür hast, an so ziemlich jede Situation anpassen.«

»Vermutlich.«

Vorhin haben wir kurz angehalten, um die Nummernschilder am SUV gegen neue auszutauschen, die hinten im Kofferraum parat lagen. Sollte jemand etwas von dem Zwischenfall an der Tankstelle mitbekommen haben, wird es zumindest etwas schwieriger, uns aufzuspüren. Wir sitzen inzwischen schon so lange im Auto, dass mir der Po wehtut. Aber wenigstens bin ich weitgehend unverletzt.

Irgendwo mitten im Nirgendwo haben wir den Highway verlassen. Nun fahren wir durch die Hügel und die Wildnis. »Wirst du mich umbringen und meine Leiche hier irgendwo in der prachtvollen Natur verscharren?«

»Hatte ich eigentlich nicht vor.«

»Oh, gut. Warte mal. Hast du eigentlich noch andere Verlobte oder Familien, von denen ich wissen sollte?« Ich runzle die Stirn. Das ist keine angenehme Vorstellung. Das alles ist auch so schon verwirrend genug. »Hast du?«

»Selbstverständlich nicht.«

Ich kneife die Augen zusammen und sehe ihn prüfend an.

»Ich sage die Wahrheit«, beteuert er und scheint etwas verstimmt darüber zu sein, dass ich ihn verhöre. Wahrscheinlich, weil er das von mir nicht gewohnt ist. Er holt tief Luft und atmet langsam wieder aus. »Ich habe es ja nicht mal geschafft, dir über einen längeren Zeitraum glaubhaft etwas vorzumachen. Wie um alles in der Welt hätte ich es da hinbekommen sollen, auch noch anderen etwas vorzugaukeln? Beziehungen, egal ob echt oder vorgetäuscht, sind offenbar nicht meine Stärke.«

»Aber du hattest vor mir schon andere Lebensgefährtinnen, oder?«

Diesmal sieht er mich lange an. So lange, dass ich mir schon Sorgen mache, dass wir von der Straße abkommen und gegen einen Baum fahren könnten. Aber das passiert nicht. Als Lebensgefährte mag er nutzlos sein, aber den Wagen handhabt er mit absoluter Präzision.

»Nein«, antwortet er schließlich. »Hatte ich nicht.«

»Lebensgefährten?«

»Auch nicht.«

Ich spüre, wie sich verblüfft meine Augenbrauen heben, so hoch, dass sie wahrscheinlich gleich unter meinem Haaransatz verschwinden werden.

»Ich war hauptsächlich damit beschäftigt, im Ausland und zu Hause nicht erschossen, erstochen oder in die Luft gesprengt zu werden. Meine Prioritäten lagen anderswo«, sagt er. »Auf der Highschool hatte ich noch ganz anderes im Sinn. Nachdem ich mich dann bei der Armee verpflichtet hatte, blieb keine Zeit mehr für Beziehungen. Seitdem bin ich nur noch mit der Arbeit beschäftigt und ständig auf Achse.«

»Aber irgendwann warst du es leid, niemanden zu haben, zu dem du am Abend nach Hause kommen kannst.«

Er nickt. »Genau.«

»Das haben wir dann wohl gemeinsam. Verblüffend, oder? Da leben wir in einer modernen Welt, in der alle miteinander verbunden sind, und trotzdem fühlen wir uns so einsam.« Soziale Medien machen nicht glücklich. So viel weiß ich inzwischen. »Aber hast du dir nicht gewünscht, mit jemandem eine echte Beziehung zu führen, anstatt nur so zu tun, als ob?«

»Ich bezweifle, dass es beim ersten Date so gut ankommt, wenn man seinem Gegenüber erzählt, dass man seinen Lebensunterhalt mit Stehlen, Lügen und Morden bestreitet.«

»Kann sein. Aber wir wollten heiraten. Das ist schon etwas mehr als ein erstes Date, oder, Thom?«

Er seufzt. »Ich habe versucht, dich zu beschützen.«

Draußen vor dem Autofenster sausen Mammutbäume vorbei. »Wenn man in einer Beziehung nicht aufrichtig zueinander ist, was hat man dann *überhaupt* davon? Das alles war eine einzige Lüge.«

»Eine Lüge, die dich geschützt hat.«

»Nicht wirklich, oder?«

Er rollt die Schultern, dehnt den Nacken.

»Es fällt mir schwer zu glauben, dass du vor mir noch nie eine ernsthafte romantische Beziehung hattest. Hast du zumindest erste Vorarbeit geleistet? Bist du mit jemandem ausgegangen?«, frage ich. »Nicht als Teil deiner Arbeit, sondern einfach, um mit jemandem zusammen zu sein?«

»Du meinst, ob ich vorher mit einer Frau etwas trinken gegangen bin? Klar.«

Unglaublich. Dieser Mann ist ein echter Romantiker. Ich tippe mit den Fingern auf meine Oberschenkel und hänge meinen tiefschürfenden Gedanken nach. »Aber wurdest du nicht in Sachen Verführung und so weiter ausgebildet? Darin, andere dazu zu bewegen, dir zu geben, was du willst, damit du deine üblen, hinterhältigen Pläne in die Tat umsetzen kannst?«

»Ja.«

»Warum hast du das mit uns dann so in den Sand gesetzt?«

Zwischen seinen dunklen Augenbrauen erscheint eine tiefe Furche. »Ich versuche noch, dahinterzukommen.«

»Vielleicht bin ich einfach zu anspruchsvoll für dich. Oder vielleicht hast du mich falsch eingeschätzt und nicht die richtige Rolle gespielt.«

»Vielleicht habe ich das«, stimmt er zu.

»Das ist bei molligen Frauen nicht ungewöhnlich.« Ich lehne mich zurück und betrachte die bereits erwähnte prachtvolle Natur. »Man glaubt gerne, dass wir uns bereitwillig mit Almosen zufriedengeben.«

Er schaut mich an, sagt aber nichts.

Nachdem wir einen schier endlosen gewundenen Pfad entlanggefahren sind, erreichen wir schließlich eine heruntergekommene Holzhütte. Wir befinden uns noch immer irgendwo im Norden Kaliforniens. Der Boden ist matschig, hier und da sieht man Pfützen, und es riecht irgendwie grün. Nach dem

Moos, das wir bei der Arbeit verwenden. Wahrscheinlich hat es hier erst kürzlich stark geregnet. Das Laub der Bäume erstrahlt in den schönsten Herbstfarben. Die Hütte dagegen ist schmutzig, voller Spinnweben und halb zugewachsen. Eines der Fenster ist zerbrochen, und auf der Veranda steht ein kaputter Schaukelstuhl. Sie sieht aus, als entstamme sie einem Horrorfilm und als würden im Keller Gespenster und diverse Monster lauern oder sich ein Serienkiller im Schlafzimmer verstecken. Auch das weiche Licht des späten Nachmittags macht diese Bruchbude nicht schöner.

»Auf die Idee, uns hier zu suchen, kommt bestimmt niemand«, sage ich.

»Komm mit.« Er holt meine Tasche vom Rücksitz und hängt sie sich über die Schulter. »Lektion Nummer eins: Trau nie deinen Augen.«

Er läuft an der Hütte vorbei und steuert direkt auf eine Art einsturzgefährdeten Holzschuppen zu, der daneben steht. Er lehnt in einem merkwürdigen Winkel an der Hütte, und die Tür sieht aus, als würde sie gleich aus den Angeln fallen. Aber er hat gerade gesagt, ich dürfe meinen Augen nicht trauen. Die Tür quietscht bedenklich. Dann betritt Thom den dunklen, feuchten Schuppen.

Ich zögere. »Wir gehen da hinein? Wenn du mich schon umbringen willst, dann wäre es mir, glaube ich, lieber, wenn du es hier draußen tust. Damit das Letzte, was ich sehe, der blaue Himmel und Schmetterlinge und lauter solche hübschen Dinge sind.«

Er nimmt meine Hand und zieht mich zu sich hinein. Die Tür schwingt zu und fällt klickend ins Schloss. Dann warten wir.

»Worauf warten wir?« Aus irgendeinem Grund flüstere ich.

»Du wirst schon sehen.«

Irgendwann zwischen dreißig Sekunden und einer gefühlten Ewigkeit später frage ich wieder: »Bist du dir auch ganz sicher?«

»Ja«, knurrt Thom. »Henry, hör auf mit dem Quatsch und lass uns rein.«

In diesem Moment schwingt die Rückwand des Schuppens auf. Dahinter befindet sich eine Metalltreppe, deren Stufen in den Boden hinabführen. In die Betonwände, die sie umgeben, sind kleine weiße Lichter eingelassen.

Ein waschechter unterirdischer Bunker. Heiliger Bimbam.

Der durchgeknallte Prepper, dem besagter Bunker zu gehören scheint, sitzt unten, umgeben von langen Werkbänken und Arbeitstischen, die mit Computern vollgestellt oder diversen Waffen und der dazugehörigen Munition beladen sind. Ich dachte immer, solche Leute gibt es nur im Fernsehen. Doch er ist real, etwa fünfzig Jahre alt, hat silbriges Haar und auf der Nasenspitze eine Lesebrille. »Ich habe dich nicht erwartet.«

»Es ist ein Notfall«, sagt Thom. »Das ist meine Verlobte Betty.«

Henry öffnet verblüfft den Mund. »Du heiratest? Du?«

»Nein«, sage ich im selben Augenblick, in dem Thom »Ja« sagt.

Der Mann schaut uns sichtlich verwirrt an.

»Wir arbeiten noch an der Klärung einiger offener Fragen.« Das hat Thom gut gelöst. Na ja, zumindest einigermaßen. »Sie wird eine Weile hier bei dir bleiben.«

»Hat das etwas damit zu tun, dass eine Freundin von dir in Prag ausgeschaltet wurde?«, fragt Henry und verschränkt die Arme.

Thom blinzelt nur kurz. »Solche Neuigkeiten sprechen sich schnell herum. Ja, es hat etwas damit zu tun.«

»Dachte ich mir. Na gut, mein Junge. Was brauchst du?«

»Das volle Programm.«

Henry pfeift durch die Zähne. »Das wird dich einiges kosten.«

»Dessen bin ich mir bewusst. Außerdem benötige ich einen Hacker. Den besten, den du kriegen kannst.«

»Vor Ort?«

»Nein.«

»Ich werde etwas Zeit brauchen, um das zu organisieren.«

»Genau davon habe ich aber nicht viel«, seufzt Thom. »Wie schnell kannst du alles vorbereiten?«

»Gib mir bis Mitternacht. Spätestens ein Uhr.«

»Okay. Der Wagen, der oben steht, muss ebenfalls verschwinden.«

»Verstanden.« Henry erhebt sich langsam von seinem Hocker und mustert mich von Kopf bis Fuß. »Betty also? Du weißt schon, dass er ein Arschloch erster Güte ist, das dich nicht verdient hat?«

»Weiß ich«, antworte ich.

»Schön für dich, Schätzchen. Brich ihn und sorge dafür, dass er vor dir kriecht.« Henry grinst. »Nehmt euch das Zimmer ganz hinten und bedient euch an dem Schmorbraten im Kühlschrank. Habe ich gestern selbst zubereitet.«

Also, ich finde diesen Kerl wirklich klasse. Thom wirkt dagegen weniger begeistert.

Der Bunker besteht komplett aus Beton und Stahl. Allerdings verleihen ihm die zahlreichen Regale und Gestelle mit Messern, Schusswaffen und diversen explosiven Gegenständen eine gewisse Gemütlichkeit. Sofern man einen Hauch von Apokalypse gemütlich findet. Oh Mann.

»Alles okay?«, fragt mich Thom.

»Ähm, ja.« Ich wische mir die verschwitzten Handflächen an meiner Jeans ab. Angst zu haben wird bei mir langsam zu einer lästigen Gewohnheit, aber ich bezweifle, dass sich daran so bald etwas ändern wird. »Ist das da drüben auf dem Tisch ein Raketenwerfer?«

Er dreht sich um und begutachtet die angesprochene Massenvernichtungswaffe. »Nur ein kleiner. Hey, was ist los? Du leidest doch nicht unter Agoraphobie, oder?«

»Nein, nein.« Ich versuche, ein Lächeln zustande zu bringen, doch es fällt ziemlich schwach aus. »Ich ... also ... Ich versuche nur, irgendwie hinterherzukommen und das alles zu verarbeiten.«

»Und das machst du sehr gut. Komm mit.«

Er nimmt wieder meine Hand und führt mich durch einen Korridor. Wir halten neuerdings wirklich oft Händchen.

Zuerst kommen wir an einem schmalen, langen Raum vorbei, an dessen hinterer Wand große menschliche Umrisse aus Papier hängen. Offenbar hat Henry seinen eigenen unterirdischen Schießstand. Klar, warum auch nicht. Daneben liegt ein Vorratsraum, in dem, ordentlich sortiert, noch mehr Waffen und Ausrüstungsgegenstände lagern. Dann kommt eine kleine Küche mit Essbereich. Ein Wohnzimmer mit einem alten Fernseher, einem ziemlich ramponierten Fernsehsessel und einem grün karierten Sofa. Es folgen mehrere verschlossene Türen, ein äußerst spartanisch ausgestattetes Badezimmer und schließlich ein kleines Zimmer mit einem Doppelbett, dessen Laken mit militärischer Präzision glatt gezogen wurden. Der Raum sieht aus wie Batmans Geheimversteck, nur mit mehr Waffen und weniger Höhlen-Ästhetik.

Ich fühle mich mal wieder vollkommen fehl am Platz. Das ist langsam nicht mehr witzig.

»Mach es dir gemütlich.« Thom stellt die Tasche auf dem Bettende ab. »Ich muss noch etwas erledigen.«

Ich nicke.

»Betty.«

Ich blicke auf. »Was?«

»Alles wird gut«, sagt er und sieht mich sehr ernst an. »Ich verspreche es.«

»Wer ist er? Wie gut kennst du ihn?«

Nun entsteht eine kleine Pause. Da ist er wieder, sein tief verwurzelter Widerwille gegen die Preisgabe von Informationen. Ich warte einfach ab, während er innerlich mit sich kämpft. Schließlich schluckt er und leckt sich die Lippen. »Ich habe ihn kennengelernt, als ich zu den Rangern stieß. Eine Mission in Afghanistan ging gehörig schief, und er hat den Kopf dafür hingehalten. Dämliche Politik. Er ist aus dem aktiven Dienst ausgeschieden. Doch dann begann er, sich zu langweilen, und da er sowieso auf die Regierung sauer war, hat er schließlich beschlossen, sein eigenes Geschäft aufzuziehen.«

»Dann betreibt er hier jetzt so eine Art unterirdischen Kriegssupermarkt, oder was?«

Beinahe lächelt er. Er ist ganz kurz davor. »Im Grunde schon. Er bedient nur einen äußerst ausgesuchten Kundenkreis. Er schuldet mir noch einen Gefallen. Du wirst hier in Sicherheit sein. Dieser Ort ist praktisch vollkommen unzugänglich.«

»Okay.«

»Ich muss mich jetzt an die Arbeit machen.«

»Klar. Geh nur. Ich schaffe das schon.«

Wieder entsteht eine Pause, und er streckt die Hand ein Stück weit nach mir aus und richtet den Blick auf meinen Mund. Ich begreife, was er vorhat. Weil wir das früher immer getan haben, bevor einer von uns zur Arbeit musste. Bevor er zu einer seiner Geschäftsreisen aufbrach, nahm er immer meine Hand und küsste mich. Es war nie hochdramatisch oder übermäßig romantisch. Im Grunde drückte er nur meine Hand und gab mir rasch ein Küsschen. Damals, als wir noch pro forma taten, was Pärchen eben so tun. Als er noch vorschützte, mein Lebensgefährte zu sein.

Doch nun steht er wie erstarrt vor mir. Er hat die Lippen etwas geöffnet und runzelt leicht die Stirn. Ich glaube, ich habe ihn noch nie so verunsichert erlebt.

»Das klappt schon alles«, sage ich und weiche ein wenig zurück. Weil ich nicht will, dass er mich küsst. Nicht, wenn er es nur aus Gewohnheit tut. Nicht, wenn es bedeutungslos ist. Obwohl ich im Grunde überhaupt nicht mehr wollen sollte, dass er mich küsst. Oder dass er mir auch nur zu nahe kommt. Himmel, das ist alles so verwirrend.

Er nickt mir bedächtig zu.

»Du gehst aber doch nicht einfach weg, ohne dich vorher von mir zu verabschieden?«, frage ich.

»Nein.«

»Okay.«

Dann verlässt er ohne ein weiteres Wort das Zimmer.

Unterirdische Bunker sind überraschend langweilig. Na ja, so überraschend ist das eigentlich doch nicht. Ich dusche und ziehe mir eine frische Jeans und ein blaues T-Shirt an. Dann esse ich eine Portion aufgewärmten Schmorbraten und schaue mir die vorhandene DVD-Sammlung genauer an. Sehr viele Streifen mit Clint Eastwood und John Wayne. Einige Hong-Kong-Gun-Fu-, Jackie-Chan- und Bruce-Lee-Filme. Ich habe keine Ahnung, wo Thom sich herumtreibt, aber Henry sitzt wieder über eine der Werkbänke gebeugt. Genau wie vorhin, als wir hier ankamen.

»Was machst du da?«, erkundige ich mich und gehe näher heran.

»Patronen herstellen.«

»Kann ich helfen?«

»Nein, danke.«

»Du kennst Thom also schon länger, oder?«

»So ist es.«

Ich lehne mich lässig mit der Hüfte an die Werkbank und versuche, eine möglichst glaubhafte Ich-stehe-hier-nur-so-herum-und-unterhalte-mich-ein-bisschen-Pose einzunehmen. Ich bin die Königin der Subtilität. »Du weißt also alles über seine Aktivitäten und seine Vergangenheit und so weiter?«

Er lächelt und legt seine kleinen Werkzeuge und die Waage beiseite. »Du hast einige Fragen.«

»Ja.«

»Ich kann sie dir nicht beantworten.«

Verdammt. »Na, warum erzählst du mir dann stattdessen nicht etwas über dich?«

»Tut mir leid, Schätzchen. Das ist streng vertraulich.« Er meint es ernst. Sehr ernst sogar. »Aber vielleicht hilft es dir ja ein bisschen, wenn ich dir sage, dass ich noch nie zuvor erlebt habe, dass Thom sich von einer Frau nervös machen lässt.«

»Ich? Ich mache ihn nervös?« Ich lache. »Du willst mich wohl veralbern. Wenn dem so ist, lässt er es sich jedenfalls nicht anmerken.«

»Selbstverständlich nicht. Das wurde ihm abtrainiert. Sich durch physische Reaktionen zu verraten geht gar nicht. Kein potenzielles Ziel darf aus der Körpersprache schließen, was man vorhat.« Henry beugt sich näher zu mir, als wolle er mir ein Staatsgeheimnis anvertrauen. »Allerdings habe ich jetzt schon ein- oder zweimal beobachtet, dass ihm in deiner Gegenwart Patzer unterlaufen sind. Das ist ziemlich unterhaltsam.«

»Aha.«

»Warum unterhalten wir uns nicht lieber über ein anderes Thema, über das ich auch sprechen darf?«, schlägt er vor. »Betty, stell dir doch mal vor, jemand würde dich angreifen. Was würdest du tun?«

»Schreien.«

»Das ist schon mal ein guter Anfang. Was dann?«

Ich überlege. »Keine Ahnung. Wahrscheinlich würde ich zuschlagen oder treten oder versuchen, sofern möglich, die Flucht zu ergreifen.«

»Mm-hmm.« Er verschränkt die Arme. »Hast du immer Pfefferspray griffbereit?«

»Das hatte ich, aber als die Wohnung explodiert ist, habe ich meine Handtasche und auch alles andere verloren.«

»Wie sieht es mit einem Messer aus?«

»Gib ihr bloß kein Messer.« Thom steht plötzlich hinter mir. Er hat sich die Sonnenbrille auf den Kopf geschoben. Ich hasse es, wenn er sich so an mich heranschleicht, was ziemlich oft vorkommt. Noch so ein verräterischer Hinweis auf seinen wahren Beruf. Er kann sich so verstohlen und lautlos bewegen. »Ich habe den SUV in die Garage gebracht. Wo hast du die Cobra her?«

»Geht dich nichts an«, sagt Henry. »Und sie steht auch nicht zum Verkauf.«

»Bedauerlich.«

Moment mal, ich bin auch noch da, und ich bin sauer. »Hey, ich bin Floristin. Ich spiele den ganzen Tag mit hübschen Blümchen und scharfen Gegenständen. Ich kann durchaus mit einem Messer umgehen.«

Thom ist vollkommen unbeeindruckt. »Aber damit kämpfen kannst du nicht.«

»Na gut. Aber dann müsst ihr mir beibringen, wie man eine Waffe abfeuert, damit ich mich verteidigen kann.«

»Du hasst Waffen.«

»Oh ja, so sehr. Aber wir werden gejagt, Thom.«

»Nein«, beharrt er.

»Das ist doch lächerlich«, entgegne ich mit wohl bemessenem gereiztem Unterton. »Er will mich einfach nur irgendwo verstecken, wo mir nichts passieren kann.«

»Das macht man so mit Dingen, die einem lieb und teuer sind.« Henry steht auf und dehnt den Nacken. Für sein Alter ist er ziemlich durchtrainiert, hat breite Schultern und einen muskulösen Oberkörper. Aber mit dieser Lieb-und-teuer-Sache, da liegt er komplett daneben. Ich bin für Thom eher ein lästiges Übel. Allerdings weiß Henry das nicht.

»Das ist wirklich ein entzückender unterirdischer Bunker.« Ich setze ein strahlendes Lächeln auf. »Aber ich bezweifle, dass wir momentan irgendwo völlig sicher sind. Wäre es nicht besser, auf alles vorbereitet zu sein?«

»Gutes Argument«, sagt Henry. »Zeig ihr, wie man schießt, Thom. Du hast gerade Zeit und alles, was dafür notwendig ist. Nutze die Gelegenheit.«

»Ich will nicht, dass sie mit diesem Mist etwas zu tun hat.«

»Zu spät – das hat sie schon längst. Wenn du wirklich gewollt hättest, dass sie ein normales, nettes Mädchen bleibt, dann hättest du dich ihr von vornherein gar nicht nähern dürfen.«

»Das ist mir klar.«

»Dann unternimm etwas, du Blindgänger.«

Ich schnaube. »Der war gut.«

Thom amüsiert sich dagegen nicht besonders. »Nerv nicht, du alter Knacker.«

»Du bist nur sauer, weil du weißt, dass ich recht habe«, entgegnet Henry verdutzt.

»Darf ich auch etwas dazu sagen?«, frage ich.

»Selbstverständlich, Schätzchen«, sagt Henry. Schön zu wissen, dass jemand auf meiner Seite steht. Insbesondere jemand, der es schafft, dass Thom Ruhe gibt und zuhört.

»Ihr könnt beide nicht für meine Sicherheit garantieren. Nicht hundertprozentig. Es kann immer etwas passieren.« Ich sehe Thom entschlossen in die Augen. »Wenn ich aus den vergangenen anderthalb Tagen etwas gelernt habe, dann, dass niemand von uns die aktuelle Situation unter Kontrolle hat. Möglicherweise seid ihr nicht in der Lage, das, was auf uns zukommt, aufzuhalten. Gebt mir die Chance zu kämpfen.«

Thom sieht genervt und unzufrieden aus.

»Ach herrje«, flüstert Henry. »Er wollte dein heldenhafter Ritter sein, und du hast seinen Traum gerade mir nichts, dir nichts platzen lassen.«

Thom und ich sehen uns mürrisch an.

»Wenn die es allerdings schaffen sollten, an unserem jungen Freund hier vorbeizukommen, sind wir höchstwahrscheinlich tatsächlich geliefert.« Henry lächelt mir freundlich zu. Ich glaube, ab sofort ist er nicht nur für Thom eine Vaterfigur, sondern für mich auch.

»Sie wissen nichts von dir oder diesem Bunker«, entgegnet Thom. »Warum, glaubst du, habe ich sie ausgerechnet hierher gebracht?«

»Er hat also keine Verbindungen zum Zoo?«, frage ich.

»Keine.«

»Zum Zoo?« Henry lacht. »Herrlich. Sie ist hinreißend. Du solltest sie auf jeden Fall heiraten. Aber vorher bringst du ihr noch bei, wie man tötet.«

Henry lag in Sachen verräterischer Körpersprache richtig. Ich bemerke bei Thom jetzt auch Mikromimik. Ein andeutungsweises Stirnrunzeln, ein ganz leichtes Verengen der Augen, wie er es jetzt gerade tut. Und dann kommt mein persönlicher Favorit: das kaum merkliche Hochziehen einer Mundhälfte. So zeigt er Missbilligung, drückt seine Wut aus oder lächelt. Minimal. Kein Wunder, dass ich ihn für einen gefühllosen Roboter gehalten habe. Er hat nicht nur all seine Emotionen vor mir verborgen, ich habe ihn obendrein auch noch völlig falsch eingeschätzt. Bis vor Kurzem.

Wahrscheinlich muss man erst mal wissen, dass jemand ein Lügner ist, um richtig hinzusehen. Genau wie er bereits sagte, sollte man seinen Augen nicht trauen. Sie können einen viel zu leicht trügen.

In Filmen sind Spione immer entweder schroff und grob oder charmant und verwegen. Aber Thom ist irgendwie unscheinbar. Hält sich gerade so weit gebückt, dass er durch seine Körpergröße nicht hervorsticht. Ist von mittlerer Statur. Das ist in seinem Job bestimmt nützlich. Ich fand ihn attraktiv. Oder vielleicht war es auch nur sein Interesse an mir, das mich für ihn vereinnahmt hat. Der Umstand, dass da jemand war, der mich begehrte. Jeder braucht ab und zu ein bisschen Bestätigung.

Ich werde nie wieder auf diesen Quatsch hereinfallen. Ich bin eine Frau, hört mich brüllen. Ich brauche keinen Mann oder eine Beziehung oder was auch immer ich dachte, das mir in meinem Leben fehlt. Ich werde auf eigenen Füßen stehen und lernen, mich zu verteidigen. Auch wenn ich allein bei der Vorstellung, Gewalt anzuwenden, schon wieder das Gefühl habe, mich übergeben zu müssen.

»Alles okay bei dir?«, fragt Thom.

Ich recke das Kinn. »Mir geht's bestens.«

Er sieht mich nur an.

»Doch, so ist es.«

»Wenn du das sagst.« Sein Blick ist durchdringend. Er ist kein attraktiver Mann im klassischen Sinne, aber seine kantigen Gesichtszüge haben schon etwas Anziehendes. Sein eckiges Kinn und seine schmalen Lippen, seine strahlend blauen Augen und seine hohe Stirn. Dann ist da noch die Nase, die er sich ein oder zwei Mal gebrochen hat. Er hat mir erzählt, dass ihm das als Kind beim Skateboarden passiert sei. Fraglos auch eine Lüge.

»Komm.« Er nickt mit dem Kinn. Als ob damit alles geklärt wäre.

»Wo gehen wir hin?«

»Du wolltest lernen, wie man mit einer Waffe umgeht«, sagt er und nimmt eine von der Wand. »Das ist eine Neun-Millimeter mit einreihigem Magazin.«

»Was bedeutet einreihig?«

»Statt zwei Reihen Patronen nebeneinander befindet sich im Magazin nur eine. Dadurch ist der Griff schmaler und die Pistole leichter. Dafür hat man aber auch weniger Schuss, okay?«

»Okay.«

»Das ist eine Kompaktpistole. Die mögen Frauen normalerweise.«

»Oh, gibt es die auch in Pink?«

»Nimmst du das hier ernst, Betty, oder sollen wir es gleich lassen?« Er sieht mich genervt an. »Ich kann darauf verzichten, dass du dir versehentlich in den Fuß schießt. Oder mir.«

»Wenn ich auf dich schießen sollte, dann sicherlich nicht aus Versehen.«

Er sieht mich abwartend an.

»Tut mir leid«, sage ich verlegen. »Ich nehme es ernst. Bitte fahr fort.«

Er fährt mit der Hand über die Waffe. »Wenn du die Pistole nicht benutzt, dann halte sie immer von dir weg und auf den Boden gerichtet. Wenn du nicht bereit bist, sie abzufeuern, zieh sie erst gar nicht. Mit einer Waffe herumzufuchteln ist fast immer ein Garant dafür, dass eine angespannte Situation eskaliert. Manchmal ist es am besten, erst einmal zu versuchen, durch Reden aus einer brenzligen Lage herauszukommen. Verstanden?«

»Verstanden.«

Er nickt in Richtung des Korridors. »Gehen wir zum Schießstand.«

Wir begeben uns in den lang gezogenen Raum, an dessen Wänden merkwürdige graue Polster hängen und dessen Decke mit dazu passendem Schaumgummi verkleidet ist. Im vorderen Bereich steht ein kleiner Tisch mit Ohrenschützern. An der hinteren Wand hängen diese traditionellen Zielscheiben mit menschlicher Silhouette. Jemand anderes würde diesen Raum als Heimkino oder Bowlingbahn nutzen. Henry nicht.

Thom zeigt mir das Magazin mit der ordentlich übereinandergeschichteten Munition, bevor er es wieder in das Heft oder den Kolben oder Griff, oder wie immer man das auch nennt, steckt. Dann fährt er mit dem Finger über die Oberseite der Waffe und deutet auf die einzelnen Teile. »Korn, Auswurffenster, Verschluss und Kimme.«

Ich nicke.

»Und das hier ist der Abzug«, erklärt er und reicht mir die Pistole. »Setz deinen Gehörschutz auf.«

Ich tue, was er sagt, und merke, dass ich nervös werde.

»Versuch es mal. Probier aus, wie es sich anfühlt.« Er schließt die Tür und setzt sich ebenfalls Ohrenschützer auf. Unsere Stimmen klingen jetzt, als befänden wir uns unter Wasser. Gedämpft, aber noch hörbar.

»Wie genau muss ich die Pistole halten?«, frage ich und schreie wahrscheinlich.

Er tritt hinter mich und legt die Arme um mich, fast als wolle er mich umarmen. Dann schließt er mit den Fingern meine Hand fest um die Waffe. »So«, höre ich seine tiefe Stimme direkt neben meinem Ohr. »Halt sie gut fest, aber umklammere sie nicht. Nicht zu fest.«

»In Ordnung. Ich glaube, ich habe es verstanden.«

Er lässt die Arme sinken, bleibt jedoch, wo er ist. Ich spüre seinen warmen Atem im Nacken, die Hitze seines Körpers an meinem Rücken. Das lenkt ungemein ab.

»Willst du etwa da stehen bleiben, während ich schieße?«, frage ich.

»Was hast du, Betty? Traust du mir nicht, wenn ich mich außerhalb deines Blickfeldes befinde?«

»Nicht unbedingt.«

Er lacht leise. Das hört sich angenehm an. Leider. »Stell deine Füße schulterbreit auseinander und beuge die Knie ein wenig. So ist es richtig. Eine Hand hält die Waffe fest, die andere stützt sie. Arme ausstrecken, aber nicht ganz durchdrücken. Jetzt nimm das Ziel ins Visier. Schön ruhig atmen. Und nicht am Abzug reißen, sondern behutsam drücken.«

»Okay.« Ich folge seinen Anweisungen. »Schieße ich jetzt?«

»Wann immer du bereit bist.«

Trotz all meiner Bemühungen ist mein ganzer Körper vor Aufregung vollkommen verkrampft. Vielleicht muss ich einfach den ersten Versuch hinter mich bringen. Schwer atmend ziele ich und drücke ab.

Die Waffe ruckt in meiner Hand, und der Schuss ist laut. Unglaublich laut. »Wo ist die Kugel gelandet?«

»In der Decke«, sagt er. »Du wehrst dich gegen den Rückstoß. Du weißt, dass die Waffe gleich losgeht, und zuckst mit der Hand. Dadurch verfehlst du das Ziel.«

»In Ordnung. Was hilft dagegen?«

»Achtsamkeit und Übung. Versuch es noch einmal. Drück langsam ab und bleib locker. Lass zu, dass der Schuss unerwartet kommt.«

Ich versuche, ruhiger zu atmen, nehme sorgfältig das Ziel ins Visier. Aber es irritiert mich irgendwie, dass er so dicht bei mir steht. In den guten alten Zeiten unserer fingierten Beziehung, ganz am Anfang, hat er mir die Stirn geküsst, mir einen Arm um die Taille gelegt. Diese ganzen kleinen kuscheligen Dinge, die Pärchen so machen. Doch nun nehme ich seine Nähe viel zu bewusst wahr. »Willst du wirklich die ganze Zeit über da stehen bleiben?«

»Du schaffst das«, sagt er. »Komm schon. Wenn du es nicht fertigbringst, dich zu entspannen und zu schießen, während ich neben dir stehe, wie soll das dann unter realistischen Bedingungen klappen?«

Ich rege mich nicht und warte.

Er seufzt gequält und tritt einen Schritt zurück. »Zufrieden?«

»Ich bin begeistert.« Ich feure wieder die Pistole ab. Diesmal streift die Kugel den Rand der Papierzielscheibe. »Ja!«

»Gut gemacht – du hast dem Feind gerade leichte Unannehmlichkeiten bereitet. Versuch es noch mal und triff ihn diesmal richtig.«

»Du bist nicht gerade unterstützend.«

»Ich wollte dich niemals mit einer Waffe in der Hand sehen. Wollte nie, dass du mit alldem in Berührung kommst.« Er klingt frustriert und reuig. Fast hasse ich ihn deswegen ein bisschen weniger. Aber dann drückt er mir unsanft die Arme zurück in Position, rückt mir wieder unangenehm auf die Pelle und stört mich beim Anvisieren. »Ziel auf die zentrale Körpermasse. Da wollen wir ihn treffen.«

»Okay, okay. Gib mir etwas Freiraum, ja?«

Wieder tritt er zurück. »Entschuldige. Schieß.«

Diesmal treffe ich das Papier in der unteren Hälfte. »Wie war ich?«

»Der arme Kerl. Ich glaube, du hast seine Leiste gestreift. Wahrscheinlich hast du ihm den linken Hoden weggeschossen.«

»Ha. Das wird ihn lehren, sich nicht mit mir anzulegen.«

Ich lächle, und er lächelt, und für einen kurzen Moment ist alles gut. Bis mir wieder einfällt, dass ganz und gar nichts gut ist. Nicht mal ansatzweise. Mein Lächeln verblasst und Thoms ebenfalls. Seines allerdings etwas langsamer. Wir sind nun mal nicht hier, um gemeinsam neue, schöne oder auch nur merkwürdige Dinge zu erleben, an die wir uns später gern zurückerinnern werden. Wegen diesem ganzen Mist, in den er mich mit hineingezogen hat, machen wir mich zu einer Waffe. Diesen wichtigen Punkt darf man nicht vergessen.

»Noch mal«, sagt er. »Du machst das gut, Betty. Ich bin stolz auf dich.«

Sieh an. Ich glaube, er hat noch nie gesagt, dass er stolz auf mich ist. Zumindest nicht, dass ich wüsste. Aber das sind nur Worte. Dahingesagte Worte, die höchstwahrscheinlich kaum etwas bedeuten. Nichts, wofür es sich lohnt, ein warmes, kribbeliges Gefühl im Bauch zu bekommen.

Ich feure die restlichen Kugeln in einer einzigen wütenden Salve ab. Keine einzige trifft.

»Du lagst weit daneben. Was war los?«, fragt er, weil der Gute nämlich nicht dumm ist. Leider ist er auch nicht mehr so distanziert und geistesabwesend wie früher. »Woran hast du gedacht?«

»Ich habe nur … Egal.« Ich seufze. »Versuchen wir es noch mal.«

Er sieht mich lange an. Dann gibt er mir ein neues Magazin. »Okay. Lass dir Zeit. Ich weiß, dass du das kannst.«

Ein halbherziges Lächeln ist alles, was ich zustande bringe. Übung. Ich werde viel üben müssen. Üben, wie man eine Waffe abfeuert, und offenbar auch, wie man den echten Thom ignoriert.

4. KAPITEL

»Warum ausgerechnet ich?«, frage ich später am Abend, als ich ausgestreckt auf dem Bett liege. »Ich kann damals unmöglich der einzige verzweifelte Single in L.A. gewesen sein.«

Thom tritt in einer Dampfwolke aus dem Badezimmer. Es ist ein Bad mit zwei Türen, von denen eine auf den Korridor und eine ins Gästeschlafzimmer geht, sodass wir ein wenig Privatsphäre haben. Auch wenn wir die überhaupt nicht brauchen. Das Handtuch, das er sich um die Hüften geschlungen hat, verbirgt allerdings nicht gerade viel. Eigentlich will ich nicht hinstarren, aber ich bin mir recht sicher, dass ich es dennoch tue. Zwar habe ich seinen Körper schon im Dunkeln ertastet, aber ihn zu sehen, mit dem Licht aus dem Bad im Rücken und angestrahlt von der Nachttischlampe, ist etwas ganz anderes. Die Narben, die sich über die Wölbungen und Vertiefungen seiner Muskeln ziehen, bilden sogar noch ein zusätzliches interessantes Element. Er sieht so gestählt und gefährlich aus. Ich weiß nicht, ob ich mich jemals daran gewöhnen werde, wie er neuerdings seinen durchtrainierten Körper zur Schau stellt. Na ja, wahrscheinlich stellt er ihn nicht vorsätzlich zur Schau. Er versteckt ihn nur nicht mehr krampfhaft.

Habe ich schon mal erwähnt, dass ich Veränderungen nicht leiden kann?

»Muss ich darauf antworten?«, fragt er.

»Ja.«

Er hebt die Arme, vermutlich um sie zu verschränken, hält

aber mitten in der Bewegung inne. Vielleicht hatte Henry tatsächlich recht damit, dass ich Thom nervös mache. »Du wirst mich hassen.«

»Ähm, das tue ich eigentlich jetzt schon.«

»Stimmt auch wieder«, sagt er. »Du bist mir schon einige Wochen vorher aufgefallen, in einem Taco-Imbiss, wo du gern hingehst. Du warst dort mit Jen und Wie-heißt-er-gleich und Aiko von der Arbeit.«

»Ethan. Er heißt Ethan. Ich verstehe nicht, dass du dir das nicht merken kannst.«

»Ich kann mir seinen Namen sehr wohl merken. Aber er ist ein Idiot, und du hast mich ständig gezwungen, etwas mit ihm zu unternehmen, und darum habe ich entschieden, dass mir sein Name niemals über die Lippen kommen wird.«

»Das ist ja überhaupt nicht kleinkariert und übertrieben dramatisch oder so«, sage ich mit erhobenen Brauen. »Du hast gesagt, er wäre ein netter Kerl.«

»Ja. Das war auch gelogen.«

Ich lache schnaubend. »Klar war es das. Sprich weiter.«

»Es ist eigentlich ziemlich unkompliziert.« Er zuckt kaum merklich mit den Schultern. »Mir gefiel dein Lächeln.«

»Das war's?«

»Jap. Mir gefiel dein Lächeln. Ende der Geschichte.«

Ich überlege einen Moment. Verdaue seine Worte, bevor ich ihm schließlich antworte: »Schwachsinn.«

»Was genau?«

»Dir gefiel mein ›Lächeln‹.« Dabei mache ich tatsächlich Anführungszeichen mit den Händen. Nicht besonders einfallsreich, aber zum Glück auch nicht strafbar. »Ist das dein Ernst?«

»Ja.«

»Das ist so eine lahme Floskel. Ich meine, damit sagst du, dass du dir für deinen Lug und Trug aus all den Single-Frauen der Stadt ausgerechnet mich aufgrund meines Lächelns ausgesucht hast?«

»So war es wirklich.«

Ich sehe ihn böse an, doch er zuckt nicht mal mit der Wimper. Offenbar besitze ich nur sehr eingeschränkte Fähigkeiten, diesen Mann einzuschüchtern. Angesichts dessen, dass er es wahrscheinlich schon mit weitaus bedrohlicheren Kontrahenten als mir zu tun hatte, ist das allerdings nicht verwunderlich.

»Okay. Wie ging es weiter?«

»Dann habe ich möglicherweise einige Nachforschungen angestellt, bevor ich dich schließlich an jenem Abend in der Bar angesprochen habe.« Er kratzt sich am Kopf und stemmt dann die Hände in die Hüften. Vielleicht beabsichtigt er damit, meine Aufmerksamkeit auf den schmalen Streifen aus Härchen unterhalb seines Bauchnabels zu lenken. Mich aus dem Konzept zu bringen. Keine Ahnung. Aber das wird nicht klappen. Ich glotze nämlich fast gar nicht hin.

»Nachforschungen«, wiederhole ich. »Moment mal … Heißt das, du hast mich gestalkt?«

»Diese Behauptung möchte ich weder bestätigen noch dementieren.«

»Oh mein Gott, du hast es tatsächlich getan. Das ist so widerlich und falsch, Thom. Du bist mir nachgeschlichen und hast in meinem Leben herumgeschnüffelt, als hättest du das Recht dazu.«

Er zuckt kaum merklich zusammen. »Das habe ich so nicht gesagt … Nicht direkt.«

»Aber es ist die Wahrheit, oder?«

»Das ist eine ziemlich unschöne Betrachtungsweise«, sagt er. »Mir ist ein Mädchen aufgefallen, dessen Lächeln mir gefiel, und ich wollte sie näher kennenlernen. Was ist daran verwerflich?«

»Die Tatsache, dass ich nichts davon wusste, dass du mich näher kennenlernst?« Dieser Mann macht mich fertig. Ihm ist offensichtlich jedes Gefühl dafür, was legal und normal ist, abhandengekommen. »Du hast etwas mehr getan, als mich nur zu googeln, oder?«

»Ich habe mich nur über deinen Background informiert«, sagt er. »Wie sonst hätte ich sicherstellen sollen, dass du nicht verrückt bist oder Verwandte beim FBI hast oder sonstige Sachverhalte vorliegen, die die ganze Angelegenheit womöglich verkompliziert hätten?«

»Das ist verrückt.«

»Beim Mann deiner Cousine Sara hatte ich ein paar Bedenken. Weil er vor einiger Zeit als verdeckter Ermittler tätig war.«

»Tatsächlich? Davon wusste ich gar nichts.«

Thom nickt. »Aber er vögelt schon seit Jahren mit jemandem aus der Nachbarschaft. Der Kerl hat absolut keine Glaubwürdigkeit.«

»*Was* tut er?«, frage ich mit erhobener Stimme. »Ach du Schande. Arme Sara. Ich muss es ihr sagen.«

»Wie willst du ihr erklären, woher du diese Information hast?«, fragt er seelenruhig.

»Gute Frage. Woher hast du diese Information denn? Oh mein Gott, hast du etwa heimlich durch die Fenster geschaut? Hast mich und andere Personen mit einer Kamera mit Teleobjektiv ausgespäht oder etwas vergleichbar Grässliches gemacht?«

Er schweigt sich aus.

»Verflucht noch mal, Thom.«

»Entschuldige. Es tut mir leid. Aber ich habe dich nicht beobachtet, wenn du nackt warst oder nur teilweise bekleidet.« Zwischen seinen Augenbrauen erscheint wieder diese kleine Furche. »Was soll ich sonst noch sagen?«

»Ich weiß auch nicht. Also ehrlich, das ist alles ziemlich schräg.«

»Ich entschuldige mich dafür. Nochmals.« Er betrachtet eingehend den Fußboden. »Die Wahrheit lautet, dass du ein netter Mensch zu sein schienst und ich wissen wollte, ob es Konkurrenz für mich gibt. Wir wurden dazu ausgebildet, Situationen zu analysieren und auf alle Eventualitäten vorbereitet zu sein.«

»Unsere Beziehung war für dich eine Mission. Du hast mein Leben analysiert, es infiltriert und anschließend nur noch innerhalb der Parameter agiert, die dir angenehm waren.«

»Geht es jetzt schon wieder um diese Orgasmus-Sache?«

Hätte ich mit den Augen Laserstrahlen abfeuern können, hätte ich ihn jetzt gegrillt. Hundertprozentig.

Thom öffnet den Mund, klappt ihn aber gleich wieder zu. »Was immer ich jetzt sage, macht dich nur noch wütender, oder?«

»Höchstwahrscheinlich.« In der Decke über mir ist ein Riss. Wie passend, wenn man bedenkt, dass neuerdings eine weitaus größere und zerstörerischere Bruchlinie mitten durch mein Leben verläuft. Du kannst einpacken, San-Andreas-Spalte. Thom Lange hat dich geschlagen. »Tut es dir wirklich leid, oder sagst du das nur, weil du meinst, dass es von dir erwartet wird?«

Er spielt mit der Zunge an der Innenseite seiner Wange. »Also, ich mag es nicht, wenn du unzufrieden oder wütend bist. Insbesondere, wenn ich der Grund dafür bin.«

»Okay.«

»War das eine gute Antwort?«

»Sie war zumindest nicht ganz schlecht. Da ich allerdings sowieso nicht damit rechne, dass du dich wie ein normales angepasstes Mitglied der Gesellschaft verhältst, sind meine Erwartungen an dich in dieser Hinsicht entsprechend gering.«

Trotz meiner kritischen Worte nickt er zufrieden. »Es ist schon herausfordernd, eine Beziehung mit jemandem zu führen, der weiß, wer und was ich wirklich bin. Irgendwie interessant. Ich hätte nicht gedacht, dass ich so etwas jemals tun würde, aber …«

»Jetzt bist du um eine Erfahrung reicher, was?«

»So ist es.« Er sieht mich liebevoll an. Lässt die Finger über den Rand des Handtuchs und seinen flachen Bauch gleiten. Fast habe ich den Eindruck, dass er damit meine Aufmerksamkeit auf die Wölbung unter seinem Handtuch lenken möchte. Angeber. Er betatscht sich richtiggehend. Das macht er mit Absicht, um mich mit seinen aufreizenden Blicken und seinem durchtrainierten Körper anzumachen. Wahrscheinlich ein Versuch, mich dazu zu bewegen, ihm zu vergeben oder zumindest etwas nachsichtiger mit ihm zu sein. Wie auch immer, eines muss ich ihm lassen: Er beherrscht diese verführerischen Blicke wirklich perfekt. Ich frage mich, ob das auch Teil seiner Ausbildung war.

»Vergiss es«, sage ich. »Dienstags kommt die Müllabfuhr, und wenn du in der Stadt bist, magst du immer samstags abends Sex. Heute ist nicht mal der richtige Wochentag, Thom …«

»Sehr witzig. Ich dachte nur, es würde uns beiden guttun, etwas Stress abzubauen.«

»Kommt nicht infrage.«

»Nicht?«

»Auf keinen Fall. Herrgott, du hast mir gerade eröffnet, dass du mich gestalkt hast. Also hör jetzt auf damit.«

»Womit?« Einer seiner Mundwinkel hebt sich. »Was tue ich denn, Betty?«

»Das weißt du ganz genau.« Ich lache, aber es klingt äußerst gequält. »Dieser Schlafzimmerblick und wie du mit den Händen über deinen Körper streichst und am Bund deines Handtuchs herumfummelst. Diese ganze Verführungsmasche … Hör damit auf. Du widerst mich an.«

»Sind deine Brustwarzen deshalb so hart?«

»Halt die Klappe und zieh dir was über.«

»Warum sollte ich mich damit beeilen, wenn dir doch offensichtlich gefällt, was du siehst?«, raunt er wollüstig. »Wenn ich etwas im Leben gelernt habe, dann, dass man die ruhigen Augenblicke inmitten des Chaos genießen muss. Man muss Spaß haben, wann immer sich die Gelegenheit bietet.«

»Spar dir das philosophische Gequatsche. Wir werden nicht miteinander schlafen. Ich mag dich nicht mal.«

»Oh, ich glaube schon, dass du mich ein bisschen magst. Und du wirst mich noch viel mehr mögen, wenn du nackt unter mir liegst und meinen Namen schreist.«

Ach du liebe Güte. Ich starre ihn sprachlos an. »Das hast du gerade nicht wirklich gesagt.«

»Willst du es noch mal hören?«, bietet er an. »Ich kann auch auf Französisch unanständige Dinge zu dir sagen. Oder auf Arabisch, Spanisch, Russisch, Mandarin … Ganz, wie es der Dame beliebt.«

»Es reicht. Du bist nicht witzig.« Mein Höschen ist nicht seinetwegen feucht. Ich hatte nur einen kleinen Unfall oder so. Entweder das, oder meine Vagina ist verwirrt. Wer könnte es ihr verdenken? Derweil spüre ich verräterische Hitze meinen Nacken hinaufkriechen. Verdammt noch mal. Ich weiß selbst nicht genau, ob das Erregung, Verlegenheit oder eine Mischung aus beidem ist. Bisher hätte ich Thoms Penis in die Kategorie »groß, aber sein Besitzer weiß nichts damit anzufangen« eingeordnet. Doch dieser Mann, der nun vor mir steht – ich bin mir recht sicher, dass er ganz genau weiß, wie er mit seinem besten Stück umzugehen hat. »Ich meine es ernst.«

»Ich mache keine Witze. Lass es mich dir beweisen. Ich verfüge über eine Vielzahl an Fähigkeiten, die du eventuell nützlich finden könntest.«

»Thom –«

»Diesmal besorge ich es dir anständig, versprochen. Ich werde der Beste sein, den du jemals hattest.«

»N-Nein.«

Er sieht mich mit geneigtem Kopf an. »Was ist los, Schatz? Du wirkst etwas nervös. Dir ist doch nicht etwa ein bisschen heiß geworden?«

»Ich habe gesagt, dass wir eventuell Freunde sein können. Mehr nicht.«

»Klar. Und für den Anfang könnten wir doch Freunde sein, die miteinander vögeln.«

»Das werden wir nicht … Nein.« Ich atme tief durch. »Warum machst du das alles überhaupt?«

Der Mann starrt mich an, mit einem Blick so heiß wie tausend Sonnen, und ich bin erledigt. Meine emotionalen Schutzwälle, mein Selbsterhaltungstrieb sowie diverse andere Abwehrmechanismen, die ich in den vergangenen sechsundzwanzig Jahren aufgebaut habe, zerfallen zu Schutt und Asche. Alles, was noch übrig bleibt, ist ein Häufchen Elend in Gestalt einer Frau, die ausgestreckt auf den bemerkenswert reizlosen, kratzigen khakifarbenen Laken liegt.

Thom hat gewonnen.

»Wie ich dir bereits sagte«, fängt er wieder an. »Mir gefällt dein Lächeln.«

In diesem Moment hämmert jemand gegen die Zimmertür, und gleich darauf brüllt Henry: »Thom, ich habe deinen Hacker an der Strippe. Komm raus.«

»Bin gleich da.« Thom schnappt sich seine Hose. Gott sei Dank.

Draußen entfernen sich Fußschritte über den Flur – zweifellos macht sich Henry auf den Weg zurück zu seiner Werkbank. Anscheinend verzichtet er darauf zu schlafen. Genau wie Thom. Ich dagegen brauche jetzt dringend ein Nickerchen. Ich bin ziemlich fertig. Ausgelaugt. Diese kleine Szene gerade hat es nicht besser gemacht. Aus irgendeinem dämlichen Grund bin ich total aufgewühlt und schon wieder den Tränen nah. Das ist nicht normal für mich. Kein bisschen. Gut, es gibt gewisse Filme, bei denen ich am Ende heule wie ein Schlosshund (ja, du bist gemeint, *Titanic*), aber normalerweise würde ich mich eher als unerschütterlich oder stoisch bezeichnen. Auch wenn ich mich gern beschwere, komme ich in der Regel mit allem klar. Allerdings habe ich bisher noch nie so tief im Schlamassel gesteckt wie diesmal. Wahrscheinlich wird sich mein Ruhepuls nie wieder normalisieren. Von meinen sich ständig überschlagenden Gedanken, den Zitteranfällen in meinen Händen und den andauernden Schweißausbrüchen will ich gar nicht erst reden.

Durch diese ganze Situation steht offenbar nicht nur mein Nervenkostüm, sondern mein kompletter Körper unter Hochspannung.

»Ich muss weg«, sagt Thom und zieht sich ein Shirt über den Kopf. »Aber wir sollten uns später noch eingehender über dieses Thema unterhalten. Es ist wichtig, offen und ehrlich miteinander zu kommunizieren, nicht wahr? Zumindest steht das immer in diesen Beziehungsratgebern.«

»Du möchtest, dass wir offen und ehrlich kommunizieren?«, blaffe ich. »Ich habe dir bereits meinen Körper anvertraut, und du hast mich in unzähliger Hinsicht enttäuscht. Ich habe versucht, dich zu lieben, und du hast mich verletzt.«

Er blinzelt irritiert.

»Das wird nicht noch einmal vorkommen. Also spiel gefälligst nicht mit mir. Hast du das verstanden?«

Für einen Augenblick steht er vollkommen versteinert da. Ohne jegliche Regung. Wie eine Statue. Dann nickt er langsam. »Verstanden. Es tut mir leid, Betty.«

»Das sagst du ständig.« Ich schniefe so würdevoll wie nur möglich. »Aber ich bin mir nicht sicher, ob du überhaupt weißt, was das bedeutet.«

»Ich lerne dazu.«

Nachdem er gegangen ist, sinke ich erleichtert zurück aufs Bett. Vielleicht sollte ich mich einfach von unserem unbekannten Gegner töten lassen. In tausend Stücke sprengen lassen. Denn ehrlich gesagt ist das, was ich gerade erlebe, das schlimmste Ende einer nicht existenten Beziehung, das ich mir vorstellen kann.

Das Heulen einer Alarmsirene weckt mich am nächsten Morgen zu unchristlicher Zeit. Der Lärm ist ohrenbetäubend. Das Zimmer ist in rotes Licht getaucht. Einen Augenblick später wird bereits die Tür aufgerissen. Thom rennt auf mich zu, reißt mir die Decke weg und packt mich am Arm.

»Aufstehen«, schreit er, genau in dem Moment, in dem die Sirene verstummt. »Beweg dich, Betty.«

Ich versuche, richtig wach zu werden, und setze meine nackten Füße auf den kalten Boden. »Was ist los?«

Seine Miene ist ernst und geschäftsmäßig. »Es ist jemand auf dem Berg. Wir müssen hier weg.«

»Was? Jemand hat uns gefunden?«

»Sieht ganz danach aus.«

Meine Gedanken überschlagen sich. Ich knie mich neben meine Reisetasche und hole eine Jeans und ein frisches T-Shirt heraus. Was trägt man auf der Flucht? Thom hat robuste Wanderschuhe, eine Jeans und ein Flanellhemd an. Alles sehr zweckmäßig.

»Zieh nur Schuhe an«, sagt Thom und stopft die Kleider zurück in die Tasche. »Es bleibt keine Zeit zum Anziehen.«

»Okay.« Ich pflanze den Hintern auf die Matratze und ziehe die Stiefel über meine kuschlige Schlafanzughose. Sie ist mit Einhörnern bedruckt, die Laserstrahlen aus den Augen schießen, und so ziemlich das coolste Kleidungsstück, das ich jemals besessen habe. Crow hat nicht nur erotische Nachtwäsche eingekauft. Zum Glück. Sollte ich allerdings in diesem Ensemble draufgehen, werde ich ihn als Geist für den Rest seiner Tage heimsuchen.

Ich stehe wieder auf und hänge mir rasch die Tasche über die Schulter. Ich trenne mich nicht noch einmal von meinen Besitztümern – die ohnehin spärlich sind.

Thom betrachtet angespannt die Tasche. »Du wirst sie hierlassen müssen. Es bleibt keine Zeit, um sie auf Peilsender oder sonstigen Kram zu überprüfen.«

»Du hast gesagt, dass du Crow vertraust.«

»Betty, dafür haben wir jetzt keine Zeit.«

Auch wenn es mich wurmt, tue ich, was er sagt, und stelle die Tasche wieder ab. Er nimmt mich an der Hand und führt mich nach draußen auf den Korridor. Die rote Beleuchtung hat etwas Postapokalyptisches. Wir gehen nicht in Richtung von Henrys Arbeitsbereich, sondern wenden uns nach links und dringen noch tiefer in den unterirdischen Komplex vor.

»Wo gehen wir hin?«, frage ich. Ich muss fast rennen, um mit Thom Schritt zu halten.

»Weg von hier.«

Das hilft mir nicht unbedingt weiter.

»Plan B«, sagt er. »Du wirst vorerst mit mir kommen müssen.«

Henry rennt keuchend aus dem Halbdunkel auf uns zu. »Es

ist alles bereit. Kommt nicht vom Weg ab. Es wäre bedauerlich, wenn ihr in die Luft gesprengt werden würdet.«

»Danke«, sagt Thom. Er hält jetzt eine Waffe in der anderen Hand.

Henry nickt nur mit dem Kinn und wendet sich an mich. »Bis dann, Betty. Und schön den Kopf einziehen, ja?«

»Okay«, sage ich, und meine Stimme klingt überhaupt nicht zittrig. »Danke.«

Doch er eilt an uns vorbei, und schon ist er weg. Thom führt mich weiter durch den düsteren Gang. Er scheint sich endlos hinzuziehen.

»Was wird er unternehmen?«, frage ich und bin inzwischen ebenfalls außer Atem.

»Henry nimmt ungebetene Gäste sehr ernst. Er hat diesen Berg mit allerlei Vorrichtungen ausstaffiert. Wahrscheinlich setzt er sich einfach vor einen Bildschirm und sieht zu, wie sie in Flammen aufgehen.« Thom grinst und zeigt dabei seine scharfen Zähne. »Oder vielleicht hat er auch Lust auf ein Spielchen und geht raus und amüsiert sich ein bisschen mit einem Scharfschützengewehr.«

»Wenn dieser Ort sicher ist, warum bleiben wir dann nicht hier und warten, bis wir sie wieder los sind?«

»Weil ich es mir nicht leisten kann, tagelang in einem abgeriegelten Bunker zu sitzen«, sagt er. »Und was dich betrifft: Es behagt mir nicht, wie schnell sie uns gefunden haben, und ich weiß nicht, über welche Mittel sie verfügen. Wie weit sie bereit sind zu gehen. Die Chance, dass sie in den Bunker eindringen, steht vielleicht eins zu tausend, aber ich werde dieses Risiko nicht eingehen. Solange ich nicht mehr weiß, bist du bei mir sicherer.«

»In Ordnung. Das klingt logisch. Du denkst also, dass Henry sie töten wird?«

Thom drückt meine Hand. »Wer immer diese Leute auch sein mögen – unsere Freunde sind sie jedenfalls nicht. Freunde schleichen sich nicht in Tarnkleidung und schusssicheren Westen mit Uzis bewaffnet in Angriffsformation an einen heran.«

»Wie haben sie uns gefunden?«

»Gute Frage. An der Antwort arbeite ich noch.«

Der Korridor hat inzwischen jeden Anschein von Zivilisiertheit verloren und sieht nun mehr wie ein Tunnel aus. Vereinzelte Lampen an den Wänden tauchen ihn in fahles rotes Licht, und wir müssen die Köpfe einziehen, damit wir uns nicht an der Decke stoßen. Am Ende des Ganges führt eine Stahlleiter nach oben zu einem großzügig dimensionierten Loch.

Über uns erbebt die Erde. Staub rieselt auf uns herab. Ich will mir gar nicht vorstellen, was dieses Minibeben verursacht haben könnte.

»Alles gut«, sagt Thom und steckt die Waffe am Rücken in den Bund seiner Jeans. Wenn er sich deswegen versehentlich eine Pobacke wegschießt, wird ihm das leidtun. Allerdings scheint er zu wissen, was er tut. Die Beule in einer seiner Hosentaschen verrät, dass er zusätzliche Munition mitgenommen hat. »Jemand hat gerade eine von Henrys Fallen ausgelöst. Aber das dürfte eigentlich nicht in unserer Nähe gewesen sein. Ich gehe zuerst rauf, und du bleibst direkt hinter mir, okay?«

Ich nicke.

»Sobald wir oben sind, gehst du auf die Beifahrerseite des Wagens. Steig ein und schnall dich an. Ich übernehme den Rest.« Er mustert mein Gesicht und bemerkt dabei fraglos meine zerbissene Lippe und die Angst in meinen Augen. »Schatz, ich habe alles im Griff. Bleib einfach hinter mir und tu, was ich sage. Dir wird nichts passieren.«

Wieder nicke ich. Aus irgendeinem Grund fühle ich mich nicht in der Lage zu sprechen. Zittern wie Espenlaub? Kein

Problem. Zusammenhängende Sätze formulieren? Keine Chance.

»Okay«, sagt er. »Los geht's.«

»Warte. Ich will eine Waffe.«

Er schüttelt den Kopf. »Du hast in deinem ganzen Leben ungefähr fünf Minuten eine Waffe in der Hand gehalten. Hast aus sicherer Entfernung von einer fixen Position auf ein unbewegliches Ziel geschossen.«

»Stimmt schon, aber ich will trotzdem eine Waffe. Du hast es doch selbst gesagt: Uns könnte dort oben alles Mögliche erwarten.«

»Es müsste sicher sein, zumindest bis wir im Auto sitzen. Ab da musst du nur den Kopf unten halten.«

»Euer geheimer Unterschlupf hätte auch sicher sein müssen«, blaffe ich. »Henrys Bunker hätte sicher sein müssen. Diese Leute – wer immer sie auch sein mögen – waren uns jedes Mal auf den Fersen. Gut möglich, dass sie uns dort oben, wo die Leiter ins Freie führt, bereits erwarten.«

Er funkelt mich böse an. Dann greift er in ein Holster unterhalb seiner Achselhöhle. Es ist dunkel und kompakt, weshalb ich es bisher nicht bemerkt habe. Er reicht mir ein kleines stupsnasiges Ding. »Solange du die Waffe in der Hand hältst, musst du aufpassen, dass du den Abzug nicht berührst, und sie immer nach unten richtest. Du benutzt sie nicht, außer ich sage ›schießen‹.«

»Verstanden.«

»Das ist mein Ernst. Andernfalls ist die Wahrscheinlichkeit recht hoch, dass du versehentlich uns beide umbringst.«

Ich nicke und stecke mir die Waffe, genau wie Thom, hinten in den Hosenbund. Natürlich ist meine Hose nicht so gefechtstauglich wie Thoms. So sieht mein Leben jetzt also aus: Einhörner, Regenbögen und Pistolen. Immerhin ist der Gummibund stark genug und hält die Waffe, ohne dass sie groß verrutscht.

Thom erklimmt zügig die Sprossen. Ich folge ihm, werde jedoch durch meinen Mangel an körperlicher Fitness ausgebremst. Oben auf der Leiter angekommen, tippt er auf einem Tastenfeld eine Zahlenfolge ein. Das Schloss der runden Metallluke über unseren Köpfen klickt, und er drückt sie auf. Über uns herrscht ebenfalls schummriges Licht, und es riecht nach Moder und Erde. Natürlich klettert er mit athletischer Anmut aus dem Loch. Ich dagegen kraxele mühsam und taumelnd hinaus. Nicht, dass es unter den gegebenen Umständen von Bedeutung ist.

Wir befinden uns in einer kleinen baufälligen Scheune. Zwischen den Dachlatten über unseren Köpfen fällt Mondlicht hindurch. Hier lagern aufgeschichtetes Holz, mehrere Heuballen und einige Werkzeuge. Und ein alter, verrosteter Dodge Charger. Unser SUV und das Muscle Car, das Thom erwähnt hat, sind anscheinend irgendwo anders untergebracht.

Wieder lässt eine Explosion den Berg erzittern. Diesmal scheint sie sich allerdings weiter weg ereignet zu haben. Henry macht keine halben Sachen.

»Wir nehmen nicht die Cobra?«, flüstere ich.

»Wir nehmen nicht die Cobra. Und um sicherzugehen auch nicht den SUV.«

Draußen flackert in einiger Entfernung plötzlich ein kleines Licht auf. Dann hört man Geräusche. Laub raschelt.

Thom schubst mich sofort auf das Auto zu. Er hält jetzt wieder die Waffe in der Hand. »Los.«

Wir spurten zusammen zum Auto. Thom rutscht tatsächlich total cool und geschmeidig auf dem Po über die Motorhaube. Obwohl ich es zur Beifahrertür viel kürzer habe, sitzt er viel schneller im Auto.

»Gurt«, sagt er knapp.

»Bin dabei.« Ich schlage die Autotür lauter als beabsichtigt zu und zucke erschrocken zusammen. »Entschuldige.«

»Kopf runter. Bleib so gut es geht außer Sichtweite. Mach dich klein und gib ihnen so wenig Angriffsfläche wie möglich. Und halte das für mich.« Er zieht aus einem Holster am Knöchel eine weitere Waffe und gibt sie mir. Der Mann ist eine wandelnde Waffenkammer. »Benutze sie nicht. Gib sie mir nur, wenn ich dich darum bitte.«

»Okay, okay.«

Thom kurbelt sein Fenster fast ganz herunter und streckt die Hand nach dem Zündschlüssel aus. Er sieht mich an. Einen Moment lang sieht er genauso aus, wie ich mich fühle: aufgewühlt und mehr als nur ein bisschen verängstigt. Dann wird seine Miene hart und sein Blick entschlossen. »Duck dich noch tiefer, so weit runter, wie du kannst.«

Er startet den Motor, und der Wagen springt grollend an. An eine klammheimliche Flucht vom Berg ist nun nicht mehr zu denken. Er legt einen Gang ein, und wir rasen in einer Staubwolke aus der Scheune.

Ich kann hören, wie Kugeln seitlich vom Wagen abprallen, und habe das Gefühl, gleich durchzudrehen. Doch Thom erwidert das Feuer, während er einhändig den Wagen einen holprigen Pfad entlangsteuert. Keine Ahnung, wie er es so schafft, zu zielen und auch noch etwas zu treffen. Außerdem ist das Knallen der Schüsse ohrenbetäubend laut.

Da ich mich ducke, habe ich keine Ahnung, was draußen vorgeht. Ich merke allerdings, dass wir schnell fahren. Verdammt schnell. Ich werde hin und her geworfen, während der Gurt in meinen Bauch drückt. Der obere Teil des Gurts sitzt nicht mehr richtig, weil ich mich so weit vorbeuge. Mir bleibt nichts anderes übrig, als zu hoffen, dass Thom weiß, was er tut.

Über meinem Kopf kracht es. Ich blicke auf und sehe ein kleines Loch in der Windschutzscheibe. Das Glas ist gesprungen und von unzähligen spinnwebartigen Bruchlinien durchzogen. Wäre die Kugel nur ein kleines Stück weiter drüben eingeschlagen, hätte sie Thoms Kopf getroffen. Kalte Luft pfeift durch das Einschussloch.

»Verdammt«, kreische ich. »Wir werden sterben.«

»Wir werden nicht sterben.«

Ich glaube ihm kein Wort.

»Alles wird gut. Versuch, Ruhe zu bewahren und dich auf deine Atmung zu konzentrieren.«

»Scheiß auf meine Atmung.« Mein Herz hämmert in meiner Brust. »Nur für den Fall, dass wir doch draufgehen, sollst du wissen, dass ich deine Entschuldigung dafür, dass du mich nach Strich und Faden belogen hast, annehme.«

Er stutzt, und das Knallen seiner Waffe verstummt. »Meinst du das wirklich ernst?«

»Himmel, ich weiß es nicht«, sage ich, und meine Stimme klingt noch immer unnatürlich schrill. Es könnte durchaus sein, dass ich mir gleich in die Hose mache. »Zu neunundvierzig Prozent vielleicht?«

»Na toll«, sagt er ausdruckslos. »Tu mir einen Gefallen und lass den Kopf unten.«

»Wir werden gegen einen Baum fahren.«

»Wir werden nicht gegen einen Baum fahren.«

»Kannst du überhaupt sehen, wo du hinfährst?«

»Ja«, antwortet er. »Ruhe jetzt, ich muss mich konzentrieren.«

Das Auto hopst den unebenen Weg entlang. Ich stoße mir den Kopf am Armaturenbrett. Das tut richtig weh. Als hätte ich nicht schon genug blaue Flecken. Ich versuche, nicht über den Tod nachzudenken. Aber es wäre schön, noch ein letztes Mal Moms Stimme zu hören. Meinen Eltern sagen zu können, dass ich sie liebe. Da die Wohnung mitsamt meiner Umzugskartons in die Luft geflogen ist, muss ich mir wenigstens um meinen Browserverlauf und meine Vibratoren keine Sorgen mehr machen.

Es macht mich ganz verrückt, dass ich nicht weiß, was um mich herum vorgeht. Also riskiere ich einen schnellen Blick.

Thom feuert wieder mehrere Schüsse ab. »Tausch die Waffe mit mir.«

Ich nehme die leer geschossene Waffe, die er mir entgegenhält, und reiche ihm dafür die geladene Ersatzpistole. Wie sich herausstellt genau zum richtigen Zeitpunkt. Denn just in diesem Moment tritt eine schattenhafte Gestalt auf den Weg vor uns, mit Sturmhaube über dem Kopf und einer Art automatischer Waffe in der Hand. Keine Ahnung, welche genau, aber sie sieht groß und gefährlich aus.

Bevor unser Widersacher uns in Schweizer Käse verwandeln kann, mäht Thom ihn um. Besser gesagt: Er lässt ihn fliegen. Der Unbekannte prallt gegen den oberen Teil der Windschutzscheibe und rollt dann weiter. Ein dumpfer Schlag ertönt auf dem Dach des Chargers, bevor er hinter uns in der Dunkelheit verschwindet.

»Oh mein Gott, Thom.«

»Runter, Betty.«

Ich gehorche. Anscheinend war das der letzte Bösewicht, der uns noch im Weg stand. Das Knallen von Schüssen, die auf uns abgefeuert werden, verstummt. Halleluja. Als ich den Kopf drehe, sehe ich, wie Thom seine Waffe in den Schoß legt und, dem Himmel sei Dank, das Lenkrad mit beiden Händen fasst. Es ist mir wirklich lieber, wenn wir nicht in einen Abgrund stürzen oder dergleichen.

Da nun nicht mehr auf uns geschossen wird, halte ich mich gut fest und konzentriere mich auf meine Atmung. Das Blut rauscht in meinen Ohren und übertönt alles andere. Meinem Ex-Verlobten, oder wer immer er in Wirklichkeit sein mag, gefällt es offenbar, mit dem Auto Leute umzufahren. Das ist besorgniserregend. Der alte Thom war ein unerträglich vorsichtiger und langsamer Fahrer und totaler Pazifist. Allerdings haben diejenigen, die er bisher im Rahmen dieser brutalen Vorkommnisse über den Haufen gefahren hat, es durchaus verdient.

»Nicht mehr lange, dann kannst du wieder hochkommen«, sagt er, schaltet einen Gang runter und nimmt eine scharfe Kurve. »Wir müssten bald in Sicherheit sein.«

»Okay.«

»Sie haben sich hauptsächlich über die andere Flanke des Berges angeschlichen. Vermutlich haben die beiden, denen wir begegnet sind, lediglich einen Glückstreffer gelandet.« Jetzt, da wir das Kampfgetümmel hinter uns gelassen haben, klingt er erschreckend ruhig und sachlich. »Eigentlich stört es mich nicht besonders, wenn sie auf mich schießen. Das ist durchaus verständlich. Nur getroffen werden möchte ich eigentlich nicht, denn das tut teuflisch weh.«

»Kann ich mir vorstellen.«

»Aber dass sie auf *dich* schießen, macht mich wirklich stinkwütend. Das nehme ich irgendwie persönlich.«

»Ähm … danke?«

»Keine Ursache.« Er schmunzelt. »Es braucht also ein Nahtoderlebnis, um dich dazu zu bewegen, meine Entschuldigung anzunehmen. Das muss ich mir merken. Auch wenn dein Friedensangebot nicht gerade aufrichtig klang.«

»Es war aber nicht unaufrichtig gemeint«, protestiere ich. »Ich bemühe mich, okay? Ich wollte eben nicht, dass dieser ganze Zorn zwischen uns steht. Nicht, wenn die Möglichkeit besteht, dass wir draufgehen.«

Er seufzt. »Weißt du, du hättest meine Entschuldigung auch zu hundert Prozent annehmen können. Das wäre nett gewesen.«

»Ich werde es mir überlegen.«

Er sieht mich schweigend an.

»Thom, was du getan hast, war absolut furchtbar. Zuerst einmal müsste ich davon überzeugt sein, dass du wirklich begreifst, wie übel du dich verhalten hast. Dass du dem Arschloch-Sein endgültig abgeschworen hast und mich nie mehr belügen wirst, so wahr dir Gott helfe.«

»Du klingst wie ein vulgärer Priester.«

Ich würdige diese Bemerkung nicht mit einer Antwort.

»Eine süße Pyjamahose hast du da übrigens an.«

»Danke. Ich hätte nicht erwartet, dass Crow mir so etwas kauft.«

Seine Mundwinkel heben sich leicht. »Ich habe ihm gesagt, dass du Einhörner magst.«

»Ich besitze doch keine Einhorn-Figürchen oder so. Woher hast du das gewusst?«

»Ich habe mich daran erinnert, dass du in den sozialen Medien mal ein entsprechendes Bild gepostet hast. In Anbetracht der stressigen Situation dachte ich, dass du dich vielleicht darüber freuen würdest.«

»Sieh an.«

Wir fahren weiter, Meile um Meile, auf unbefestigten Pisten, die die Bezeichnung »Straße« nicht verdienen. Irgendwie schafft es Thom, den Wagen trotz der gesplitterten Windschutzscheibe zu steuern. Als jenseits der Hügel schon in violetten und grauen Schattierungen die Morgendämmerung anbricht, fährt er schließlich an den Straßenrand und hält neben einer Kombilimousine mit einem »Zu verkaufen«-Schild im Fenster. Er stellt den Charger so ab, dass die zersplitterte Windschutzscheibe von der Straße abgewandt ist und die schlimmsten Schäden vor zufällig vorbeifahrenden Autos verborgen werden.

Oh mein Gott, mein Herzschlag und meine Atmung haben fast die ganze Fahrt lang gebraucht, um sich wieder einigermaßen zu normalisieren. Und ich dachte immer, die Panik, die mich packt, wenn ich ein Blumenarrangement pünktlich fertigbekommen muss, wäre heftig. Thom muss so etwas wie ein Adrenalinjunkie sein.

»Das ist unser neuer fahrbarer Untersatz«, verkündet er.

»Wir stehlen dieses Auto?«

Er stutzt und sieht mich an. »Also bitte, Betty, wir müssen Prioritäten setzen. Wir sind auf der Flucht vor gefährlichen Widersachern. Vor Leuten, die uns umbringen wollen. Wir müssen den Wagen wechseln, und unsere Auswahlmöglichkeiten sind nicht gerade groß. Los, komm.«

Ich zögere trotzdem noch. Ich kann es nicht ändern. Mom und Dad haben mir beigebracht, stets beide Seiten einer Situation zu betrachten. Die Kombilimousine mag alt und klapprig sein, aber sie gehört trotzdem jemandem. Jemandem, der das Geld aus dem Verkauf wahrscheinlich braucht. Ich habe noch nie aktiv das Gesetz gebrochen (abgesehen von gelegentlichen Geschwindigkeitsübertretungen oder Überquerungen von Straßen bei Rot, was für mich jedoch nicht zählt). Doch sterben will ich auch nicht. Ich stecke in der Zwickmühle.

»Lieber Himmel.« Thom zieht das Shirt hoch. Darunter kommt eine Art dehnbarer Gurt zum Vorschein, den er um die Brust geschnallt hat. Er ist etwa so breit wie Thoms Hand und hat zahlreiche Taschen – quasi die Geheimagentenversion von Batmans Mehrzweckgürtel. Thom zieht aus einer Tasche ein Geldbündel heraus und wirft es auf den Sitz des mit Einschusslöchern übersäten Dodge Chargers. Dann marschiert er zu der Limousine hinüber und zieht aus einer anderen Tasche ein kleines Werkzeug-Kit – zweifellos alles, was man benötigt, um ein Schloss zu knacken. »Komm, nimm das Verkaufsschild weg. Schnell. Klemm es beim Charger ins Fenster.«

»Danke.«

Er schnaubt nur belustigt.

Im Nullkommanichts hat er das andere Auto mithilfe eines zurechtgebogenen Drahts geöffnet. Dann macht er sich daran, die Zündung kurzzuschließen. Der Motor stottert kurz, bevor er schließlich anspringt. Es klingt lange nicht so beeindruckend wie das Röhren des Chargers. Allerdings gehe ich davon aus, dass uns in diesem Wagen niemand groß Beachtung schenken wird.

Ich platziere das Verkaufsschild an der Heckscheibe des Dodges, bevor ich in den neuen Wagen steige. Der Innenraum ist geradezu winzig. Wie bei diesen kleinen europäischen Autos, die perfekt für die Innenstadt geeignet sind, für mehr aber auch nicht. Aus der kleinen Stereoanlage dröhnt Country- und Westernmusik. Zu meiner Verwunderung dreht Thom sie sogar noch lauter. Anscheinend ist er ein Fan von Dolly Parton. Das finde ich sehr erfreulich.

Als Nächstes folgt die traditionelle Vernichtung der SIM-Karte, bevor er noch einmal aussteigt und sein Handy vor einen der Vorderreifen legt. Wahrscheinlich hatte er vorhin keine Zeit dafür, weil sich dieser bewaffnete Unbekannte an uns herangepirscht hat. Er muss wirklich sehr besorgt sein, dass man uns aufspüren könnte, wenn er gleich das ganze Handy zerstören will. Ich kann das durchaus nachvollziehen.

»Wir haben zu viel bezahlt«, bemerkt er. »Wahrscheinlich werden die Bösen das Geld und den Charger lange vor dem Besitzer dieser Schrottkarre finden.«

»Wir haben es wenigstens versucht.«

Er knurrt nur.

»Es ist sehr wichtig, andere Menschen nicht zu betrügen.«

»Wenn du meinst«, sagt er.

»Ich finde das Niveau, auf dem sich dein Mitgefühl bewegt, besorgniserregend.«

Er steuert den Wagen auf den Highway und fährt los, ehe er auf meine Bemerkung reagiert. »Wahrscheinlich bin ich es nicht gewohnt, mir um andere Gedanken zu machen. In meinem Leben hieß es bisher meistens, jeder kümmert sich um sich selbst und jeder ist entbehrlich, wenn es dem Allgemeinwohl dient. Das vereinfacht vieles.«

»Und trotzdem hast du nach mir gesucht.«

»Ja, das habe ich.«

»Du warst also bereit, dich auf Komplikationen einzulassen.«

Zwischen seinen Augenbrauen entsteht eine kleine Furche. »Ich dachte nicht, dass es *so* kompliziert werden würde.«

»Beziehungen sind eben so. Gefühle lassen sich nicht nach Gutdünken kontrollieren, auch wenn du das gern so hättest.« Ich versuche, es mir bequem zu machen, aber das ist bei meinem ausladenden Po und dem schmalen Sitz nicht so einfach. Thom geht es anscheinend ähnlich. Sein Kopf berührt den Dachhimmel, und sein Ellenbogen stößt gegen die Türverkleidung. »Wie geht es jetzt weiter?«

»Möchtest du übers Kinderkriegen sprechen?«, fragt Thom ein wenig überrascht. »Ich bin dem nicht vollkommen abgeneigt.«

»Nein, Thom«, entgegne ich gedehnt. »Ich meinte, wie geht es mit der Operation ›Nicht umgebracht werden‹ weiter?«

»Ach so. Wir fahren zu einem kleinen Flugplatz, wo ein Charterflugzeug auf uns wartet, das uns nach New York bringt.

Es ist höchste Zeit, von hier zu verschwinden. Du wirst dich in meinem sicheren Unterschlupf in der Stadt verstecken, während ich versuche, einige Antworten zu bekommen.«

»Von wem?«

»Von Leuten, die den Zoo leiten.« Er schaut auf die Straße, dann wieder zurück zu mir. »Weißt du, wenn du möchtest, könnten wir über unsere Zukunft reden.«

Ich runzle die Stirn. »Ich bin nach wie vor nicht überzeugt, dass wir überhaupt eine haben.«

»Ein paar Kinder wären schon okay.«

»Tut mir leid, Thommy junior. Daddy kann leider nicht zu deiner Schulaufführung kommen, weil er diese Woche unterwegs ist, um einen korrumpierten Politiker umzulegen.«

»Nein.« Er schüttelt rasch den Kopf. »Politiker sind in der Regel leichte Ziele. Meistens reicht es, sie zu bestechen, damit sie freiwillig in Vorruhestand gehen. Gewaltanwendung kann man sich sparen. So hat man auch viel weniger Scherereien.«

»Da bin ich aber erleichtert.«

»Du störst dich wirklich sehr an meinem Job«, sagt er, als wäre das etwas Neues. »Ich meine, ich weiß ja, dass du von meinen Arbeitszeiten und den vielen Reisen nicht begeistert bist, aber ich dachte nicht, dass du ihn so verabscheust.«

»Ich habe mich durchaus über deine Arbeitszeiten geärgert. Aber ich sage es noch einmal: Das war nicht der Grund dafür, dass ich gegangen bin. Außerdem, Thom, dachte ich zu diesem Zeitpunkt noch, dass du als Versicherungsgutachter arbeitest. Aber jetzt habe ich erfahren, dass du in Wirklichkeit ein Attentäter-Ninja-Superspion oder was auch immer bist.«

»›Geheimagent‹ genügt vollkommen. Das passt auch besser auf eine Visitenkarte.«

Ich lehne mich gegen die Kopfstütze. »Ich weiß ehrlich gesagt nicht genau, was ich von alldem halten soll. Gib mir bitte das Ersatzmagazin, damit ich diese Waffe für dich nachladen kann, falls wir sie bald schon wieder brauchen.«

Er rutscht auf dem Fahrersitz beiseite und steckt die Hand in die Hosentasche, um meiner Bitte Folge zu leisten und die Munition herauszuholen. »Danke.«

»Keine Ursache.«

»Siehst du?« Er grinst. »Wir arbeiten gut zusammen.«

Ich erwidere nichts. Ich weiß auch nicht, was ich sagen soll. Seine Begeisterung für unsere vorgetäuschte Beziehung und die Hoffnungen, die er hegt, machen mich sprachlos. Obwohl ich zugeben muss, dass die letzten Tage sehr real waren. Seltsam und teilweise höllisch, aber durchaus echt.

Ich schaffe es ohne große Schwierigkeiten, das leere Magazin zu entnehmen und ein neues einzusetzen. Zielen ist vielleicht nicht meine Stärke, aber ich weiß trotzdem einigermaßen mit Waffen umzugehen. Sein plötzlicher Enthusiasmus für unsere Beziehung irritiert mich total. Ich finde durchaus, dass ich eine liebevolle und ehrliche Beziehung verdient habe. Und ich empfinde es auch nicht als vollkommen abwegig, dass jemand um mich kämpft – wobei ich betonen möchte, dass mit »kämpfen« keine Schusswechsel oder dergleichen gemeint sind. Aber dass da tatsächlich jemand ist, der bereit ist, in guten und in schlechten Zeiten zu mir zu halten, ein bester Freund, ja vielleicht sogar ein Seelenverwandter – das ist befremdlich für mich. Alles, worauf wir aufbauen können, ist ein Haufen Lügen. Wie soll man als rationaler, vernünftiger Mensch mit solch einer Situation umgehen? Keine Ahnung.

»Schatz«, sagt Thom, »mir ist klar, dass du gerade angestrengt nachdenkst, aber könntest du bitte aufhören, währenddessen mit der Waffe auf deinen Oberschenkel zu klopfen?«

»Oh.« Ich verstaue die Waffe im Handschuhfach, in dem lediglich eine angefangene Packung Taschentücher und ein abgelaufener Proteinriegel liegen. Dort ist sie gut und sicher aufgehoben.

Er quittiert meine Vorsichtsmaßnahme mit einem wohlwollenden Nicken. Die andere Waffe ist schon vorhin wieder in seinem Knöchelholster verschwunden. Im Notfall sind beide für ihn schnell griffbereit. Seitdem wir uns in Bewegung gesetzt haben und auf einer belebteren Straße unterwegs sind, schaut er wieder ständig in alle Rückspiegel. Versichert sich, dass wir nicht verfolgt werden. Und mich beobachtet er anscheinend auch.

»Woher wusstest du, dass ich angestrengt nachdenke?«, frage ich neugierig.

»Du zerbrichst dir immer unnötig über alles den Kopf. Das ist typisch für dich.«

»Und bei dir ist das anders?«

»Würde ich zulassen, dass ich während einer Mission mit den Gedanken woanders bin, würde ich nicht lange überleben«, sagt er. »Ich wurde darauf trainiert, Daten zu sammeln und auszuwerten. Einen Plan festzulegen und auszuführen.«

»Du entscheidest dich niemals um?«

»Wenn sich gewisse Faktoren ändern, tue ich das selbstverständlich. Man muss flexibel bleiben.«

»Warum hast du dich dann nicht in Bezug auf uns umentschieden?«

»Ich sehe keinen Anlass dafür, mich umzuentscheiden.«

»Obwohl ich jetzt dein Geheimnis kenne und die Rahmenbedingungen, die du für diese Beziehung aufgestellt hattest, beim Teufel sind?«

Er schaut zu mir herüber. »Ich denke, die Tatsache, dass du nun Bescheid weißt, wird unsere Beziehung sogar verbessern. Auf lange Sicht. Wenn wir diese etwas holprige Phase bewältigt haben.«

»Niemand außer dir käme auf die Idee, unsere Flucht unter Lebensgefahr als *etwas holprige Phase* zu bezeichnen.«

»Niemand außer dir käme auf die Idee, mich dazu zu nötigen, für diese Schrottkarre zu bezahlen.«

Ich muss lachen. Wenn ich Angst habe, werde ich anscheinend albern. Da soll einer schlau draus werden.

Wir verlassen den Highway und biegen auf eine einspurige Straße ab, die wieder tief in einen Wald hineinführt. Diesmal ist die Strecke eben.

»Übrigens: Ich habe auch jetzt nicht vor, dich umzubringen und deine hübsche Leiche inmitten dieser prächtigen Natur zu verscharren. Nur falls du dich das fragen solltest«, bemerkt er.

»Das tue ich nicht. Ich weiß, dass du das nicht tun würdest.«

Das Lächeln, das er mir hierauf schenkt, ist herrlich. Sogar seine Augen lächeln mit. Wenn der alte Thom lächelte, hat mich das meistens kaum berührt. Ich konnte nie genau erkennen, welche Gefühle oder Absichten wirklich dahintersteckten. Sein Lächeln wirkte immer oberflächlich. Inzwischen kenne ich natürlich den Grund dafür. Das, was ich jetzt zu sehen bekomme, ist um Klassen besser. Sogar so gut, dass es ein wenig in meinem Bauch kribbelt und mir die Knie etwas weich werden. Verfluchter Kerl.

»Du vertraust mir«, stellt er fest.

»Ähm, kann sein.«

Wieder lächelt er und steuert den Wagen auf einen kleinen Flugplatz. Er verfügt über einen großen Hangar, und auf dem Rollfeld steht ein schnittiger weißer Privatjet bereit. Obwohl wir auf der Flucht sind, habe ich den Eindruck, dass Thom in meiner Gegenwart langsam etwas lockerer wird. Mehr er selbst. Ich weiß nicht, was ich davon halten soll. Es fällt mir schwer, weiterhin sauer auf ihn zu sein, wenn er sich plötzlich so charmant und fürsorglich verhält. Vielleicht ist es unnötig, über den emotionalen Status unserer Beziehung nachzugrübeln. Vielleicht sollte ich es einfach so nehmen, wie es ist.

Bear kommt die schmale Treppe des Jets herunter und hebt eine Hand zum Gruß. Der große Kerl hat sich die blonden Haare ordentlich zusammengebunden und sich obendrein richtig herausgeputzt. Was er da trägt, sieht nach einer Pilotenuniform aus.

»Glaubst du, er ist vertrauenswürdig?«, frage ich.

»Ja.« Thom nickt und hält in der Nähe des Jets an. »Er war der Erste, den unsere neue Hacker-Freundin durchleuchtet und für sauber befunden hat. Sie ist ziemlich tüchtig im Aufspüren von Schwarzgeldkonten und dergleichen. Möglicherweise verdächtigen oder verschlüsselten Kommunikationen, die mit den jüngsten Ereignissen zusammenfallen. Wir können uns zwar bei niemandem einhundertprozentig sicher sein, aber Bear kenne ich schon sehr lange. Die Seiten zu wechseln passt nicht zu ihm.«

»Deine Hackerin arbeitet schnell.«

»Das tut sie. Und sie verlangt dafür ein kleines Vermögen«, sagt er. »Aber Qualität hat ihren Preis. Ich kann mir in dieser Angelegenheit keine Fehler mehr leisten. Wer immer darin verwickelt ist, muss gefunden werden. So, du steigst hier aus, und ich stelle diese Schrottlaube weiter hinten ab, außer Sichtweite.«

»Okay.«

Bear öffnet mir die Tür und hilft mir beim Aussteigen. Was für ein Gentleman. »Schicker Schlitten.«

»Leck mich«, kontert Thom gelassen. »Start in fünf Minuten.«

»Bin dabei.«

Bear legt meine Hand um seinen Ellenbogen und führt mich zum Flugzeug. »An Bord liegt neue Kleidung für dich bereit. Alles, was du jetzt anhast, müssen wir loswerden, okay?«

»Falls darin Peilsender oder Ähnliches versteckt sein sollten?«, frage ich.

»Du hast es erfasst.«

»Darf ich meine Waffe behalten?«

Bear sieht mich verwundert an. »Thom hat dir eine Waffe gegeben?«

Ich nicke.

»Wenn es eine von seinen ist, dann kannst du sie selbstverständlich behalten.«

»Aber müssen wir nach der Landung am Flughafen nicht durch die Sicherheitskontrollen?«

Er grinst mich nur an und führt mich die Stufen hinauf. Anscheinend sind in den Kreisen, in denen sich diese Jungs bewegen, Flughafen-Sicherheitskontrollen kein Thema.

Innen ist der Jet mit weißem Leder und einem anthrazitfarbenen Teppich ausgestattet. Die Sitze sind breit und sehen sehr gemütlich aus, und die Beleuchtung ist diskret. Ein Flugzeug, wie es normalerweise Milliardäre und Prominente nutzen. Ich frage mich, woher sie es haben. Aber wahrscheinlich ist es besser, wenn ich die Antwort nicht weiß.

»Das Bad ist hinten«, sagt Bear. »Dein Outfit hängt drinnen. Versuch dich zu beeilen, ja?«

Ich nicke.

Die Toilette ist nicht viel größer als in einem normalen Flugzeug. Dafür gibt es hier ein kleines, mit Marmor verkleidetes Waschbecken und eine schmale, aber dennoch beeindruckende Duschkabine. An der Innenseite der Tür hängen in einer durchsichtigen Plastikfolie ein marineblauer Hosenanzug in meiner Größe und ein weißer Strickpullover mit Rundhalsausschnitt. Alles stammt von Escada. Eins ist sicher: Seitdem sich Thom als Geheimagent geoutet hat, sind meine Outfits deutlich schicker geworden. Ich halte mich an Bears Anweisungen und beeile mich beim Umziehen. Hinter dem Anzug hängt noch eine Tüte mit Unterwäsche. Schuhe sind allerdings keine da. Also verlasse ich den Waschraum barfuß.

»Wo soll das hin?«, frage ich mit meiner alten Kleidung in der einen und meinen Boots in der anderen Hand. »Soll ich wieder dieselben Schuhe anziehen? Es sind nämlich keine –«

Dann bleibe ich wie angewurzelt stehen und verstumme.

Thom steht auf dem Gang und schlüpft gerade in enge schwarze Boxershorts. Seine Armmuskeln spannen sich, sein bestes Stück ist unverhüllt. Es gibt so viel Haut zu bestaunen. Die Grate seiner Wirbelsäule, seine starken, flachen Rückenmuskeln und die leichten Vertiefungen oberhalb seines Pos. Die Traurigkeit und weitgehende Gleichgültigkeit, die ich noch in den Tagen, bevor ich ihn verlassen habe, empfunden habe, sind verschwunden und einer schrecklich übersteigerten Wahrnehmung gewichen. Das ist gefährlich.

Ich schaffe es nicht schnell genug, den Blick abzuwenden. Warum zum Teufel kann der Mann seine Kleider nicht anbehalten? Das nehme ich langsam persönlich.

»Ich brauche noch einen Moment«, sagt er und greift nach einer schwarzen Anzughose. Dann verharrt er ebenfalls mitten in der Bewegung. »Warum machst du gerade dein wütendes Gesicht?«

»Ich bin nicht wütend. Alles in Ordnung.«

Er schweigt.

»Kannst du dich bitte anziehen? Wir haben es doch eilig, oder?«

»Hm. Ich finde es äußerst interessant, dass mich nackt zu sehen dich derart aus der Fassung bringt.«

»Thom«, maule ich missmutig.

Einer seiner Mundwinkel zuckt nach oben. Grinsender Blödmann. »Wirf sie irgendwohin. Ich kümmere mich darum. Deine Schuhe und dein Mantel liegen dort auf dem Sitz.«

Ich schmeiße meine Kleider nicht einfach auf den Boden, weil das kindisch wäre und man ein derartiges Verhalten womöglich als Bestätigung seiner abstrusen Theorie werten könnte, dass mich der Anblick seines nackten Pos ganz durcheinanderbringt. Damit liegt er übrigens richtig, aber das braucht er nicht zu wissen. Außerdem mochte ich diese Einhorn-Pyjamahose richtig gern. Ich lade mein Wäschebündel vorsichtig auf einem der noblen weißen Ledersitze ab und schaue mir die schönen Dinge an, die für mich bereitliegen. An seine kraftvollen Oberschenkel oder dergleichen denke ich dabei ganz und gar nicht. Allerdings brauche ich wohl demnächst dringend etwas Zeit für mich allein. In mir hat sich so viel nervöse (und möglicherweise auch leicht sexuell angehauchte) Energie aufgestaut. Das kann nicht gesund sein. Vielleicht kommt das von der andauernden Angst und der Anspannung, die es mit sich bringt, wenn man beinahe getötet wird und so weiter und so fort. Mit ihm kann es jedenfalls nichts zu tun haben. Oder zumindest *sollte* es das nicht.

Von wegen.

Jedenfalls sehe ich nicht noch einmal zu Thom hin. Schön zu wissen, dass ich zumindest noch über so viel Selbstbeherrschung verfüge. Derweil hat Bear im Cockpit Platz genommen und macht, was Piloten vor dem Start eben so tun. Meine neuen Schuhe entpuppen sich als spitz zulaufende, graue, hochhackige Lederstiefel, in denen ich mir höchstwahrscheinlich die Knöchel brechen werde. Aber sie sehen sehr hübsch aus. Für ein bisschen Schminkzeug würde ich jetzt töten, aber sei's drum. Ein Wollmantel, eine große Sonnenbrille und eine

Handtasche von Chloé komplettieren mein Outfit. Die Tasche ist leider leer, aber man kann nicht alles haben.

»Wenn du mich zwingen solltest, dieses Outfit auch wieder zu entsorgen, könnte es sein, dass ich dir wehtun muss«, warne ich ihn. »Ich sehe gut darin aus.«

»Du siehst in allem gut aus, und ich kaufe dir noch mehr Klamotten mit Einhörnern drauf. Versprochen.«

Ich ignoriere das Kompliment. Das ist sicherer. Ich riskiere einen verstohlenen Blick auf ihn und weiß selbst nicht genau, ob ich erleichtert oder enttäuscht darüber bin, dass er inzwischen vollständig angezogen ist. Offenbar trägt er ebenfalls ein Designeroutfit. Er hat einen elegant geschnittenen schwarzen Anzug und ein weißes Hemd an. Keine Krawatte. Dazu trägt er glänzende schwarze Schuhe und hat sich die Haare zurückgegelt. Ein Mann im Anzug ist das Gleiche wie eine Frau in Dessous … Jetzt verstehe ich diesen Spruch.

»Also, warum haben wir uns so schick gemacht?«, frage ich.

»Zwei weitere reiche Schnösel, die zum Shoppen und für ein paar Shows nach New York jetten, sollten eigentlich keinen Verdacht erregen.«

»Wollen wir es hoffen.«

Thom sammelt die alten Kleider zusammen und wirft sie aus der Flugzeugtür, die noch offen steht. Was für eine Verschwendung. Hoffentlich kann sie jemand, der den Flugplatz nach uns nutzt, noch gebrauchen. Meine Eltern wären entsetzt. Sie behalten alles so lange, bis es richtig hinüber ist, und selbst dann wird es noch irgendwie recycelt.

Thom und ich dagegen hinterlassen eine Spur aus ausrangierten Autos und Kleidern. Aber etwas sagt mir, dass sich Geheimagenten um solche Dinge nicht scheren. Ein weiterer Hinweis darauf, dass mein Verlobter und ich nichts gemeinsam haben. Ich werde in unser beider Namen an wohltätige Organisationen spenden müssen, um unser Karma wieder in Ordnung zu bringen und meinen Eltern an Weihnachten wieder in die Augen sehen zu können. Verdammte Schuldkomplexe. Selbstverständlich müssen wir dafür erst einmal lange genug überleben. Bestimmt machen sie sich große Sorgen um mich. Ich finde es furchtbar, dass ich sie nicht kontaktieren kann. Sie nicht wissen lassen kann, dass ich noch lebe.

Thom drückt einen Knopf, woraufhin die Treppe einfährt und die Tür sich langsam schließt. »Schnall dich bitte an.«

Obwohl wir jederzeit eine Kugel abbekommen könnten, achtet er trotzdem noch sicherheitsbewusst auf solche Details. Interessant. Ich tue, worum er mich gebeten hat. »Wie hast du es geschafft, das alles so schnell zu organisieren? Das Flugzeug, die Kleidung und so weiter?«

»Ich habe so meine Tricks.« Natürlich gibt er sich geheimniskrämerisch. Das ist ihm in Fleisch und Blut übergegangen. Er setzt sich auf den Platz neben mir, macht es sich bequem und schließt die Augen. Die Triebwerke beginnen zu brummen. Dann setzen wir uns in Bewegung und rollen über das Flugfeld.

»Du könntest mir auch eine direkte Antwort geben«, schlage ich vor.

Er zuckt nur leicht mit den Schultern. »Kontakte. Bodenpersonal. Angeheuerte Helfer. Such dir was aus.«

»Du hältst sie für so vertrauenswürdig, dass sie wissen dürfen, wo wir hinwollen?«

»Ich vertraue außenstehenden Personen, die mit unserer Situation absolut nichts zu tun haben und nur über minimale Informationen verfügen.«

»Aber von Henry dachtest du auch, er sei ein Außenstehender.«

»Ja.« Die kleine Furche erscheint zwischen seinen Brauen. »Sie haben uns aufgespürt. Das finde ich nicht erfreulich.«

Mir gefällt die Vorstellung auch nicht besonders. Aber momentan möchte ich über dieses Thema lieber nicht nachgrübeln. »Ich war noch nie in New York.«

»Nicht?«, fragt er. »Oh, du wirst die Stadt lieben, auch wenn du nichts von ihr zu sehen bekommen wirst, weil du nämlich sicher und wohlbehalten in deinem Versteck ausharren wirst, während ich diesen ganzen Mist kläre.«

»Ich soll sie also durchs Fenster lieben?«

»Korrekt«, sagt er und hält die Augen weiter geschlossen. »Du wirst unheimlich viel fernsehen, haufenweise Essen vom Lieferservice verspeisen und dir Ruhe und Erholung gönnen.«

»Apropos: Ich brauche ein Holster für meine Waffe. Vorzugsweise eines, das unter meinem neuen Look nicht aufträgt.«

Er seufzt schwer. »Gönn mir doch wenigstens die paar Stunden, die wir in der Luft sein werden, um mich mit dem Gedanken anzufreunden, dass meine Verlobte zukünftig bewaffnet ist. Damit ich wenigstens so tun kann, als hätte ich eine Wahl, bevor ich am Ende doch klein beigebe.«

»Na gut. Danke.«

»Versuch dich zu entspannen. Hier sind wir erst mal ein Weilchen sicher«, sagt er. »Es wird uns bestimmt niemand abschießen.«

»Weißt du, auf diese Idee wäre ich nie gekommen, bis du es gerade erwähnt hast.«

»Ups.«

»Wie schaffst du es nur, dich daran zu gewöhnen, dass dich ständig irgendwelche Leute umbringen wollen?«

Er hebt leicht die Brauen. »Also … normalerweise passiert das nicht ständig. Aber ja, es ist nicht leicht.«

»Ach was.« Ich reibe mir die Brust mit dem Handballen. »Ich habe dauernd das Gefühl, als stünde ich kurz vor einem Herzinfarkt.«

»Das ist alles meine Schuld. Ich habe dich in diesen Schlamassel hineingezogen, und es tut mir leid.« Seine Miene ist todernst. »Dir wird nichts passieren, Betty. Ich werde dafür sorgen, dass dir nichts zustößt.«

Ich versuche zu lächeln, aber es klappt nicht recht. Es ist ein echter Balanceakt, ihm einerseits die Schuld dafür zu geben, dass wir uns in dieser Situation befinden, und andererseits trotzdem froh zu sein, dass er bei mir ist und mir hilft, mit allem klarzukommen.

Thom nimmt meine Hand und verschränkt seine Finger mit meinen. Ohne vorher zu fragen. Ich lasse ihn gewähren. Das ist der Hammer – ich lasse ihn einfach machen. Nicht, weil ich Aufmunterung brauche. Verdammt, nein. Aber nachdem er sich darauf eingelassen hat, mir eine Waffe zu geben, scheint es mir angemessen, höflich zu ihm zu sein. Das ist so ziemlich die fadenscheinigste und seltsamste Rechtfertigung dafür, einen Mann meine Hand halten zu lassen, die mir jemals eingefallen ist. Eigentlich sollte ich deutlich Stellung beziehen und darauf bestehen, dass er etwas Abstand hält. Solche liebevollen Gesten verkomplizieren nur alles. Im Rahmen meiner Gardinenpredigt sollte ich wahrscheinlich außerdem darauf bestehen, dass er in meiner Gegenwart stets vollständig bekleidet bleibt.

Aber ich schweife ab. Wir beide sollten uns besser darauf konzentrieren, am Leben zu bleiben, als darauf, das unendliche Mysterium unserer Beziehung zu enträtseln. Ich will nicht sterben. Ich will auch nicht, dass er stirbt. Uns sind Killer auf den Fersen. Doch bevor ich einen Versuch starten kann, meine Hand aus seiner zu lösen, spüre ich, wie sein Griff etwas fester wird. Sein Atem geht nun ganz regelmäßig. Entweder ist er schon eingeschlafen oder kurz davor.

Jetzt kann ich ihn nicht mehr stören. Nein. Dann werde ich eben einfach seine Hand halten müssen.

5. KAPITEL

»Du übertreibst.«

»Was?« Ich verharre mitten in einem schwungvoll-stolzierenden Schritt und bleibe auf dem Rollfeld stehen. Meine Haare werden vom Wind zerzaust, der so kalt ist, dass sich selbst ein Schneemann den Hintern abfrieren würde. Aber dank meines Outfits sehe ich fantastisch aus.

»Entspann dich«, sagt Thom und führt mich auf den Parkplatz zu. »Das Auto steht dort drüben.«

»Du hast gesagt, wir verkörpern zwei reiche Schnösel, die New York besuchen. Ich versuche nur, den Erwartungen gerecht zu werden, die mit solch einem Designeranzug einhergehen.« Und mit der Waffe. Ich spüre sie ein wenig, seitlich unter meinem Jackett, wie sie sich an meine Brust schmiegt und mir leicht in die Seite drückt. Dort sitzt sie, die Macht, einem Menschen das Leben zu nehmen. Oder zumindest die Macht, jemandem gehörige Unannehmlichkeiten zu bescheren und höchstwahrscheinlich auch immense Schmerzen. Doch ich lasse die Waffe lieber unerwähnt, weil Thom wahrscheinlich nach wie vor nicht davon begeistert ist, dass ich sie habe.

Sein Gesicht ist genau wie meines halb hinter einer Sonnenbrille verborgen, und er hält den Kopf gesenkt. Wahrscheinlich hilft das wenig gegen Gesichtserkennungssoftwares und Ähnliches. Aber er ist offensichtlich nicht der Meinung, dass ihm vonseiten der Regierung Gefahr droht. Trotzdem ist mir bislang noch nie so deutlich aufgefallen, wie stark Überwachungskameras unser alltägliches Leben bereits infiltriert haben. Allerdings habe ich bis dato auch noch nie versucht, von ihnen nicht erfasst zu werden.

»Die beste Möglichkeit, keine Aufmerksamkeit zu erregen, ist, sich unauffällig zu verhalten.« Seine Hand liegt locker auf meinem Kreuz, für den Fall, dass er mich in eine andere Richtung bugsieren muss. »Und nicht, als wäre man furchtbar wichtig und müsste von allen beachtet werden. Reiche Leute werden genauso getötet wie arme Menschen.«

»Okay. Tut mir leid. Ich habe etwas über die Stränge geschlagen.«

»Vergiss nicht, dass du als vermisst gemeldet bist. Wir wollen keine Aufmerksamkeit erregen. Versuch einfach, dich ganz normal zu verhalten.«

»Zwölf Zentimeter hohe Absätze zu tragen ist aber alles andere als normal«, entgegne ich spöttisch.

Einer seiner Mundwinkel zuckt.

Bear verstaut den Jet, oder was immer man mit diesen Dingern auch tut, wenn sie nicht benutzt werden. Ich dachte, ich hätte eine realistische Vorstellung davon, wie mein Leben mit oder ohne Thom aussehen würde. Aber jetzt verändert sich alles so schnell, dass ich kaum noch mitkomme. Ich dachte, es würde mir besser gehen, wenn ich erst einmal nicht mehr in einem bedrückenden geheimen Unterschlupf oder einer gruseligen Hütte im Wald festsitzen würde und stattdessen wieder unter Menschen käme. Doch nun stellt sich heraus, dass in der Öffentlichkeit zu sein furchtbar ist. Paranoia hat mich fest im Griff, und mir juckt es ständig im Nacken, weil ich das Gefühl habe, dass mich jemand ins Visier nimmt. Thom legt ein ordentliches Tempo vor, aber trotzdem sind wir anscheinend gerade nicht auf der Flucht. Das bedeutet wohl, dass für den Augenblick alles in Ordnung ist.

Er zieht einen Autoschlüssel aus der Tasche, woraufhin die Scheinwerfer einer brandneuen schwarzen Limousine einmal kurz aufleuchten. Er führt mich zur Beifahrertür, geht dann vorne um den Wagen herum und steigt auf der Fahrerseite ein.

»Warten wir noch auf Bear?«, frage ich, während ich mich anschnalle.

»Er stößt später zu uns. Im Handschuhfach liegt ein Handy – bist du so lieb und holst es heraus?« Der Motor beginnt zu schnurren, und schon geht es los, herunter vom Parkplatz und hinaus auf die Straßen eines dicht besiedelten Industriegebiets.

»Klar.«

»Es ist nicht gesperrt. Du müsstest bitte für mich einige Kontakte einspeichern.«

Meine Daumen huschen übers Display.

»Erster Kontakt bereit?«

»Kann losgehen.«

Er rattert eine Zahlenreihe herunter. »Jetzt schick eine Mitteilung mit dem Wort *Rapport*. Nur das. Sonst nichts.«

»Erledigt.«

Das gleiche Prozedere wiederholt sich noch ganze neun Mal, und jedes Mal betet Thom die Nummern auswendig herunter. Für mich grenzt es schon an ein Wunder, wenn ich es schaffe, mir meine eigene Nummer zu merken. Aber er hat keinerlei Probleme damit, zögert nie, macht bei den Zahlen keinen einzigen Fehler. Erneut frage ich mich, wie intensiv sein Training wirklich war und was genau es alles umfasst hat. Ich weiß, dass er gefährlich ist. Und ich weiß auch, dass er sagt, er stehe auf meiner Seite. Ich glaube, ich vertraue ihm. Aber das alles trägt nicht zur Beantwortung der fundamentalen Frage bei, die mich umtreibt: Mit wem um alles in der Welt habe ich da eigentlich die ganze Zeit geschlafen?

»Kontakt zwei schreibt, dass Fox sauber ist‹, berichte ich. »Das kommt bestimmt von deiner Hackerin, die online nach Spuren von Verrat und Mord sucht, richtig?«

Die Haut um seine Augen herum spannt sich. »Ja.«

»Hey, du hast mir schließlich das Handy gegeben.«

»Ich weiß.«

»Du bist es nur nicht gewohnt, dass ich etwas von deinen Aktivitäten mitbekomme.«

Sein Mund verwandelt sich in eine gerade, schmale Linie. »Ich will nicht, dass du in noch größere Gefahr gerätst, als es ohnehin schon der Fall ist.«

Das Handy blinkt, und eine weitere Nachricht geht ein. »Kontakt eins schreibt: ›Das Thornbrook‹. Was ist das, ein Hotel oder so?«

»Ja. Gehobenes Niveau. Gute Sicherheitsvorkehrungen.« Er runzelt die Stirn. Vielleicht ist dieses *Thornbrook* gar nicht unser neuer geheimer Unterschlupf, sondern etwas ganz anderes.

»Wie willst du dort hineinkommen?«, frage ich. »Denn ich gehe davon aus, dass du das musst, oder?«

Er lässt sich mit der Antwort Zeit, wirft mir rasch einen Blick zu, bevor er wieder auf die Straße schaut. »Je weniger du weißt, umso besser ist es. Ich werde mir etwas einfallen lassen.«

»Dann wirst du mir also auch nicht verraten, mit wem du dich dort treffen wirst, oder?«

»Nein, werde ich nicht.«

Ich lege das Handy auf meinen Schoß und denke angestrengt nach. Es ist inzwischen viel zu spät dafür, mich durch Unwissenheit schützen zu wollen. Der Gute ist wirklich ein Idiot. Dann mache ich mir eben ständig Sorgen und habe Angst – was soll's. Ich muss wissen, womit wir es hier zu tun haben, damit ich mich besser vorbereiten kann. Bisher wurde ich schon um ein Haar in die Luft gesprengt, verhört und in meine erste Schießerei verwickelt. Fest steht: Je schneller er es schafft, dieses ganze Fiasko zu klären, umso besser. Damit ich endlich meiner Familie und meinen Freunden mitteilen kann, dass es mir gut geht. Damit ich in mein normales Leben zurückkehren und schauen kann, ob ich noch einen Job habe. Diesen ganzen Irrsinn hinter mir lassen kann. Keine Ahnung, ob das gleichbedeutend damit ist, sich von Thom zu verabschieden, und wie es mir damit ginge. Wahrscheinlich ist es am besten, sich immer nur mit einem irrwitzigen Problem auf einmal zu befassen.

»Du lässt von der Hackerin, die du angeheuert hast, all deine Arbeitskollegen überprüfen, weil sie die naheliegendsten Verdächtigen sind und eine hohe Wahrscheinlichkeit besteht, dass ein Insider hinter alldem steckt«, setze ich die Puzzleteile zusammen. »Du hast mir gesagt, dass Bear der Erste war, bei dem unsere neue Hacker-Freundin grünes Licht gegeben hat. Dann ist Fox vermutlich die Zweite. Bisher wurden innerhalb eurer Gruppe keine Schurken gefunden. Also keine neuen Spuren in dieser Angelegenheit.«

Thoms Antwort ist vernehmliches Schweigen. Was bedeutet, dass ich wahrscheinlich auf der richtigen Fährte bin.

»Du hast Badger gegenüber etwas davon erwähnt, dass du Schwierigkeiten hättest, eine Nachricht zu euren Vorgesetzten durchzubekommen. Ich vermute mal, das bedeutet, dass sie entweder nicht in diese Sache verwickelt werden wollen oder dass sie dafür verantwortlich sind.«

An seinem Kiefer zuckt ein Muskel.

»Du wirst zu einem von ihnen Kontakt aufnehmen, stimmt's? Zu einem der Bosse?«

»Wie bist du darauf gekommen?«, knurrt er. »Ist noch eine Nachricht eingegangen?«

»Nein.« Ich recke das Kinn. »Ich habe mein Gehirn benutzt.«

Er sieht mich an.

»Außerdem schaue ich mir gern Thriller und Agentenfilme an. Ich kenne mich aus«, sage ich. »Und ich führe einen erfolgreichen, stark frequentierten innerstädtischen Blumenladen mit mehreren Millionen Dollar Jahresumsatz. Ich habe jeden Tag mit kaum einhaltbaren Deadlines und hysterischen Bräuten zu tun. Ich organisiere Dinge und löse Probleme. Nun ja, zumindest habe ich das getan, bis ich plötzlich zu einer Flüchtigen wurde. Was ich damit sagen will: Ich bin nicht dumm.«

»Betty, ich weiß, dass du nicht dumm bist. Aber diese Leute sind gefährlich.«

»Im Moment ist alles gefährlich«, entgegne ich. Der Gute ist sichtlich ungehalten. Fast tut er mir leid, denn er versucht ja nur, mich zu beschützen. Als er die Hand ausstreckt, gebe ich ihm kommentarlos das Handy.

Er schweigt eine Weile. »Du hast recht. Ich muss erfahren, was bei den Bossen los ist. Herausfinden, was sie wissen.«

Ich nicke.

»Tut mir leid, ich bin es nicht gewohnt, derartige Informationen an andere weiterzugeben. Selbst Bear und Fox wissen immer nur das Nötigste.«

»Du hast nichts an mich weitergegeben. Ich habe es erraten.« Ich sehe nach draußen und beobachte die Fußgänger, die dem schlechten Wetter trotzen. »Warum hast du dein Handy zerstört, bevor wir Kalifornien verlassen haben? Warum hast du nicht, wie sonst auch, nur die SIM-Karte vernichtet?«

»Jemand hätte uns mittels eines Programms, das aufs Handy geladen wurde, orten können. Das geht zwar nicht so einfach, und man hätte dafür physischen Zugriff auf das Telefon haben müssen, aber trotzdem mussten wir es vorsichtshalber loswerden. Es ist das Risiko nicht wert.«

Wir nähern uns der Stadt, und der Verkehr wird dichter. Es

ist später Nachmittag und regnerisch, sodass die Straßenlaternen bereits brennen. Wir umrunden zweimal einen Häuserblock, bis wir schließlich einen Parkplatz finden. Zum Glück habe ich meinen dicken Mantel und die Lederhandschuhe. So toll eine Designerhandtasche auch aussieht, gegen diese Eiseskälte richtet sie leider wenig aus.

Thom führt mich den Gehweg entlang, hält sich dabei zwischen mir und der Straße und behält die Umgebung genau im Auge. Wir gehen auf ein altes dreistöckiges Backsteingebäude zu. Nichts Aufsehenerregendes, aber es sieht gepflegt aus und gut in Schuss. Der Aufzug riecht ein wenig nach thailändischem Essen und gibt auf der Fahrt nach oben bedenkliche knirschende Geräusche von sich.

Im obersten Stockwerk bleibt Thom schließlich mit mir vor einer Tür in einer Ecke stehen, schließt sie auf und schaltet den Alarm aus. »Rein mit dir.«

»Gehört diese Wohnung dir oder dem Zoo?«

»Mir. Warte bitte einen Moment hier.« Er steckt prüfend den Kopf in mehrere kleine Zimmer. »Alles in Ordnung. Komm mit.«

Eine unverputzte Backsteinwand erstreckt sich über die ganze Länge der loftartigen Wohnung. Ich entdecke zuerst einen kleinen begehbaren Kleiderschrank, dann ein kleines sauberes weißes Badezimmer. Darauf folgt der große, offene Wohnbereich. Außerdem gibt es eine saubere weiße Küche, ein großes gemachtes Bett, einen Holztisch mit zwei Hockern, der beim Fenster steht, und ein Zweisitzersofa, vor dem ein Fernseher an der Wand angebracht ist.

»Gemütlich«, sage ich und hänge meinen Mantel über eine Lehne. Die Handtasche und die Handschuhe lege ich auf dem Tisch ab. Angesichts des perfekten minimalistischen Looks der Wohnung habe ich fast Skrupel, die perfekte Ordnung durch meinen Kram zu zerstören, aber so ist nun mal das Leben. Sie hat viel mit dem Unterschlupf in Kalifornien gemeinsam: keine Bilder, keine persönlichen Gegenstände. Zumindest sehe ich keine.

Thom zuckt nur mit den Schultern. »Ich verbringe hier nicht viel Zeit.«

»Wo verbringst du denn deine Zeit stattdessen?«

»Wenn ich nicht arbeite, bin ich zu Hause bei dir.« Er leert seine Taschen und platziert den Inhalt auf dem Tisch: Autoschlüssel, das neue Handy, seine Waffe mit Ersatzmagazin … das Übliche eben. »Wir werden wohl eine neue Wohnung brauchen.«

Ich spare mir einen Kommentar.

»Mir gehören rund um L.A. einige Immobilien, die du dir ansehen kannst. Du könntest dir die aussuchen, die dir am besten gefällt. Oder wir könnten uns etwas Neues kaufen, obwohl ich größere Finanztransaktionen lieber so weit wie möglich vermeiden würde. Dadurch wird es schwieriger, unterm Radar zu bleiben.«

»Wie viele Immobilien besitzt du genau, und wie lautet dein Kontostand?«

»In meinem Job verdient man relativ gut.« Er dehnt den Nacken. »In dieser Branche ist es durchaus sinnvoll, mehrere sichere Häuser zur Verfügung zu haben.«

»Für den Fall, dass deine Tarnung auffliegt.«

»So ist es. Ich fahre hin und wieder bei jedem Haus vorbei, nehme die Post mit und überprüfe die Sicherheitsvorkehrungen. Vergewissere mich, dass nichts manipuliert wurde, und kümmere mich um die grundlegenden Instandhaltungsarbeiten.«

»Eins muss ich dir zugestehen: Du lebst in einer interessanten Welt.« Ich massiere mir ebenfalls den Nacken, versuche, die verspannten Muskeln etwas zu lockern. Wenn ich unter Stress stehe, verkrampfe ich mich immer total. Ich glaube, ich war in meinem ganzen Leben noch nie so gestresst wie in den vergangenen Tagen. Selbst am Valentinstag oder am Muttertag im Blumenladen zu stehen ist viel stressfreier als um sein Leben rennen zu müssen. Gejagt zu werden.

»Lass mich mal«, sagt Thom, der nun vor mir steht. Viel näher als nötig.

»Du musst nicht –«

»Ich weiß, dass ich das nicht muss. Aber ich möchte es gern.« Seine starken Finger pressen sich auf meine schmerzenden Muskeln, und ich schmelze dahin. Thom knurrt verdrossen und macht sich daran, die Knöpfe meines Jacketts zu öffnen. Seine Bewegungen sind zielgerichtet. Er ist sich offenbar sehr sicher, dass ich mich fügen werde. Er lässt seine warmen Handflächen über den Strickpullover hinauf zu meinen Schultern gleiten, streift mir die Jacke ab und legt sie auf den Tisch. Meine Waffe und das Holster kommen als Nächstes an die Reihe. Thom scheint es nicht gerade zu bedauern, dass sie fort sind. »So ist es besser.«

Ich bin mir da nicht so sicher. Der vernünftige Teil meines Gehirns ist der Auffassung, dass ich mich gegen diesen Mann so gut wappnen sollte wie nur irgend möglich. Allerdings fühlt sich der Druck seiner knetenden Hände richtig gut an. Ziemlich verführerisch.

Schon wieder läuten bei mir die Alarmglocken. »Was tust du da?«

»Ich bearbeite die Verspannungen in deinem Nacken. Was tust du denn, außer dir mal wieder unnötig den Kopf zu zerbrechen?«

»Es würde dir wohl gefallen, wenn ich aufhören würde, mein Hirn zu benutzen, und keine Fragen mehr stellte, stimmt's?«

Seine Mundwinkel heben sich. »Jetzt wo du es sagst. Das würde tatsächlich einiges vereinfachen.«

»Ha. Träum weiter. Apropos Kopfzerbrechen: Wie willst du deine Bosse dazu bewegen, dir zu helfen?«

Ein Seufzen.

»Ich meine es ernst. Wie lautet dein Plan?«

»Du wirst keine Ruhe geben, oder?«

»Keine Chance.« Ich schenke ihm mein schönstes falsches Grinsen. Jenes, das so offensichtlich aufgesetzt ist, dass es selbst der letzte Idiot merkt. Wer sagt, dass Sarkasmus nicht auch eine Superkraft ist? »Schatz, ich weiß inzwischen alles über diesen ganzen Mist, mit dem du dich herumschlägst. Du kannst mir getrost meine Fragen beantworten, denn ich werde mich ohnehin nie und nimmer einfach deinen Anweisungen fügen. In Sachen Überlebenskampf kannst du uns ab sofort als Partner betrachten.«

»Also, das begeistert mich nicht unbedingt. Allerdings muss ich gestehen, dass ich es richtig sexy finde, wenn du so stur und fordernd bist und mir die Meinung geigst.«

Ich verdrehe genervt die Augen. »Beantworte einfach nur meine Frage.«

»Es gibt verschiedene Möglichkeiten, jemanden dazu zu bewegen, dich zu unterstützen oder deinen Wünschen nachzukommen«, erklärt er. »Man fängt damit an, an die Prinzipien der betreffenden Person zu appellieren, oder an ihren Patriotismus. Ich weiß, dass du noch nicht so viel davon mitbekommen hast, aber der Zoo bewirkt tatsächlich viel Gutes für die Welt. Wenn beides keine Wirkung zeigen sollte, verlegt man sich auf deren Ego. Manchmal ist auch eine Mischung aus allen dreien nötig. Erpressung oder Drohung setzen wir normalerweise nur als allerletztes Mittel ein, denn wenn man damit erst einmal angefangen hat, gibt es kein Zurück mehr.

Der Schlüssel liegt darin, einen persönlichen Anreiz für die Zielperson zu finden. Selbst wenn man die betreffende Person bezahlt, muss man dafür sorgen, dass sie sich emotional involviert fühlt, denn das verringert das Risiko, dass sie dir irgendwann den Rücken kehrt. Insbesondere wenn man möchte, dass sie entgegen ihrer eigenen Interessen handelt oder schlichtweg nicht das tun soll, was für sie am einfachsten wäre. Menschen sind unglaublich bequem und entscheiden sich in neunundneunzig Prozent der Fälle für den Weg des geringsten Widerstands.«

»Aber in diesem Fall wirst du sie nicht bezahlen.«

Er schüttelt den Kopf. »Nein. Diese Leute sind derart wohlhabend, dass Milliardäre dagegen wie arme Schlucker aussehen.«

»Es wäre einfacher für sie, sich aus allem herauszuhalten und zuzusehen, wie ihr alle getötet werdet.«

»Auf jeden Fall. Niemand ist unersetzbar«, stellt er völlig sachlich fest. »Ich kann mir vorstellen, dass sie derzeit fieberhaft damit beschäftigt sind, ihre eigene Haut zu retten.«

»Du musst sie dazu überreden, dass sie aus ihrem Versteck kommen und mitspielen.« Das ergibt Sinn. Wer immer diese Leute auch sein mögen, sie haben offenbar eine Menge Macht und Ressourcen. Vielleicht kommen wir ja doch aus dieser ganzen Sache heraus, ohne dass jemand stirbt. Wenn wir sie dazu bewegen können, uns zu helfen.

»Ich würde lieber *dich* dazu überreden, mit mir zu spielen.«

»Das ist eine ernste Angelegenheit.«

»Ich meine es auch durchaus ernst, Elizabeth.«

»Nein, das tust du nicht, Thomas.«

»In diesem Punkt muss ich dir leider höflich widersprechen«, sagt er. »Immerhin habe ich deine Frage beantwortet. Bekomme ich dafür keine Belohnung?«

»Deine Belohnung ist das warme, wohlige Gefühl, dass du deiner Verlobten zur Abwechslung die Wahrheit gesagt hast.«

Seine Augen beginnen zu leuchten. »Meiner Verlobten also? Das bedeutet, dass wir noch immer zusammen sind. Wir werden heiraten und kriegen Kinder und fahren einen Minivan und wohnen in einem –«

»Stopp. Nein.«

»Du hast es aber gesagt.« Er grinst. »Jetzt kannst du es nicht mehr zurücknehmen.«

»Oh mein Gott, wie alt bist du? Acht?«

»Vierunddreißig.«

»Bei deinem Alter hast du also auch gelogen? Meine Güte. Gibt es überhaupt irgendetwas, worüber du mich nicht belogen hast?«

Seine Heiterkeit verpufft. »Es war nicht gelogen, als ich gesagt habe, dass ich dich liebe.«

»Wie ironisch, wenn man bedenkt, dass das genau die eine Sache war, die ich dir nie abgekauft habe.«

»Lass mich dich davon überzeugen.«

»Vergessen wir bitte nicht unsere Prioritäten«, entgegne ich bissig. »Jemand versucht, uns umzubringen. Wir haben größere Probleme, auf die wir uns konzentrieren müssen.«

»Schon. Aber was, wenn wir sterben, ohne Versöhnungssex gehabt zu haben? Das wäre eine Tragödie.«

Du lieber Himmel. »Eine Tragödie, ja?«

»Jawohl. Obwohl ich schon sagen muss, dass ich es toll finde, dass du nicht in Panik verfällst, sondern versuchst, Lösungen zu finden.«

Ich zucke mit den Schultern. »Das ist eine gute Ablenkung.«

Er lächelt. Sein Lächeln ist wirklich schön.

»Warum bist du so versessen darauf, dass wir zusammenbleiben? Erklär mir das bitte.«

Seine Finger wandern hinauf zu meiner Kopfhaut, vollführen auch dort ihren wohligen Zauber. »Ich bin mir ziemlich sicher, dass ich dir das bereits ungefähr ein Dutzend Mal erklärt habe. Mir gefällt dein Lächeln. Herrgott, mir gefällt alles an dir. Mir gefällt, wer ich bin, wenn ich mit dir zusammen bin. Dass ich nicht die ganze Zeit in Alarmbereitschaft sein muss. Insbesondere jetzt, da ich nicht mehr vorgeben muss, jemand anderes zu sein. Jetzt, da du alle meine Geheimnisse kennst.«

»Hmm.« Meine Augenlider schließen sich. Ich kann nichts dagegen tun. Es gibt kein besseres Mittel, um jemanden vollkommen wehrlos zu machen, als eine Massage. Seine Anatomiekenntnisse sind bestimmt hervorragend. Das macht ihn wahrscheinlich auch zu einem besseren Killer. Beim Gedanken daran werden plötzlich meine Knie weich. Die permanente unterschwellige Angst vor einer Panikattacke ist wieder da.

Doch dann schmiegt er sich dichter an mich. Seine Lippen berühren leicht meine Wange, meinen Kiefer. Er ist bei mir. Ich bin nicht allein. Trotzdem sollte ich ihm jetzt sofort Einhalt gebieten. Nur noch einen Moment, dann stoppe ich ihn. »Ich bezweifle stark, dass ich all deine Geheimnisse kenne.«

»Du weißt so viel wie sonst kein lebendiges Wesen.«

»Vielleicht.«

»Ganz sicher sogar. Du gibst mir mehr als nur ein Zuhause. Deinetwegen empfinde ich wie ein normaler Mensch. Du machst mich menschlich.«

Das ist womöglich das Traurigste und Bemitleidenswerteste, was ich jemals gehört habe. »Thom …«

»Ich habe meistens das Gefühl, als wäre mein ganzes verdammtes Leben ein einziger Kampf. Aber mit dir ist das anders. Es macht sogar Spaß, mit dir zu streiten. Berühr mich, Betty.«

Während er spricht, spüre ich seine Lippen an meinem Hals.

Seine Hände und sein Mund fühlen sich so perfekt an und bringen mich völlig durcheinander. Sein heißer Körper, der sich an mich presst. Früher hatte Thom es beim Sex nicht so mit Berührungen. Bestimmt hatte das auch etwas damit zu tun, dass ich seine Narben nicht spüren sollte. Doch das scheint sich nun geändert zu haben.

»Berühr mich mit deinen Händen.«

Ich halte die Hände zu Fäusten geballt.

»Lass mich dich ein Weilchen ablenken. Dir Lust bereiten.«

»Du kannst ganz schön überzeugend sein, weißt du das? Gehört das zu deinen Geheimagenten-Fähigkeiten?«

»Verdammt, du bist so herrlich weich.«

»I-ich bin mir nicht sicher, ob wir das tun sollten«, stammele ich schwer atmend.

Er legt seufzend die Stirn an meine. »Es ist deine Entscheidung. Sag mir, dass ich aufhören soll, und ich tue es.«

Ich bin mir leider auch nicht ganz sicher, ob ich das will. Ich bin erstarrt. Verwirrt. »Dann hörst du auf?«

»Selbstverständlich. Ich verlange nichts von dir, was du nicht bereit bist zu geben. Wir tun, was immer du möchtest.« Er drückt sanft die Lippen auf meinen Mund. »Was ich will, weißt du ja schon.«

»Diese Erektion, die sich da gerade gegen meinen Bauch drückt, hat dich verraten.«

»Ja. Aber ich kann warten.« Sein leises, tiefes Lachen jagt mir einen Schauer über den Rücken. Die Berührungen seines warmen Mundes, die leichten köstlichen Küsse, steigen mir sofort zu Kopf. Und er riecht so gut. Nach einem tollen holzigen Aftershave und einfach nach ihm selbst.

Trotzdem zögere ich.

»Willst du, dass ich die Finger von dir lasse und einen Schritt zurücktrete?«

Das Problem ist, dass er irgendwie zum Allheilmittel für meine Ängste geworden ist. Ich kenne niemanden, der so wenig mit einem Kuschelbär gemein hat, und trotzdem will ich ihn fest in den Arm nehmen, bis die Monster unter dem Bett verschwunden sind.

»Nein.«

»Also gut«, sagt er und wundert sich wahrscheinlich gerade über meine geistige Verwirrtheit. Der arme Kerl tut mir fast leid. »Ich weiß … Wie wäre es, wenn wir, nachdem wir dieses ganze Durcheinander geklärt haben, heiraten würden? Wir steigen einfach in ein Flugzeug nach Vegas und tun es. Ohne weitere Diskussionen. Was sagst du dazu?«

»Was?!« Mir klappt vor Verblüffung der Mund auf, und er nutzt es sofort schamlos aus. Schon schiebt sich seine Zunge hinein und reibt sich an meiner. Ich hatte wirklich vor, ihm den Marsch zu blasen. Ihn anzuschnauzen, dass das ja wohl nicht sein Ernst sein kann. Aber dafür ist es nun viel zu spät. Er bringt mich mit seinen Küssen um den Verstand. Verflixt, das war alles nur ein Trick. Und ich bin darauf hereingefallen.

Seine fordernden Küsse lassen mich vorübergehend das Chaos und den Tod und alles um uns herum vergessen. Es gibt nur noch ihn und mich, und eine nie da gewesene Verbindung zwischen uns. Noch nie in meinem ganzen Leben hat mich ein Mann so geküsst. Als wäre mich zu berühren, hier bei mir zu sein, sein einziger Existenzgrund. In Anbetracht unserer Vorgeschichte ist mir durchaus klar, dass das alles womöglich nicht echt ist. Aber in diesem Moment ist mir das ziemlich egal. Zwischen Thom und mir knistert es plötzlich heftig. Diese Hitze, diese brennende Lust, das ist jenseits von Gut und Böse und raubt mir den Atem. Wenn er das tatsächlich alles nur vortäuscht, dann werde ich ihn hinterher vielleicht umbringen müssen. Er gibt mir das Gefühl, als wäre mein Herz plötzlich ganz schwerfällig und irgendwie groß und verwirrt und … ich weiß auch nicht. Ich bräuchte in seiner Nähe eigentlich einen Gefühlsalarm. Das wäre sehr nützlich.

Ich kralle die Finger in den dünnen Baumwollstoff seines Hemdes. Derweil gleitet seine große Hand meinen Rücken hinab und landet gleich darauf auf einer meiner Pobacken. Er reibt sein hartes Glied an mir, was uns zweifellos beide erregt. Noch nie war Trockensex so prickelnd. Wir stoßen mit den Zähnen aneinander, weil er mich geradezu verschlingt. Was wir hier tun, ist weder zärtlich noch gemächlich. Das hat nichts mehr mit cool und gelassen zu tun. Aber schön, dass es uns beiden so geht.

Ich will seine Haut auf meiner spüren. Das ist alles, was in diesem Moment für mich zählt. Doch meine zitternden Hände rutschen von seinen Hemdknöpfen ab. Das ist so frustrierend.

Thom küsst mich noch einmal, zweimal, bevor er zurückweicht.

»Warte einen Moment, Schatz.« Er greift nach dem Rücken des Hemdes und zieht es sich über den Kopf. Knöpfe reißen ab und fliegen davon. Was soll's. Als Nächstes nimmt er den Saum meines Strickpullovers und schiebt ihn über meine Brüste nach oben. Ich hebe die Arme, woraufhin er ihn mir vorsichtig über den Kopf zieht. »Himmel, ich liebe deine Möpse. Habe ich dir das schon mal gesagt?«

»Ich glaube nicht.«

»Nein?« Seine Stimme klingt kratzig. »Mist. Tut mir leid. Du hast verdammt noch mal die tollsten Brüste, die ich jemals gesehen habe.«

Ich zerre an seinem Gürtel, öffne ihn und schaffe ihn aus dem Weg. Dann kommen der Hosenknopf und der Reißverschluss an die Reihe. Thom ist so freundlich und schlüpft aus seinen glänzenden Schuhen. Dabei versucht er, mich weiter zu küssen. Mit unserer Koordination hapert es etwas. Aber das machen wir durch Hingabe wieder wett. In einem wilden Taumel aus hektischen Bewegungen und drängendem Verlangen entledigen wir uns eines Kleidungsstücks nach dem anderen. Alles landet auf dem Fußboden, nur um gleich darauf achtlos weggekickt zu werden. Wenn es darum geht, mit Thom nackt zu sein, sind mir Designerklamotten plötzlich völlig egal.

Bald schon stehen wir nur noch in Unterwäsche voreinander. Oder zumindest gilt das für mich. Er zieht sich die engen Boxershorts herunter, und schon kommt sein steifes Glied zum Vorschein, das nun direkt auf mich gerichtet ist.

»Jetzt bloß keine falsche Scham mir gegenüber«, sagt er lächelnd. Doch es wirkt etwas zögerlich, und sein Blick ist so liebevoll, wie ich es bei ihm noch nicht erlebt habe. Als wäre ich hier nicht die Einzige, die gewisse Dinge empfindet. Als wäre es auch für ihn ein großer Schritt, mit mir diese echten Gefühle auszuleben. Oh Gott, hoffentlich missverstehe ich das hier nicht völlig. Hoffentlich projiziere ich nicht oder bilde mir alles nur ein.

Ich schlucke angestrengt, denn mein Mund ist staubtrocken. »I-ich bin nicht schamhaft.«

»Du bist so wunderschön.«

Er schlingt die Arme um meinen Oberkörper, um meinen BH zu öffnen. Sanft streicht er die Träger von meinen Schultern und zieht die Körbchen von meinen Brüsten. Dann landet der BH ebenfalls auf dem Boden. Mit hitzigem Blick legt er die Hände um meine Brüste und streicht mit den Daumen aufreizend über meine Brustwarzen. Ein Blitzschlag durchzuckt mich. Mein Höschen ist jetzt das Einzige, was noch zwischen uns steht. Ein feuchter Stringtanga, der kurz darauf ebenfalls Geschichte ist.

»Schatz, meine Güte, sieh dich nur an. Das habe ich also die ganze Zeit im Dunkeln verpasst? Ich bin ein verdammter Idiot.«

»Ja.«

Er lacht und küsst mich, gemächlich und intensiv. Erkundet auf sinnlichste Art und Weise meinen Mund, bis sich mir der Kopf dreht. Gleichzeitig schafft er es, mich zum Bett zu bugsieren und sich auf mich zu legen. Ohne den Kuss auch nur ein einziges Mal zu unterbrechen. Dieser Mann ist wirklich unglaublich geschickt.

Gewandt gleiten seine Finger über meinen Oberkörper nach unten, zwischen meinen Brüsten hindurch und über meinen Bauch. Dann legt er die Hand zwischen meine Beine und beginnt, mit dem Handballen meine Klitoris zu reiben.

»Oh«, keuche ich auf.

»Normalerweise schaffe ich es nie, dass du so heiß und feucht wirst.« Er legt die Stirn gegen meine und berührt meine Nase mit seiner. Es fühlt sich seltsam intim an, seinem Gesicht so nahe zu sein. Ihm in die Augen zu sehen.

»Normalerweise interessiert dich das auch nicht besonders.«

»Ich bin ein Arsch.«

Ich lächle. »Ja, das auch.«

Während sein Daumen meine Klitoris streichelt, stehlen sich seine Finger zwischen meine Schamlippen. Ich verdrehe verzückt die Augen. Alles zwischen meinen Schenkeln ist klatschnass. Geschwollen und überempfindlich. Sanft dringt er mit zwei Fingern in mich ein, steigert mein Verlangen immer weiter, bis es außer Kontrolle gerät.

»Aber ich bin *dein* ganz persönlicher Arsch, wenn du mich haben willst«, sagt er und leckt zur Unterstreichung erst über eine, dann über die andere verhärtete Brustwarze. »Willst du mich, Betty?«

»Ich brauche …«

»Ich weiß, was du brauchst.«

Jeder Muskel in meinem Körper ist angespannt. Meine Hüften winden sich auf der Matratze. Es ist alles zu viel und gleichzeitig nicht genug. Als er an meiner Brustwarze saugt, sie mit Zunge und Zähnen reizt, zerre ich an seinen Haaren. Lieber Himmel. Er kann das wirklich wahnsinnig gut. Wenn ich das mit mir selbst tue, brauche ich viel mehr Zeit und ein paar wirklich heiße Sexfantasien, um so auf Touren zu kommen. Aber was er da gerade mit mir anstellt … Das ist unfassbar. Die totale Ganzkörper-Reizüberflutung. Mein Herz hämmert, und all meine Nervenenden geraten in Aufruhr. So viel auf einmal zu empfinden ist fast ein wenig beängstigend.

»Und ich bin der Mann, der dir geben wird, was du brauchst«, sagt er mit belegter Stimme. »Jedes Mal, garantiert.«

Sein heißer Mund liebkost meine Brüste immer fordernder. Seine Bartstoppeln kratzen fast ein wenig schmerzhaft über meine Haut. In diesem Moment berührt er eine besonders empfindliche Stelle in meinem Inneren. Ohne zu zögern. Er weiß tatsächlich genau, was ich brauche und wo ich es brauche. Als hätte er bei unseren bisherigen intimen Begegnungen nur das Terrain ausgekundschaftet, für den Moment, der wirklich zählt.

Ich vergrabe die Hände in seinen Haaren und steige höher und höher, der Glückseligkeit entgegen. Mein ganzer Körper spannt sich – bevor er förmlich explodiert, in tausend Splitter zerbirst. Ich bin mir ziemlich sicher, dass ich nicht mehr existiere. Das ist alles zu viel. Dieses gleißende Licht, das mich durchdringt. Ich bin nur noch ein Häufchen Moleküle mit den groben Umrissen eines weiblichen Körpers.

Ruhe in Frieden, Betty. Sie starb als glückliche Frau.

Bevor ich wieder ganz aus meinem Schwebezustand zurückgekehrt bin, dringt er schon stöhnend in mich ein, so breit und lang, dass es neue Nachbeben in mir auslöst. Er kniet zwischen meinen Beinen und betrachtet meinen Körper derart besitzergreifend, wie ich es noch nie bei ihm erlebt habe.

Mit unerbittlichem Griff umfasst er meine Schenkel. Wieder kennt er kein Zögern, stößt tief und kraftvoll in mich, als wolle er mich für alle Zeiten brandmarken. Womöglich gehört er tatsächlich ganz mir – auch wenn dieser Punkt noch nicht abschließend geklärt ist –, doch eins ist sicher: In diesem Moment gehöre ich ihm. Denn das, was er da tut, kann man nicht als Liebemachen bezeichnen. Aber nur harter Sex ist es auch nicht. Sein Körper fordert, während meiner bereitwillig gibt. Jedes Seufzen und Stöhnen aus meiner Kehle gehört ihm. Der Schweiß und die Hitze dieser wilden Nummer. Das emotionale Chaos.

Bei jemand anderem könnte ich niemals so sein. Ich habe das ungute Gefühl, dass er mich gerade für alle anderen Männer verdirbt. Verflixt.

»Deine Muschi fühlt sich so verdammt perfekt an«, sagt er. »So nass und heiß. Als wäre sie nur für mich gemacht.«

»Dein Ego geht mit dir durch.«

Statt einer Antwort verändert er ein wenig seine Position und trifft prompt eine absolut wundervolle Stelle. Ich kann doch nicht schon wieder kommen. Das ist unmöglich. Doch er ist offenbar anderer Ansicht. Er will mir anscheinend irgendetwas beweisen. Schon ist sein großes Glied wieder tief in mir, lässt mich erzittern und erschauern. Versetzt meinen ganzen Unterleib in einen überreizten Rauschzustand. Seine Finger bohren sich in meine Oberschenkel, hinterlassen dort zweifellos bleibende Spuren. Wieder und wieder zieht er meinen Körper zu sich heran. Dringt noch tiefer ein. Ich schlinge fest die Beine um ihn, weil mein Körper die Fakten bereits kennt, die mein Geist noch nicht ganz begriffen hat. Ich will mehr. Ich brauche mehr. Und er ist derjenige, der mir geben wird, wonach es mich verlangt.

»Du wirst noch mal kommen«, sagt er.

Ich nicke nur. Als Thom behauptet hat, dass er sich auskennt, hat er nicht gelogen. Und die ganze Zeit über hat dieser Mistkerl mir das alles vorenthalten.

Sein straffer Körper ist schweißnass. Wie er so über mir thront, sieht er aus wie eine Art Fruchtbarkeitsgott. Diese kraftvollen Schenkel und seine starken, breiten Schultern. Wie seine Brustmuskeln arbeiten. Und dazu sein intensiver Blick. Ganz schön erschreckend und ehrfurchtgebietend. Ich weiß, ich bin eine wundervolle Frau, aber nicht gerade ein zartes Püppchen. Auch wenn ich das selbst nicht ausstehen kann, frage ich mich manchmal unweigerlich, was er eigentlich sieht, wenn er mich anschaut. Da ist sie wieder, diese Unsicherheit. So ziemlich jeder hat doch Körperstellen, die wabbeln und wackeln. Nein, ich werde mich nicht von irgendwelchen blöden abtrünnigen Gedanken runterziehen lassen. Die können sich gleich wieder verziehen. Ich bin eine Göttin mit Kurven.

»Du bist mit den Gedanken woanders«, raunt er. »Das kann ich nicht zulassen. Komm zurück zu mir, Schatz.«

Er vollführt eine Art Hüftschwung, bevor er wieder in mich dringt. Heiliger Bimbam, das fühlt sich gut an. So gut. Ich reiße stöhnend den Mund auf, Hitze rauscht durch meine Adern, ballt sich erneut und unfassbar schnell in mir zusammen. Meine Muskeln spannen sich, prickelnde Schauer laufen mir über den Rücken. Ich höre jemanden wimmern und habe den bösen Verdacht, dass ich das bin.

Dann erfasst mich ein Orgasmus, der gar nicht mehr aufhören will. Welle um Welle aus Licht und Gefühlen überrollt mich. Der Orgasmus geht immer weiter und weiter. Ich kann nichts mehr sehen, mein Hirn ist leer gefegt. Mein ganzer Körper wird schlaff.

Thom stößt stöhnend noch einmal, zweimal zu, bevor sein Glied tief in mir zu zucken beginnt. Dann sinkt er keuchend zwischen meinen Beinen zusammen. Das Haar hängt ihm schweißnass ins Gesicht. Noch immer pocht es zwischen meinen Schenkeln. Die unzähligen zarten Muskeln in meinem Innern zucken rund um sein halb erigiertes Glied.

So nackt auf dem Bett komme ich mir urplötzlich schrecklich schutzlos vor. Es fühlt sich an, als läge nicht nur mein erhitzter, schweißnasser Körper entblößt vor ihm, sondern auch meine Gefühle. Mein Herz und mein Geist. Und ich bin mir nicht sicher, ob das ungefährlich ist. Ich brauche sofort eine Rüstung. Mindestens drei Meter dicke emotionale Schutzwälle.

Ich klappe den Mund auf, schließe ihn wieder, öffne ihn noch einmal. »Das war –«

»Das war was? Na, wo bleibt dein bissiger, respektloser Kommentar?« Er streicht sich die Haare aus dem Gesicht und sieht mich prüfend an. »Verdammt. Betty, bleib ruhig. Alles ist gut. Na ja … Nicht wirklich alles. Aber hier, zwischen dir und mir, da ist alles gut. Okay?«

Mir fällt keine Erwiderung ein.

Vorsichtig gleitet er aus mir heraus und legt sich neben mich. Er schiebt einen Arm unter meinen Kopf, schlingt den anderen um meine Hüfte und zieht mich an sich. Wir kuscheln. Nur kuschelt Thom eigentlich nicht. Für gewöhnlich verschwindet er nach dem Beischlaf sofort im Eiltempo unter der Dusche, um jegliche Körperflüssigkeiten und Beweise für mögliche Intimitäten von sich abzuwaschen. Dabei ist die Badezimmertür jedes Mal zu, und ich muss draußen bleiben. Meine Anwesenheit ist dann weder erforderlich noch erwünscht.

Doch der Thom im Hier und Jetzt küsst sanft meine Stirn, meine Nasenspitze und schließlich meine Lippen. Ein ziemlich krasser Unterschied zu der erbitterten Heftigkeit, mit der er mich eben noch gevögelt hat. Jetzt ist er plötzlich ganz einfühlsam und zärtlich. Ich komme da nicht mehr ganz mit.

Oh Mann. Werde ich, wenn ich mich das nächste Mal selbst befriedige, an den heißen, wilden Sex mit Thom denken? Ja, werde ich. Das weiß ich jetzt schon. Seinetwegen bin ich für alle Zeiten verloren.

»Bitte weine jetzt nicht, sonst muss ich auch weinen«, sagt er und nimmt mich fester in den Arm.

Ich schnaube.

»Es ist vollkommen in Ordnung, wenn du weinen möchtest. Nach einem Orgasmus ist das sogar ziemlich normal. Deine Muskeln entspannen sich, und damit löst sich gleichzeitig deine innere Anspannung. Wenn man bedenkt, unter welchem Stress du derzeit stehst …«

»Ich bin in Ordnung.«

»Oh ja, du bist wirklich schwer in Ordnung.«

Ich versuche, nicht zu lächeln. Es klappt nicht recht. »Hör auf, mich zum Lachen bringen zu wollen. Du bist nicht witzig.«

»Entschuldige«, sagt er, doch es klingt kein bisschen reumütig.

Eine Weile liegen wir nur nebeneinander, die Beine ineinander verschlungen. Er malt mit den Fingern Kreise auf meinen Rücken, folgt dem Bogen meiner Wirbelsäule. Die letzten Tage waren wirklich mehr als verrückt. Das ist der einzige Grund, weshalb ich mir diese kleine Schwäche ihm gegenüber gestatte. Meine Erzfeindin – die intelligente, vernünftige und besonnene Betty – würde jetzt sofort in die Dusche marschieren und zur Abwechslung *ihn* aussperren. Ich sollte ihm alles heimzahlen – das extra Beckenbodentraining, das teure Sexspielzeug und die Peinlichkeit, ihm ständig noch verwegenere und verrücktere Stellungen vorzuschlagen, in dem verzweifelten Versuch, frischen Wind in unser Liebesleben zu bringen.

Nur möchte ich eigentlich gar nicht aufstehen und von ihm weggehen. Jetzt noch nicht. Stattdessen schmiege ich mich an ihn, lege die Lippen an sein Schlüsselbein und beiße zu. Ich lasse nicht eher von ihm ab, bis ich Blut schmecke.

»Aua, Schatz.«

»Das ist für die monatelange stümperhafte Herumfummelei und den miesen Sex«, erkläre ich. »Dafür, dass du mich in dem Glauben gelassen hast, dass etwas mit mir nicht stimmt, obwohl du in Wirklichkeit vorsätzlich unsere Beziehung sabotiert hast.«

Ein tiefes Grollen dringt aus seiner Kehle. »Mit dir war schon immer alles in Ordnung. Ich bin gern bereit, den Rest meines Lebens damit zuzubringen, es dir zu beweisen. Oder, wenn nötig, auch damit, mich von dir lasterhaftem, hinreißendem Wesen quälen zu lassen. Die Entscheidung liegt bei dir.«

Ich lege nachdenklich den Kopf auf seine Schulter. In der Wohnung ist es ganz still. Der Schnee dämpft die Straßengeräusche, die von draußen zu uns dringen. Wir könnten die einzigen Menschen auf der ganzen weiten Welt sein. Das wäre schön.

»Wenn du möchtest, können wir einfach verschwinden«, schlägt er etwas zögerlich vor. »Ich könnte problemlos organisieren, dass wir das Land verlassen. Geld haben wir genug. Wir könnten uns ein ruhiges Plätzchen suchen und uns dort niederlassen. Abtauchen. Allerdings kann ich nicht ausschließen, dass wir regelmäßig umziehen müssen.«

»Du meinst, wir wären den Rest unseres Lebens auf der Flucht.«

»Höchstwahrscheinlich.« Er schluckt. »Solange ich nicht weiß, wer uns töten will, kann ich dir nichts versprechen.«

»Ich würde weder meine Familie noch meine Freunde jemals wiedersehen.«

»Nein, das ginge nicht. Zumindest für eine Weile«, sagt er. »Aber wir wären zusammen. Wenn es das ist, was du willst.«

Ich höre, wie sein Herz unter meinem Ohr schneller schlägt. Spüre, wie seine Umarmung vor Anspannung etwas fester wird. Fast, als hätte er Angst. Der Superspion, der auf der ganzen Welt Schurken umlegt und für das Gute kämpft, fürchtet sich davor, mich zu verlieren.

Ihm zu vertrauen ist ein großer Schritt. Er hat mir einiges angetan. Und trotzdem ... mein Herz mag angesichts unserer gemeinsamen Vergangenheit verwirrt und argwöhnisch sein, doch beim Gedanken an ihn wird es ganz weich und warm. Obwohl ich ihn gebissen habe. Was er hundertprozentig verdient hat. Aber ich will mehr von ihm, von seinem Duft, dem Klang seiner Stimme. Ich brauche es.

Ich befürchte, die Wahrheit lautet: Ich will ihn nicht mehr verlassen.

»Ich habe keine Ahnung, ob es funktionieren wird«, sage ich. »Aber ja, ich möchte gern, dass wir versuchen, zusammenzubleiben.«

Er atmet erleichtert auf. »Okay. Gut.«

»Aber keine Lügen mehr. Das ist mein Ernst.« Ich stütze mich auf einen Ellenbogen und sehe ihn so streng an, wie ich nur kann. »Wir werden nicht davonlaufen. Wir werden nicht in ständiger Angst leben. Wir werden hierbleiben. Wir werden kämpfen, und wir werden alles wieder in Ordnung bringen.«

6. KAPITEL

»Das ist nicht gut.«

Als ich aus der Dusche komme, ist Bear in der Wohnung eingetroffen. Er und Thom stehen vor dem Fernseher und starren auf den Bildschirm. Sie verfolgen eine Meldung über den Tod eines englischen Lords, dessen Leiche vor wenigen Stunden in seinem Londoner Anwesen entdeckt wurde. Sie folgen schweigend und vollkommen gebannt dem Bericht, und im Raum herrscht eine merkwürdig angespannte Stimmung.

Ich ziehe das Handtuch fest um mich. Meine nassen Haare hängen mir über den Rücken. Da es hier keinen Föhn gibt, werde ich mir nachher eine Flechtfrisur machen und hoffen, dass es einigermaßen gut aussieht. »Er hatte einen Herzinfarkt?«

»So hätte ich es auch gemacht. Das lässt sich ganz einfach vortäuschen oder herbeiführen.« Thom ist schon geduscht und trägt eine schwarze Hose, einen Rollkragenpullover und Boots. Ein dem Wetter angepasstes Outfit, in dem er trotzdem dezent sexy aussieht. Aber vielleicht sehe das auch nur ich so, weil ich von unserem Liebesspiel noch immer etwas wuschig bin. Sollten wir tatsächlich sterben, hatten wir zumindest Versöhnungssex. Trotzdem keine besonders tröstliche Vorstellung. Und schon ist mir nichts, dir nichts meine Angst mit voller Kraft zurück. Doch ich bemühe mich, sie mir so wenig wie möglich anmerken zu lassen. Thom hat auch so schon genug am Hals.

»Du bist dir sicher, dass er einer von ihnen war?«, fragt Bear, der die Arme verschränkt hat.

Thom nickt. »Ja. Er ist einer der drei Bosse. Das weiß ich schon seit einigen Jahren.«

»Dann haben sie es also nicht nur auf die Geheimagenten abgesehen«, stelle ich fest. »Sie schalten die großen Tiere ebenfalls aus.«

Thom dreht sich um und betrachtet mich einen Moment lang in meinem derangierten Zustand. Es gefällt ihm sichtlich, mich so erhitzt und nass zu sehen, nur mit einem Handtuch verhüllt. Doch dann fällt ihm offenbar wieder ein, dass wir nicht allein sind, und er reißt sich rasch zusammen.

Ich bin mir recht sicher, dass Bear bereits zahlreiche mehr oder weniger spärlich bekleidete Frauen gesehen hat. Obwohl er angeblich vertrauenswürdig ist, positioniert sich Thom zwischen mir und unserem Gast, genau wie bei Crow. Als wäre er so etwas wie mein persönlicher Leibwächter.

Er nickt in Richtung Tisch. »Nimm dir frische Kleider, Schatz.«

Auf dem Boden stehen mehrere Einkaufstaschen, und auf dem Tisch liegen ein Laptop und weiteres technisches Equipment. Möglicherweise Abhörgeräte. Keine Ahnung.

»Da du in der Wohnung bleiben wirst, kannst du dir auch etwas Bequemes anziehen«, sagt er. »Hast du Hunger? Ich habe Pizza bestellt. Sie müsste bald kommen. Aber wenn du möchtest, kann ich dir auch etwas anderes besorgen.«

»Pizza klingt gut.«

»Wolf, wer übernimmt denn jetzt, wo der Boss tot ist?«, fragt Bear.

»Sein Sohn erbt seine Anteile«, antwortet Thom. »Soweit ich weiß, ist er so ein reiches Jüngelchen, das es sich auf Ibiza gut gehen lässt. Eigentlich habe ich kaum Infos über ihn. Ich habe es nicht gewagt, ihm zu nahe zu kommen, damit nicht womöglich ein Interner durch mich auf ihn stößt.«

»Das klingt übel. Was weißt du über die anderen beiden?«

»Momentan ist für uns nur Helene Sinclair wichtig. Nach dem zu urteilen, was ich herausfinden konnte, ist sie von den verbliebenen Bossen diejenige, die wir am einfachsten erreichen können.«

»Den Namen habe ich schon mal gehört. UNO, oder?«

»Unter anderem. Du würdest nicht glauben, über welche Verbindungen sie verfügt. Sie hat fast überall ihre Finger im Spiel«, sagt Thom grimmig. »Sie verfügt über genug Geld, um Organisationen wie unsere zu finanzieren, und gleichzeitig über die geeigneten Ressourcen, um sauber dazustehen, falls wir auffliegen.«

»Was genau hast du vor?«, frage ich.

»Je weniger du weißt, umso besser ist es«, antwortet mein idiotischer Verlobter. »Vielleicht solltest du dir sogar die Ohren zuhalten.«

Von wegen. Ich schüttle nur den Kopf.

»Sollen wir das Hotel auskundschaften?«, fragt Bear.

»Wir checken die Umgebung und schauen uns das Gebäude an, bevor wir reingehen. Es wäre aber zu riskant, zu lange zu warten.«

»Meinst du, sie ist zu einem Plausch bereit?«

»Gute Frage. Wir wissen nicht, wer die Kommunikation gekappt hat, als alles den Bach runterging. Wenn sie es war …«

»Sind wir geliefert.«

Ich lausche den beiden höchst interessiert.

Thom mustert mich von Kopf bis Fuß. »Wolltest du dich nicht anziehen? Ich dachte, du wolltest dich anziehen.«

»Also, ich kann mich doch nicht gleichzeitig anziehen und mir die Ohren zuhalten.«

»Stimmt«, sagt er. »Aber momentan tust du nichts von beidem.«

»Wie unhöflich von mir. Ich habe dich gar nicht anständig begrüßt«, sagt Bear und beugt sich zur Seite, um an Thom vorbeizuspähen. Da ich vorhin noch mit Bear zusammen im Flugzeug saß, finde ich diese Förmlichkeiten gelinde gesagt überflüssig. Doch er scheint wild entschlossen. »Wie geht es dir, Betty?«

»Gut, danke.«

Thoms Miene verfinstert sich.

Keine Ahnung, was für Spielchen die beiden da gerade spielen, aber ich mache dabei nicht mit. Ich gehe zu den Einkaufstüten hinüber und begutachte deren Inhalt. Zwei von ihnen enthalten Herrenkleidung. In einer weiteren entdecke ich Damenkleidung und Wäsche. Viel besser. »Nur schwarze Sachen?«

»Jap«, sagt Bear. »Ist einfach praktischer. Das ist die einzige Farbe, auf der man Blut wirklich nicht sieht.«

»Was ist mit Rot?«, frage ich neugierig.

»Wenn Blut trocknet, nimmt es eine rötlich-braune Farbe an und wird sichtbar.« Bear schüttelt den Kopf. »Deine Gegner sollen nie wissen, ob beziehungsweise wo du verwundet wurdest. Falls man schnell abhauen muss, ist es so außerdem schwieriger, in der breiten Masse unterzutauchen. Will man fliehen oder sich tarnen, sollte man sich optisch angleichen.«

»Clever.« Klingt logisch. Wenn ich genauer darüber nachdenke … Er trägt wirklich oft dunkle Kleidung.

»Aber du gehst selbstverständlich nirgendwohin oder riskierst, verletzt zu werden«, fügt Thom hinzu. »Verdammt, mach ihr keine Angst.«

»Ich habe ihn doch selbst danach gefragt, und ich habe keine Angst«, sage ich. »Na ja, vielleicht doch, aber nur die derzeit normale *Oh mein Gott, wir werden alle eines furchtbaren, gewaltsamen Todes sterben*-Angst. Aber daran habe ich mich fast schon gewöhnt. Todesängste dauerhaft aufrechtzuerhalten ist schwieriger, als man denkt.«

Thom hat die Arme vor dem Oberkörper verschränkt. Mit ausdrucksloser Miene betrachtet er seinen Freund. Beziehungsweise den Mann, von dem ich vermute, dass er sein Freund ist. So, wie er ihn jetzt anschaut, würde man das nicht denken.

Bear dagegen grinst auf Teufel komm raus. »Siehst du? Sie ist okay.«

Thom sagt kein Wort.

»Ich freue mich schon darauf, eine echte New Yorker Pizza zu probieren«, sage ich mit knurrendem Magen und ignoriere die beiden Trottel, die sich um die Wette anstarren. »Was hast du denn bestellt? Ich hätte irgendwie Lust auf Peperoni, aber eine Pizza Hawaii wäre auch lecker. Oder etwas ganz anderes wie Fleischbällchen fände ich auch nicht schlecht.«

Thom schweigt sich noch immer aus.

Bears Grinsen dagegen wird noch breiter. Inzwischen strahlt er wirklich übers ganze Gesicht. Als wolle er Zahnpasta für Menschen mit exzessiver Gesichtsbehaarung bewerben.

»Ich habe solchen Hunger, dass ich derzeit so ziemlich alles essen würde, was du mir gibst«, sage ich. »Aber da du mir ohnehin nicht zuhörst, werde ich jetzt aufhören zu reden.«

»Wie?«, sagt Thom und sieht mich über die Schulter hinweg an. »Mist. Tut mir leid, Schatz. Was hast du gesagt?«

»Bitte entschuldige, Betty«, sagt Bear lachend. »Er war zu sehr damit beschäftigt, mir wortlos mitzuteilen, dass er mich, wenn ich dich in deinem leicht bekleideten Zustand weiter so anglotze, auf sehr langsame Weise umbringen wird. So, dass es richtig wehtut. Dass er mich in kleine Stücke schneiden und meine Überreste im Wald verscharren wird. So in etwa.«

»Das alles teilt er dir mit einem einzigen Blick mit?«, frage ich.

»Na ja, es war schon ein äußerst intensiver, wütender Blick. Er hat sich große Mühe gegeben.«

»Ah«, sage ich weise. »Hör bitte auf, ihn zu ärgern. Wir haben auch ohne diesen Unfug schon genug Sorgen.«

Bear seufzt. »Tut mir leid. Aber Crow hatte recht, Wolf. Wenn es um sie geht, mutierst du wirklich zu einem besitzergreifenden, überfürsorglichen Kotzbrocken.«

Ich bin mir ziemlich sicher, dass Thom mit den Zähnen knirscht. Irgendwo muss dieses komische Geräusch ja herkommen.

»Aus diesem Grund lasse ich mich nicht auf Beziehungen ein«, erklärt Bear. Er hat den Blick wieder auf den Fernseher geheftet, was nicht nur äußerst höflich von ihm ist, sondern auch sehr klug. »Davon wird man kirre. In dieser Branche braucht man einen klaren Kopf. Man muss immer einsatzbereit sein, ohne sich um jemanden, den man zurücklässt, Sorgen zu machen.«

Thom sieht ihn nur vielsagend an.

»Für die Partner ist es auch nicht gerade leicht. Man ist oft für längere Zeit unterwegs, kann keinen Kontakt aufnehmen, und niemand weiß, ob man noch lebt oder schon tot ist. Und selbst wenn man zu Hause ist, kann man nicht über das reden, was man tut. Mein Dad war ein SEAL, und ich kann euch sagen, das war für meine Mutter die Hölle.« Bear spaziert zur Couch und macht es sich gemütlich. Er hat die Pilotenuniform gegen eine Jeans, einen dunklen Kapuzenpullover und Sneakers eingetauscht. Das passt besser zu seinem bärtigen Hipster-Look. »Das Gleiche gilt für Freunde und Familienangehörige. Wenn sie nicht beim Militär waren, können sie diesen Lebensstil nicht nachvollziehen.«

»Klingt einsam«, bemerke ich.

»Ach was.« Bear lächelt leutselig. »Man kann jederzeit in eine Bar gehen, sich mit jemandem über das Spiel unterhalten, das gerade im Fernsehen läuft, und vielleicht jemand Nettes finden, mit dem man ein bisschen nicht jugendfreien Spaß hat.«

»Dir ist schon klar, dass das alles Dinge sind, die mit einer richtigen Beziehung nichts zu tun haben.«

»Ganz genau. Jetzt hast du es kapiert.«

Thom schnaubt amüsiert über Bears Worte. »Du irrst dich. Wir müssen mit all den Dingen, für die wir kämpfen und die wir beschützen, in Kontakt bleiben: Liebe, Familie, das Leben an sich. In dem Augenblick, in dem wir diesen Kontakt verlieren, sind wir nur noch Söldner.«

»*Gut bezahlte* Söldner«, ergänzt Bear grinsend.

Ich schüttle den Kopf. »Also, ich finde, ihr seid einfach nur Adrenalinjunkies, die Probleme mit Intimität haben. Aber macht, was ihr wollt.«

Diesmal sieht Thom *mich* äußerst vielsagend an. Sein aufreizender Blick ruht auf meinem Gesicht und wandert dann abwärts über meinen Hals zu dem schmalen Streifen Dekolleté, der unter dem Handtuch hervorlugt. Der Blick besagt, dass wir vor nicht allzu langer Zeit sehr intim miteinander waren. Klugscheißer.

Meine Wangen werden ganz heiß. Ich ziehe schnell den Kopf ein und konzentriere mich darauf, meine Kleider herauszusuchen. Ich wähle eine schwarze Skinny Jeans, ein schwarzes Thermounterhemd mit langen Ärmeln, Socken und so weiter. »Klar, durch die Welt zu reisen und diese aufregenden Dinge zu tun hat auch etwas für sich, aber ihr bringt euch dadurch ständig in Gefahr.«

»Darin unterscheiden wir uns kaum von Polizisten oder

Feuerwehrleuten«, sagt Bear. »Irgendjemand muss Bösewichte aufhalten, Kätzchen von Bäumen holen und die Welt retten.«

Der Gute hat nicht unrecht. Ich wünschte nur, dass die Person, die all diese potenziell gefährlichen Dinge tut, nicht ausgerechnet jemand wäre, für den ich möglicherweise intensive Gefühle hege. Egoistisch, aber ich kann es nicht ändern. Wenn wir zusammenbleiben sollten, dann werde ich eben wie ein großes Mädchen damit klarkommen müssen, dass Thom unterwegs ist, um die Welt zu retten. Das erfüllt mich einerseits mit Stolz, macht mir andererseits aber auch Angst. Ein prekärer Balanceakt. Vielleicht hätte er sich doch lieber jemanden mit weniger Neurosen und einer weniger lebhaften Vorstellungskraft aussuchen sollen. Denn die Vorstellung, dass jemand Thom wehtun könnte, tut auch *mir* weh.

Oh Gott, ich kann mich doch nicht noch einmal in ihn verlieben. Nicht nach dieser langen Zeit. Na schön, wir hatten ein Mal guten Sex. Doch das mit uns, unsere Vorgeschichte und so weiter, das ist alles mehr als kompliziert, und ein paar Orgasmen reichen nicht aus, um alles wieder ins Lot zu bringen. Obwohl es wirklich fantastische Orgasmen waren.

»Bist du okay?« Thom massiert meine Schulter. Am liebsten würde ich mich an ihn lehnen, mehr Körperkontakt zu ihm haben. Aber ich tue es nicht. Dafür ist es zu früh. Sollten wir sterben, ist es allerdings zu spät. Wie ich bereits sagte, es ist kompliziert.

»Ähm, ja. Alles gut.«

»Erinnere mich gelegentlich daran, dass ich dir beibringe, wie man überzeugend lügt«, sagt er. »Aber jetzt zieh dir etwas an, bevor dir noch kalt wird. Und mach dir wegen meiner Arbeit keine Sorgen – ich bin gut in meinem Job.«

»Er gehört zu den Besten«, pflichtet Bear ihm bei, ohne den

Blick vom Fernseher abzuwenden. »Nach mir, selbstverständlich.«

»Selbstverständlich.« Ich setze ein Lächeln auf, bevor ich ins Bad gehe. In meinem Leben ist nur für eine große Krise auf einmal Platz. Zuerst müssen wir diese unsichtbaren Zielscheiben auf unseren Rücken loswerden. Danach können wir uns um die nächsten fünfzig Jahre Gedanken machen.

Hervorragend. Ich habe einen Plan.

Als ich fertig angezogen das Bad verlasse, hockt Thom vor der Wohnungstür und schiebt Geldscheine darunter hindurch. Sehr seltsam und rätselhaft. Dann sieht man auf einem kleinen Bildschirm, der ungefähr auf Augenhöhe an der Wand angebracht ist, wie der Pizzabote das Geld aufhebt und einen Karton im Flur abstellt, bevor er wieder verschwindet. Thom wartet noch etwas ab und beobachtet den verlassenen Korridor. Schließlich zieht er den Sicherungsriegel zurück, öffnet die Tür und holt das Essen herein.

In unserem Leben ist wirklich nichts mehr einfach. Nicht mal Pizza.

»Du machst niemandem außer mir die Tür auf, okay?«, sagt er. »Schieb das Geld unter der Tür durch und schließ erst auf, wenn niemand mehr da ist.«

»Verstanden.«

Die Pizza kommt auf die Arbeitsfläche in der Küche, und jawohl, es ist tatsächlich eine Peperoni-Pizza. Klasse.

Irgendetwas piepst. Thom holt das Handy aus der Tasche und betrachtet das Display. »Verdammt.«

»Was?« Bear setzt sich kerzengerade hin.

»Sie haben Badger erwischt. Anscheinend ist sein Haus in die Luft geflogen. Angeblich war ein Gasleck die Ursache. Die Leiche wurde vor Ort gefunden.« Er tippt mit den Fingern aufs Display. »Hawk wurde ebenfalls ausgeschaltet. Sie ist angeblich bei einem Raubüberfall auf einen Schnapsladen ins Kreuzfeuer geraten.«

»Nie im Leben.«

»Eine vertrauliche Quelle hat mir die Fotos vom Tatort zugespielt. Übrigens derselbe Kriminalbeamte, der auch die Ermittlungen bezüglich deines Verschwindens verzögert, Betty.« Thom sieht mich an. »Den Krankenwagen verschwinden zu lassen, in dem sie dich mitgenommen haben, hat uns das Leben nicht gerade erleichtert.«

Ich schüttle verdrossen den Kopf. »Zu Hause sind bestimmt alle sehr beunruhigt und frustriert. Lass mich Jen und Mom anrufen und ihnen sagen, dass es mir gut geht. Ihnen erklären, dass ich nur eine kleine Auszeit brauche oder so.«

»In ein paar Tagen, Schatz«, sagt Thom. »Lass mich erst mit Sinclair reden, damit ich die Lage besser beurteilen kann.«

Ich bin nicht überzeugt.

»Ihre Telefone und Computer werden unter Garantie überwacht. Wir können es uns nicht leisten, noch einmal aufgespürt zu werden. Du weißt, was beim letzten Mal passiert ist. Wenn du zu ihnen Kontakt aufnimmst, bringst du sie nur in Gefahr.«

Der Gute hat recht. Aber das bedeutet noch lange nicht, dass mir das auch gefällt. »Na gut. Aber nur noch ein paar Tage.«

»Danke.« Er richtet den Blick wieder auf das Telefon in seiner Hand. »Meine Güte, Hawks halbes Gesicht ist weg. Aber sie ist es, eindeutig.«

Bear flucht wie ein Droschkenkutscher.

»Damit bleiben nur noch du, Bear, Crow und Fox übrig«, stelle ich fest. »Crow ist der Einzige, der bisher nicht entlastet wurde.«

Thom starrt aus dem Fenster in die Dunkelheit. »Ziehen wir keine voreiligen Schlüsse. Bisher wissen wir nichts Genaues. Womöglich war das in dem Haus gar nicht Badgers Leiche.

Bis die Identität durch einen DNA-Test oder den Zahnstatus bestätigt wurde, warten wir erst einmal ab.«

»Richtig«, sagt Bear. »Hat Crow sich schon gemeldet?«

»Nein, hat er nicht.« Thom legt den Kopf in den Nacken und starrt an die Decke. »Er könnte unsere undichte Stelle sein. Das ergäbe durchaus Sinn. Er hat die Sachen für Betty besorgt. Es wäre ein Leichtes für ihn gewesen, irgendwo einen Peilsender zu verstecken.«

Ich runzle die Stirn. »Meinst du wirklich? Er schien ein so netter Kerl zu sein. Er hat behauptet, er sei dein Freund.«

»Wie gesagt, in unserer Branche hat man keine Freunde, Betty.«

»Wenn er es ist, dann werde ich den Scheißkerl umbringen«, grollt Bear.

»Zuerst müssen wir ihn lokalisieren«, sagt Thom und geht in die Küche. Er öffnet mehrere Schränke, holt Gläser, Becher, Schüsseln und Teller heraus und stellt alles auf der Arbeitsfläche ab. »Beweise finden, die wir dem Führungsstab vorlegen können. Etwas Eindeutiges. Inzwischen hat unsere Hackerin übrigens herausgefunden, dass sich unsere Zielperson anscheinend in der Penthouse-Suite des *Thornbrook* versteckt hält. In den nächsten beiden Tagen sind bei ihr Meetings mit diversen Vertretern aus Wirtschaft und Politik angesetzt, und morgen Abend nimmt sie außerdem an einer Wohltätigkeitsveranstaltung in der Met teil.«

»Was machst du da?«, erkundige ich mich neugierig, während er weiter Geschirr stapelt.

»Wir brauchen Nachschub.«

Nachdem er die Schränke komplett ausgeräumt hat, fuhrwerkt er irgendwo in ihrem Inneren herum. Gleich darauf öffnet sich eine falsche Rückwand und enthüllt eine Auswahl an glänzenden Messern, die in einer Art schwarzem Schaumgummi eingebettet sind. Im nächsten Schrank sind mehrere Handfeuerwaffen nebst Ersatzmunition versteckt. Der dritte enthält weitere tödliche Spielsachen.

»Bedien dich«, fordert er Bear auf und schiebt ein Magazin in eine Pistole. Die beiden machen sich ans Werk und verstecken ein ganzes Waffenarsenal an ihren Körpern. Machen sich bereit, in den Krieg zu ziehen. »Gewehre und andere größere Waffen sind in einem Safe im begehbaren Kleiderschrank versteckt, aber ich glaube, wir sollten uns in diesem Fall lieber auf kompaktere Ausrüstung beschränken.«

»Sehe ich genauso«, sagt Bear.

Ich drücke den Rücken durch. »Wie geht es jetzt weiter?«

»Wir sehen uns die Örtlichkeiten genau an, prüfen, ob die Sicherheitsvorkehrungen seit unserem letzten Besuch erhöht oder verändert wurden. Dann planen wir die weitere Vorgehensweise.« Thom betet die Details herunter, ohne Bears verdatterte Miene zu beachten. Wahrscheinlich geht mein Verlobter nach Geheimagenten-Maßstäben mit der Offenlegung von Informationen sehr freigiebig um. »Heute Abend finden in dem Hotel mehrere Veranstaltungen statt, weshalb es nicht zu schwer sein dürfte, sich unauffällig unters Volk zu mischen.«

»Okay.«

»Und für dich«, fährt Thom fort, »heißt es hierbleiben, Füße hochlegen, entspannen und essen.«

»Kann ich nichts tun, um euch zu helfen?«

»Das Beste, was du tun kannst, ist hierbleiben, wo du in Sicherheit bist, damit wir uns keine Sorgen um dich machen müssen«, sagt er ernst. »Kannst du das für mich tun, Schatz?«

»Klar«, sage ich und meine es in diesem Moment auch so. Wirklich.

7. KAPITEL

Nachdem Thom und Bear gegangen sind, kriechen die Stunden träge dahin. Während ich alleine mitten im Loft auf der Couch sitze, fühle ich mich nicht gerade sicher. Auch wenn die Sicherheitsvorkehrungen hier hervorragend sind, liegen mir die wenigen Stücke Pizza, die ich herunterbekommen habe, schwer im Magen. Bei jedem dumpfen Geräusch aus einer der anderen Wohnungen, auf dem Flur oder der Straße zucke ich zusammen. Da ist nichts. Alles ist gut.

So gut, dass ich meine Waffe hervorhole und mich versichere, dass das Magazin voll ist, obwohl ich das erst vor weniger als einer Stunde getan habe und mir relativ sicher bin, dass ich in der Zwischenzeit auf niemanden geschossen habe. Daran würde ich mich vermutlich erinnern.

Thom hat mir vorhin noch erklärt, wie man die Waffe reinigt, und es juckt mich in den Fingern, noch einen Durchlauf zu machen. Nur, um etwas zu tun zu haben. Aber sie ist brandneu und glänzt. Wenn ich versuche, sie zu säubern, verschmiere ich sie wahrscheinlich nur. Verflixt.

Eine Weile grüble ich darüber nach, wo ich die Waffe hintun soll. Sie einfach in meinen Schoß zu legen ist keine praktikable Lösung. Ich stehe derart unter Spannung, dass bereits ein Klopfen an der Tür mich vermutlich ein Loch in den Fernseher schießen lässt. Auf dem Couchtisch sähe die Waffe auch irgendwie deplatziert aus. Für den richtigen Gangsterlook müsste ich daneben noch ein Häufchen weißes Pulver und ein Bündel Geldscheine parken. Vielleicht könnte ich einfach mein Schulterholster anlegen.

Am Ende stecke ich sie neben mir in die Ritze zwischen den Sitzpolstern der Couch. Einsatzbereit und trotzdem außer Sichtweite.

Im Fernsehen tritt Wonder Woman den Bösewichten gehörig in den Hintern. Ich versuche, die Frauenpower nachzuempfinden, aber irgendwie klappt es nicht.

Nicht, dass ich mich fürchte, weil Thom nicht hier ist, um mich zu beschützen. Obwohl: Wenn ich recht darüber nachdenke, fürchte ich mich doch ein bisschen. Aber vor allem macht mich die Vorstellung nervös, dass er dort draußen unterwegs ist, wo eine unbekannte Anzahl an Leuten hinter ihm her ist und ihn umbringen will. Gut, Bear ist bei ihm. Aber trotzdem … So müssen sich Menschen fühlen, deren Familienangehörige beim Militär sind. Diese Ungewissheit und das Warten auf Nachricht.

Als würde ein Teil des Lebens permanent pausieren und als würden sich all die Liebe und die Angst zu einer ständigen inneren Unruhe zusammenballen, die man nie richtig loswird. Wahrscheinlich lernt man irgendwann, dieses Gefühl zu ignorieren. Es mit Alltagsdingen zu verdrängen und einfach darauf zu warten, dass derjenige auf die eine oder andere Art wieder nach Hause kommt. So sehen Tapferkeit und Opferbereitschaft aus.

Nicht, dass ich Thom *liebe*. Immer mit der Ruhe. Wir wollen doch nicht vorschnell mit dem L-Wort um uns werfen. Wir hatten zur Abwechslung mal guten (großartigen) Sex. Er ist mir gegenüber aufrichtig und zeigt sogar Gefühle. Das ist alles so weit gut und schön. Aber wir stehen noch ganz am Anfang. Jeder Versuch, unsere Beziehung zu analysieren, würde mich unweigerlich noch mehr verwirren, und es ist auf jeden Fall noch viel zu früh dafür, sich hinreißen zu lassen und von einer glücklichen, strahlenden Zukunft zu träumen.

Die traurige Wahrheit lautet, dass ich Wonder Woman zwar toll finde, mein Interesse durch den Film aber nicht wachgehalten wird. Die Nachrichtensender durchzuzappen bringt auch nichts. Da es noch eine Weile dauern wird, bis die Männer zurückkehren, muss ich etwas Sinnvolleres tun, als auf einen Bildschirm zu glotzen.

Oder vielleicht auch nicht.

In Filmen und Serien sieht man doch immer, wie Polizisten und andere Ermittler Überwachungskameras und Ähnliches nutzen, um jemanden zu finden. Um herauszufinden, wo die Betreffenden überall waren. Selbstverständlich habe ich keinen Zugang zu derartigem Equipment. Aber das Internet ist überall. Alle kleben ständig an ihren Handys. Klar, das ist etwas weit hergeholt. Wahrscheinlich greife ich nach einem Strohhalm. Aber andererseits habe ich sonst nichts Wichtigeres zu tun.

Ich nehme mir das Handy, das Thom mir für Notfälle dagelassen hat. Dann ist es ganz simpel, #thornbrook zu suchen und mir von den sozialen Medien ein Update über Thoms und Bears derzeitigen Aufenthaltsort liefern zu lassen. Instagram scheint die beste Quelle zu sein, weil ich darauf zugreifen kann, ohne mich vorher anmelden zu müssen. Zumindest steht das bei den Suchergebnissen ganz oben. Praktisch, dass das Hotel, das Thom und Bear gerade auskundschaften, so bekannt ist. Ich rufe ein Pressefoto auf, auf dem ein Page in schwarzer Uniform mit glänzenden Goldknöpfen strahlend seine Arbeit verrichtet. Auch ein Bild von der Hotelfloristin ist dabei, wie sie manisch grinsend ein Blumenarrangement auf dem Empfangstresen platziert. Es ist mit den Hashtags #MollysFlowers und #ichliebemeinenjob versehen. Ihre Überschwänglichkeit wirkt ein wenig befremdlich. Nicht falsch verstehen, Florist ist ein toller Beruf. Das einzig Unangenehme daran ist, Wassereimer auszuwaschen und sich mit schwierigen Kunden herumzuschlagen. Aber mir ist noch nie eine derart ekstatische Floristin begegnet. Vielleicht ist sie auf Drogen.

Als Nächstes kommt ein Selfie von zwei hübschen Frauen in einem coolen Badezimmer mit Whirlpool. Dann eine von einem Hotelfenster aus fotografierte Nachtaufnahme der Lichter von New York. Wie hübsch. Zwei Männer im Smoking, die in die Kamera grinsen. Ich tippe dieses Bild an. Die Bildunterschrift lautet »Alles Gute zur Hochzeit, Jungs!« und ist mit dem Hashtag #SteveundDae versehen. Na bitte. Es gibt unzählige Fotos von den beiden Bräutigamen, mit oder ohne Familienmitglieder und Freunde. Alle Fotografierten sehen sehr glücklich aus. Abgesehen von der Frau, die sich auf einem Bild gerade einen riesengroßen Shrimp in den Mund stopft. Ungünstiges Timing. Nichts gegen Meeresfrüchte, aber ich wäre auch nicht besonders erfreut, wenn ein solches Foto von mir durchs Internet geistert. Eine dreistöckige Hochzeitstorte, einfache Ansteckstäußchen mit roten Rosen und auf den Tischen elegante Gestecke in Herbstfarben. Das gefällt mir. Überall nur fröhliche Gäste.

Ich betrachte mir alle Fotos ganz genau, ohne etwas Auffälliges zu entdecken. Meine Idee war gut, aber leider führt sie nicht zum Erfolg. Seufz. Die meisten Fotos wurden in einem Festsaal aufgenommen, und entsprechend sind weder Thom noch Bear darauf zu sehen. Die anderen relativ aktuellen Fotos zum Hashtag #thornbrook sind entweder schon vor dem heutigen Abend aufgenommen worden oder haben nichts mit dem Hotel zu tun, sondern mit einem Biobauernhof in Neuseeland beziehungsweise einem Designer für Herrenschuhe.

Ich muss genauer suchen. Ich versuche es mit #thornbrookhotel und, jawohl, wir haben einen Gewinner. Anscheinend findet gerade eine Konferenz statt, und die Teilnehmer bevölkern zahlreich die Hotelbar. Als Bonus sind sie offenbar auch noch allesamt Social-Media-süchtig. Laut dem Lageplan auf der Hotel-Website schließt sich die Bar direkt an den weitläufigen, extravaganten, mit Marmor getäfelten Empfangsbereich an. Rote Samtsessel, Kristalllüster und zahllose Menschen, die kommen und gehen.

Ich studiere jede einzelne Aufnahme, vergrößere sie, bis sie unscharf werden. Keine Spur von Thom oder … Moment. Es könnte sein, dass einer der beiden im Hintergrund zu sehen ist. Ja, da ist Bear. Zumindest bin ich mir ziemlich sicher, dass er es ist. Er ist an seiner Körpergröße zu erkennen. Höchstwahrscheinlich vermeiden die beiden, fotografiert zu werden. Aber andererseits sorgen sie sich vermutlich mehr um das Überwachungssystem des Hotels als darum, zufällig auf einem Schnappschuss aufzutauchen. Schließlich können sie unmöglich ihre Augen überall haben.

Das Foto wurde vor anderthalb Stunden gepostet. Vielleicht hat sich Bear mit einem Drink in die Bar gesetzt, die Lage ausgekundschaftet und anschließend seinem Partner Bericht erstattet. Zumindest würde ich so vorgehen, wenn ich in geheimer Mission unterwegs wäre.

Aber was weiß ich schon übers Ausspähen. Gar nichts. Genau aus diesem Grund sitze ich jetzt hier und spiele mit Instagram herum.

Thom hat mir noch immer keine Nachricht auf das neue, sichere Handy geschickt, das er mir gegeben hat. Natürlich ist es eigentlich nur für Notfälle gedacht. Falls beispielsweise jemand an die Tür klopft oder eine Bombe hochgeht. Ich musste Thom sogar schwören, dass ich niemanden damit anrufen werde. Obwohl es unheimlich verlockend ist, Mom oder Jen damit schnell eine Nachricht zu schicken (womit ich genau genommen mein Versprechen nicht brechen würde, weil ich ja nicht anrufe, sondern schreibe), halte ich mich zurück.

Nachdem ich noch Dutzende weitere Fotos auf Hinweise nach meinem Verlobten durchsucht habe, bin ich kurz davor, aufzugeben. Mich wieder durch die Nachrichtenkanäle zu zappen oder es noch mal mit einem Film zu versuchen. Oder einfach die Wände der Wohnung anzustarren. Das klingt auch unterhaltsam.

Ich lade auf gut Glück ein letztes Mal die Suchergebnisse neu. Drei neue Fotos wurden gepostet. Heute Abend ist im *Thornbrook*-Hotel einiges los. Eine Flasche teurer Champagner in einem Kübel mit Eis. Sehr schick. Ein älteres Pärchen, das Arm in Arm in seinem Hotelzimmer posiert. Sie sehen so glücklich aus. Ich frage mich, ob Thom und ich in fünfzig Jahren genauso verliebt und anmutig aussehen werden, sofern wir dann noch zusammen sind. Aber wer weiß, ob wir überhaupt nächste Woche noch ein Paar sind.

Das letzte Bild zeigt mehrere Männer, die in der Lobby herumstehen. Sieht aus, als wollten sie zu einem Konzert. Im Hintergrund sieht man viele Personen vorbeigehen. Unter anderem auch eine, die mir merkwürdig bekannt vorkommt. Schlaksig, hängende Schultern, die Hände in den Jeanstaschen. Der Mann wirkt irgendwie verschlagen und scheint nichts Gutes im Schilde zu führen. Seine dunkle Kleidung ist nass vom Regen, und er hat sich die Kapuze seines Pullovers übergezogen. Aber er hat den Kopf gedreht, um über die Schulter zu schauen. Höchstwahrscheinlich, um zu prüfen, ob er verfolgt wird, oder um nicht von den Überwachungskameras am Hoteleingang erfasst zu werden. Egal, aus welchem Grund er das tut, er schaut dabei jedenfalls fast direkt in die Kamera.

Es ist Badger. Der angeblich kürzlich *verstorbene* Badger.

»Ach du Scheiße! Er ist der Übeltäter!«

Kaum hat das Taxi vor dem Hotel angehalten, kommt schon einer dieser Pagen in schwarzer Uniform mit Goldknöpfen angelaufen und öffnet die Wagentür. Trotz des Mistwetters herrscht hier draußen ein stetiges Kommen und Gehen. Ich schlendere in die Lobby. Ich bin eine Frau mit einer Mission. Trotz der opulenten Umgebung ist das kein Einsatzgebiet für den Escada-Hosenanzug. Ich habe mich stattdessen für eine schwarze Jeans, ein schwarzes T-Shirt und eine Lederjacke entschieden. Dazu viel Wimperntusche und ein geschwungener Lidstrich fürs Selbstbewusstsein und als Glücksbringer. In meinen Gesäßtaschen stecken das Handy und Bargeld. Ich versuche vorsichtshalber noch einmal, Thom mit dem Handy anzurufen. Keine Antwort und kein Hinweis darauf, dass er meine Nachricht gelesen hat.

Es ist nicht meine Schuld, dass ich nahezu alle Regeln gebrochen und die Wohnung verlassen habe. Thom muss Bescheid wissen. Wenn Badger ihm in den Rücken schießt, weil niemand ihn gewarnt hat, würde ich mir das niemals verzeihen. Ich kann mich nicht verstecken, während Thom in Gefahr schwebt. Also werde ich jetzt sehr tapfer sein und handeln müssen, obwohl ich mir eigentlich vor Angst in die Hosen mache und außerdem keine Ahnung habe, was ich da tue.

Ich mache einen diskreten Rundgang durch den Hauptempfangsbereich, auf der Suche nach vertrauten Gesichtern. Musik tönt aus der gut besuchten Bar. Klingt nach einem Jazzpianisten. Wie cool. Aber Thom oder Bear sind nirgends zu sehen. Ich weiß nur, dass sie das Hotel ausspähen und sich mit Helene Sinclair treffen wollten. Sollte die Spähmission inzwischen beendet sein, bleibt mir nur eins zu tun. Ich muss nach oben in die Penthouse-Suite und Thom finden. Hoffentlich.

Hinter dem Empfangstresen stehen drei Angestellte, und davor warten nur wenige Gäste darauf, bedient oder eingecheckt zu werden oder was auch immer. Sie haben Koffer neben sich stehen. Der Tresen des Portiers ist gerade nicht besetzt, was mir sehr gelegen kommt. Ich suche sorgfältig mein Opfer aus. Meine Wahl fällt auf den Jüngsten im Team. Vermutlich arbeitet er noch nicht lange hier, denn er wirkt nervös und betrachtet stirnrunzelnd den Bildschirm vor sich. Selbstverständlich könnte das, was ich gleich vorhabe, auch gehörig schiefgehen. Die Chancen stehen wahrscheinlich fifty-fifty. Aber zumindest habe ich es versucht.

»Hi, ich soll die Blumenarrangements in Helene Sinclairs Zimmer in Ordnung bringen«, sage ich, schiebe ihm die Visitenkarte hin, die ich bei Mollys Flowers mitgenommen habe, und hebe den Strauß weißer Rosen, den ich dort gekauft habe, ein wenig hoch. Eine ausgeklügelte Lügengeschichte mit Requisiten.

Der junge Mann, der laut Namensschild Cory heißt, sieht mich nur irritiert an.

»Soweit ich weiß, wohnt sie im Penthouse.«

Jetzt runzelt er die Stirn.

»Entschuldigung.« Ich lächle ihn kurz an. »Ich bin Liz von Mollys Flowers. Das hätte ich wahrscheinlich gleich sagen sollen. Wie auch immer, Molly hat mich hergeschickt, weil sie gerade beschäftigt ist und nicht wegkann.« Dieser Teil meiner Geschichte entspricht sogar weitestgehend der Wahrheit. Mollys Begeisterung für Instagram macht es erschreckend einfach, sie zu stalken. »Offenbar leidet Ihr Gast unter starken Allergien, was allerdings vergessen wurde, uns mitzuteilen. Das ist eine Katastrophe. Darum muss ich jetzt die weißen orientalischen Lilien entfernen und alles so gut wie möglich provisorisch in Ordnung bringen, weil wir erst morgen früh ein Ersatz-Arrangement bringen können, nachdem wir unsere Lieferung vom Großmarkt erhalten haben. Na, Sie wissen ja, wie das ist.«

»Oh«, sagt er nur, mit einem leichten Anflug von Panik in den Augen. »Ähm …«

»Ja, ich weiß. Supernervig.« Ich seufze. »Können Sie mir eine Schlüsselkarte geben, damit ich rasch nach oben gehen und das erledigen kann, oder müssen Sie mich begleiten? Wie regeln wir das?«

»Sie arbeiten für Molly?«, fragt er.

»Sie ist meine Chefin. Kennen Sie sie? Ist sie nicht großartig?« Zumindest sah sie auf ihrer Website ganz nett aus. Ich lächle sehr freundlich und einladend und beuge mich über den Tresen. »Ich bin noch neu. Wahrscheinlich ist mir deshalb diese Aufgabe zugefallen. Jeder muss seinen Beitrag leisten, nicht wahr?«

»Ja. Sie sagen es.« Er entspannt sich ein wenig und wirft seinen Kollegen am Empfang verdrossene Blicke zu, doch die beiden scheinen sein inneres Leid nicht zu bemerken.

»Der Portier erledigt anscheinend gerade etwas, und ich kann wirklich nicht so lange warten.«

»Einen Moment bitte.« Er nimmt das Telefon zur Hand und wählt die Nummer von Sinclairs Zimmer. Dann lauscht er einen Augenblick in den Hörer. »Es nimmt niemand ab.«

»Ein Glück. Das bedeutet, dass sie noch nicht zurück ist und ich die Lilien beiseiteschaffen kann, bevor sie ihren Pollen zu nahe kommt. Wenn sie morgen mit Hautausschlag aufwacht, könnten wir wahrscheinlich alle gefeuert werden. Moll meinte, sie wäre ein hohes Tier bei der UNO. Wäre uns dieser Fehler nicht rechtzeitig aufgefallen, hätte das in einem PR-Desaster enden können. Sie und ich könnten gerade noch mal davonkommen.« Ich mache ein betont erleichtertes Gesicht.

»Okay … ähm, hören Sie zu«, sagt er, beugt sich ebenfalls über den Tresen und senkt die Stimme. »Eigentlich sollte ich jetzt Pause machen, aber ich kann Sie vorher noch nach oben begleiten. Das sollte kein Problem sein.«

»Tatsächlich? Das wäre toll.«

»Na klar.«

»Danke vielmals, Cory. Das weiß ich sehr zu schätzen.« Ich hatte mich schon darauf vorbereitet, notfalls seinen Vorgesetzten auszutricksen, aber so ist es ideal.

Als wir gemeinsam zu den Aufzügen laufen, schwingt in seinem Gang ein dezenter Stolz mit. Ich habe ihm das Gefühl gegeben, wichtig zu sein. Habe sein Ego ein bisschen gestreichelt. Jetzt muss ich es schaffen, Thom zu finden, bevor mir meine Lügengeschichte um die Ohren fliegt. Das Innere des exklusiven Aufzugs, der nur in die Penthouse-Suite fährt, ist komplett verspiegelt und mit goldenen Details verziert. Die leise Hintergrundmusik beruhigt meine angespannten Nerven leider kaum. Mir zittern schon wieder die Hände, und ich schwitze wie verrückt. Trotzdem setze ich weiter mein dämliches Grinsen auf. Selbst als ich Cory dabei ertappe, wie er mein Dekolleté anglotzt. Der Kleine macht das nicht gerade subtil. Ihn zu benutzen fühlt sich zwar nicht gut an, aber es ist leider notwendig. Es könnten durchaus Leben auf dem Spiel stehen.

Solange er abgelenkt ist, nutze ich die Zeit, um heimlich meine Waffe zu ziehen. Ich verberge sie unter den Rosen. Schließlich öffnet sich die Aufzugtür.

Die Zeit bleibt so abrupt stehen, dass ich mir fast ein Schleudertrauma zuziehe. Wie in Zeitlupe registriert mein Hirn zahlreiche nutzlose Details. Die weitläufige Suite ist im Art-déco-Stil gehalten, hat weiße Wände und ist luxuriös ausgestattet. Ein großer schwarzer Konzertflügel. Eine Fensterwand, die auf die Lichter New Yorks hinausgeht. Doch das ist alles nur Hintergrundgeplänkel für die schockierende Szene, die sich vor mir abspielt.

Zwei tote Männer in Anzügen liegen blutend auf dem Boden. Fremde. Niemand, den ich kenne. Und sechs weitere Personen bedrohen sich gegenseitig mit Waffen. Einige tragen Sturmhauben. Eine ist deutlich kleiner als die anderen. Vielleicht eine Frau.

Mir gegenüber, auf der anderen Seite des Zimmers, stehen Thom und Bear. Hinter Bears bulligem Körper verborgen entdecke ich noch eine weitere kleinere Person. Wahrscheinlich der weibliche Boss, den sie schützen wollen. Drei Schützen stehen mit dem Rücken zu Cory und mir. Vielleicht warten sie auf den Aufzug, um damit zu fliehen. Alle haben die Waffen gezogen und richten sie auf die anderen. Anscheinend sind wir in eine Art Pattsituation hineingeplatzt.

Thom wirft mir einen Blick zu und mahlt unübersehbar verärgert mit dem Kiefer. Bear dagegen ignoriert uns komplett und konzentriert sich auf die anderen. Dann dreht sich einer der Männer direkt vor uns um. Es ist Badger.

All diese Einzelheiten schießen mir in Sekundenbruchteilen durch den Kopf. Zum Nachdenken bleibt keine Zeit. Keine Zeit, um die Situation abzuschätzen. Ich lasse einfach die Blumen fallen, ziele auf Badgers Körpermitte und drücke ab. *Wumm.*

Und dann geht es los.

»Was zum T—« Soweit kommt Cory noch, bevor ein Plopp ertönt. Gleich darauf breitet sich ein roter Fleck auf seiner Brust aus, und er fällt zu Boden.

Badger geht ebenfalls in die Knie, die Waffe noch immer auf Cory gerichtet. Dann kippt er um und ist tot, bevor er den Boden berührt.

»Runter, Betty!«, brüllt Thom.

Ich tue, was er sagt. Als ich in Deckung gehe, bricht auch schon die Hölle los. Das leise Ploppen der Waffen mit Schalldämpfern mischt sich mit den Donnerschlägen der normalen Pistolen. Das weiß ich deshalb, weil ich in meiner Jugend zu viele Actionfilme geschaut habe.

Badgers Komplizen begreifen, dass sie zwischen zwei Fronten festsitzen, und hechten nach rechts in Deckung. Dabei schießen sie weiter. Ach du Scheiße. Ich kauere mich ganz dicht an die Wand des Aufzugs und halte mir die Ohren zu. Die Türen fahren wieder und wieder zu, können aber nicht schließen, weil Corys Körper sie blockiert. Überall ist Blut.

»Schaff sie hier raus!«, schreit Thom, der sich hinter eine Couch duckt.

Bear zerrt die Frau auf mich und den Aufzug zu. In unmittelbarer Nähe zerbirst eine Porzellanvase auf ihrem Podest. Weiße Blumen regnen auf uns herab. Splitter vom Marmorboden fliegen durch die Luft, als einer der Vermummten auf uns schießt. Thom erwidert das Feuer. Dabei trifft er auch die Sofas, deren Sitzpolster im Kugelhagel aufplatzen.

Einer der Schurken, der versucht, abzuhauen, ist nicht schnell genug. Wer immer da mit Sturmhaube vor dem Aufzug steht, stöhnt schmerzerfüllt auf und gerät ins Taumeln. Schwarz kaschiert Blut wirklich gut. Er scheint wie in Zeitlupe zu stürzen. Dann trifft ihn eine weitere Kugel am Kopf. Blut, Gehirnmasse und Knochensplitter spritzen aus der Austrittswunde. *Das* lässt sich nicht kaschieren.

Bear ist da und schubst die Frau in die andere Ecke des Aufzugs. Dabei schirmt er sie mit seinem Körper ab. Sie hat graues Haar und sieht selbst inmitten dieses Gemetzels noch elegant aus. Jemand brüllt etwas. Ich kann nicht verstehen, was. Thom springt hinter einem Ohrensessel hervor und hetzt durchs Zimmer, während der letzte verbliebene Schurke weiterschießt. Bear schiebt Cory beiseite, und ich verziehe gequält das Gesicht. Er behandelt die Leiche des jungen Mannes nicht gerade sanft. Nicht, dass es Cory noch interessieren würde.

Ich war das. Meinetwegen wurde er getötet.

Endlich ist Thom bei uns. Er rutscht in einer Blutlache aus und verliert um ein Haar das Gleichgewicht. Langsam, ganz langsam schließen sich die Aufzugtüren und sperren die grausame Szenerie aus. Ich höre, wie Kugeln von ihnen abprallen. Eine schlägt über meinem Kopf in der Wand ein. Ich rieche nur noch Schießpulver, Staub und Blut. In meinem Kopf dreht sich alles. Ich kann mit den aktuellen Geschehnissen definitiv nicht mehr Schritt halten. Mir fallen Blutspritzer auf den weißen Rosen auf. Obwohl die Blumen halb zertrampelt sind, sehen die roten Sprenkel auf den weißen Blütenblättern irgendwie hübsch aus.

»Bleib unten«, befiehlt Thom. »Was zum Teufel hast du hier zu suchen, Betty?«

Ich versuche, die richtigen Worte zu finden, aber sie sind irgendwie gerade nicht da. Endlich fahren wir abwärts. Wir sind alle hier: ich, Bear, Thom und die Dame. Wir sind vorerst in Sicherheit. Oh mein Gott.

»Warum hast du die Wohnung verlassen?«, raunzt er.

»Ich musste dich wissen lassen, dass Badger noch lebt«, antworte ich, und meine Stimme klingt aus irgendeinem Grund ganz erstickt. »Ich habe ihn auf einem Foto im Hintergrund entdeckt und dachte, dass er wahrscheinlich der Böse ist und versuchen könnte, dich umzubringen und … na ja.«

Er stößt einen leisen Fluch aus.

»Das war wirklich beängstigend«, sage ich und atme langsam aus.

Thom kniet sich neben mich und drückt mich an sich. Dann flucht er wieder. Anscheinend ist er in ziemlich fluchfreudiger Stimmung. Das kann ich nachvollziehen.

»Ich habe jemanden erschossen.« Ich kann den Sinn dieser Worte nicht recht erfassen. Offenbar funktioniert mein Gehirn noch immer nicht richtig. Ich fühle mich vor allem benommen. »Ich habe sie beide getötet.«

»Darüber sprechen wir später. Jetzt musst du erst mal diese Waffe verstecken.«

»Stimmt. Okay.« Ich tue, was er sagt.

Bear hat derweil eifrig mit dem Handy telefoniert. »Ihr Wagen wird umgehend vorgefahren, Ma'am.«

»Wir bringen Sie durch den Haupteingang nach draußen«, erklärt Thom ihr. »Wenn sie bis nach oben zu Ihnen vordringen konnten, ist der unterirdische Zugang wahrscheinlich infiltriert worden.«

Die elegante ältere Dame nickt, streicht ihr Haar zurecht und sammelt sich. »Meine Sicherheitsleute sind tot. Ich gehe davon aus, dass Sie mit sofortiger Wirkung als vorübergehender Ersatz zur Verfügung stehen.«

»Jawohl, Ma'am.« Thom schluckt. »Alle aufstehen. Wir durchqueren den Empfangsbereich jetzt so ruhig und zügig wie möglich. Bear, du übernimmst die Führung. Mrs Sinclair, Sie halten sich bitte direkt hinter ihm. Betty und ich bilden die Nachhut.«

Sobald sich die Aufzugtüren öffnen, tritt Bear hinaus und steht zwei besorgt aussehenden Wachleuten gegenüber, die nach oben fahren wollen. Höchstwahrscheinlich, um wegen des ganzen Lärms aus der Suite nach dem Rechten zu sehen. Pistolen sind laut. Selbst mit Schalldämpfer sind sie nicht wirklich leise. Dazu kommt noch das Blut, das überall im Aufzug klebt.

»FBI«, sagt Bear und zückt einen zweifellos gefälschten Ausweis. »Bitte treten Sie zurück. Machen Sie den Weg frei.«

Die beiden Männer sehen überrascht aus. Derjenige, der Bear am nächsten steht, sagt: »Agent –«

»Sperren Sie den Aufzug ab. Lassen Sie niemanden hinauf in die Penthouse-Suite. Zusätzliche Agents werden in Kürze eintreffen und sich um alles Weitere kümmern.«

»J-ja, Sir.«

Wir marschieren durch die Halle, zügig wie vereinbart. Meine Jeans klebt mir seitlich am Bein. Sie ist mit Corys Blut getränkt. Die ganze Pracht aus Marmor und Kristallglas, die mich umgibt, nehme ich gar nicht wahr. Ich habe einen merkwürdigen säuerlichen Geschmack im Mund. Gewalt besudelt alles. Wir bahnen uns einen Weg durch die Menge, verlangsamen unsere Schritte für nichts und niemanden.

Draußen vor dem Gebäude erwartet uns ein großer schwarzer Luxuswagen mit getönten Scheiben. Bear hat keine Witze gemacht, als er vorhin sagte, dass ihr Wagen vorfährt. Aber wer es sich leisten kann, in einer Penthouse-Suite abzusteigen, ist derartige Serviceleistungen wahrscheinlich gewohnt.

Bear schubst den Portier beiseite, der die hintere Wagentür aufhält. Dann steckt er den Kopf ins Auto und überprüft den Innenraum. Mrs Sinclair steigt ein.

»Betty, du setzt dich nach hinten«, sagt Thom und versetzt mir einen leichten Stoß.

Bear zeigt derweil dem Fahrer seinen gefälschten Ausweis und zerrt ihn aus dem Wagen. Der Mann schimpft auf ihn ein und sieht ebenso verdattert aus wie die beiden Wachmänner vom Hotel. Thom steigt auf der Beifahrerseite ein, die Türen werden zugeschlagen, und dann fahren wir los und fädeln uns in den Verkehr ein.

Fürs Erste sind wir in Sicherheit. Zumindest hoffe ich das.

»Die Scheiben sind kugelsicher?«, fragt Thom.

»Ja.« Mrs Sinclair nickt. »Ich besitze einige Autostunden von hier entfernt ein Anwesen am Hudson. Dort fahren wir hin.«

»Ma'am, es wäre nicht sicher –«

»Es ist sicher. Es lässt sich nicht mit mir in Verbindung bringen.« Sie reckt das Kinn. »Glauben Sie mir, junger Mann, mir ist der Ernst der Lage durchaus bewusst. Ich bin bereits länger in diesem Geschäft, als Sie auf der Welt sind.«

Thom dreht sich auf dem Sitz um und mustert die Frau ernst.

»Ob nun geheim oder nicht – im Lauf der Jahre haben sich die Mitglieder unseres Komitees zahlreiche Feinde gemacht. Ich habe mich der Tatsache, dass es eines Tages zu einem derartigen Anschlag auf mein Leben kommen könnte, nie verschlossen.«

Er nickt. »Wir fahren zum Anwesen.«

Helene betet die Adresse herunter.

»Du weißt, wer da oben als Einzige davongekommen ist?«, fragt Bear.

»Ich weiß es«, antwortet Thom zornig. »Scorpion lebt noch.«

»Du hast sie trotz der Sturmhaube erkannt?«, frage ich.

»Kurz bevor du kamst, hat sie gesprochen. Sie wollte, dass wir wissen, dass sie es ist. Wahrscheinlich hat sie die Sturmmaske nur als Schutz gegen mögliche Kameras getragen. Jetzt müssen wir nur noch herausfinden, mit wem zum Teufel sie zusammenarbeitet.«

»Badgers Auftauchen in der Suite erklärt zumindest, warum die Kommunikation unterbrochen war«, bemerkt Helene. »Ich versuche Sie schon seit Tagen zu erreichen.«

»Schön zu wissen, dass Sie uns nicht fallen gelassen haben.«

»Fallen gelassen? Nachdem wir so viel Geld in jeden Einzelnen von Ihnen und dieses ganze Projekt gesteckt haben? Machen Sie sich nicht lächerlich.«

»Apropos: Irgendjemand muss doch diesen ganzen Mist finanzieren«, sagt Bear.

»Dahinter steckt vermutlich Archer, der Sohn des verstorbenen Lord Blackmead. Lord Blackmead ist … *war* mit mir im Vorstand.« Helene atmet tief durch, um sich zu sammeln. »Vor einigen Wochen trat Archie mit dem Vorschlag an mich heran, unsere Dienstleistungen dem Privatsektor zur Verfügung zu stellen … für einen angemessenen Preis. Ich habe versucht, Seine Lordschaft vor seinem Erben zu warnen, doch er wollte nicht auf mich hören.«

Thom dreht sich auf dem Sitz um. »Archie will unsere Dienste auf dem freien Markt anbieten?«

»Oh ja«, antwortet Helene. »Er schmiedet große Pläne, Ihre Gruppe in seine private Söldnerarmee umzuwandeln und im Zuge dessen ein Vermögen zu machen. Keines seiner Vorhaben steht im Einklang mit dem ursprünglichen Zweck unserer Organisation.«

»War er schon vorher Anteilseigner, oder hat er erst jetzt geerbt?«

Helene schüttelt den Kopf. »Es gibt keine Anteile. Unsere Organisation ist eher karitativer Natur«, erklärt sie. »Aber er hat jetzt die Position seines Vaters geerbt und plant offensichtlich, uns und alles, was wir bisher getan haben, zu unterminieren.«

»Was haben Sie zu ihm gesagt?«

»Ich habe selbstverständlich Nein gesagt. Heute Morgen erst habe ich ihm angeboten, ihm seinen frisch ererbten Platz am großen Tisch abzukaufen. Ihn für die gesamten finanziellen Mittel, die sein Vater im Lauf der Jahre in unsere Organisation investiert hat, zu entschädigen. Er hat es nicht gut aufgenommen.«

»Was ist mit Charles Adisa?«

»Über ihn wissen Sie also auch Bescheid, hm? Sie waren fleißig. Schön zu wissen, dass ich all mein Geld gut investiert habe.

Ja, Charles ist das dritte und somit letzte Mitglied des Komitees, das die Organisation leitet, bei der Sie beide angestellt sind.« Helene schlägt die Beine übereinander und streicht den Rock ihres schwarzen Kleides zurecht. Sie scheint viel gefasster zu sein als ich. Vielleicht ist sie schon einmal in eine Schießerei geraten. Hat dem Tod ins Auge gesehen und überlebt.

»Charles war ebenso unempfänglich für die unsinnigen Vorhaben dieses kleinen Schnösels wie ich. Wir sind nicht dafür da, Profit zu machen. Diese Organisation wurde von unseren Familien kurz nach dem Zweiten Weltkrieg ins Leben gerufen. Alle drei Gründungsmitglieder hatten Kinder auf den Schlachtfeldern verloren. Sie machten es sich zur Aufgabe, Konflikte auf internationaler Ebene zu überwachen, in der Hoffnung, sie zu lösen, bevor sie unkontrollierbar eskalieren. Wir haben nicht immer Erfolg, aber das wird uns trotzdem niemals davon abhalten, alles zu versuchen.«

Keiner sagt etwas.

»Wie ging es weiter?«, fragt Thom schließlich mit zusammengebissenen Zähnen. »Er hat sich direkt an die Geheimagenten gewandt, bei denen es ihm am wahrscheinlichsten erschien, dass sie sich ihm anschließen oder sich von ihm kaufen lassen würden, und anschließend begonnen, die übrig gebliebenen auszuschalten?«

Bear atmet hörbar aus. »Sieht ganz danach aus. Dieses Arschloch.«

»Scorpion war in ihren Moralvorstellungen schon immer flexibel, aber ich hätte nie von ihr erwartet, dass sie uns derart hintergeht.«

»Ich schon.«

Thom hebt kaum merklich die Augenbrauen.

»Das ist die Wahrheit«, sagt Bear. »Du hast dich vielleicht vor langer Zeit mal gut mit ihr verstanden, aber sie war nie loyal. Und Badger war auch schon immer ein zwielichtiger Typ. Man kann es ihnen allerdings nicht ganz verdenken. Ich meine, manchmal ist es toll, die Welt zu retten. Aber einen Haufen Geld zu verdienen kann noch viel toller sein.«

»Ach ja? Und warum bist du dann hier?«, grummelt Thom.

»Ich?« Bear lacht. »Ich bemühe mich, so selten wie möglich ein Arschloch zu sein. Das ist eine Lebenshaltung. Außerdem betrachte ich uns als Freunde … mehr oder weniger.«

»Verstehe. Ich hätte ja damit gerechnet, dass Spider bereit ist, uns zu hintergehen.«

»Offensichtlich hat er Nein gesagt, denn andernfalls hätte er nicht das Zeitliche gesegnet. Das Gleiche gilt für Hawk. Nett, dass einen seine Mitmenschen manchmal doch noch überraschen können.«

»Für meinen Geschmack hatten wir vorerst genug Überraschungen.« Thom zieht sein Handy hervor und sieht wahrscheinlich, dass er neben anderen Mitteilungen auch ungefähr fünfzig Anrufe und Textnachrichten von mir verpasst hat. Doch eine der Nachrichten, die er gerade liest, lässt ihn sich sichtlich entspannen. »Crow ist sauber.«

»Klingt logisch, denn andernfalls wäre er sicher zusammen mit Scorpion bei dem Überfall dabei gewesen. Wir können alle Verstärkung brauchen.«

»Sehe ich auch so. Ich schicke den anderen die Zielkoordinaten.«

»Es dürfte nicht einfach werden, Archie aufzuspüren«, gibt Helene zu bedenken. »Jetzt, da er die Kontrolle über den Nachlass seines Vaters übernommen hat, verfügt er über zahllose Ressourcen. Aber wir müssen ihn unbedingt erwischen, je früher, desto besser.«

Thom erwidert nichts und ist immer noch mit seinem Handy beschäftigt.

»Ich kann mich darauf verlassen, dass das eine sichere Leitung ist? Geben Sie mir das bitte.« Sie streckt die Hand aus. Ihr Nagellack ist makellos, und ihre Hand zittert nicht – ganz anders als meine. Allerdings hat sie auch niemanden umgebracht, sondern ist lediglich einigen Kugeln ausgewichen. Was für ein Tag.

Thom überlässt ihr ohne Zögern das Handy. »Können Sie Mr Adisa eine Warnung zukommen lassen?«

»Ich kann es zumindest versuchen. Allerdings befürchte ich, dass es erst mal noch schlimmer kommen wird, bevor es besser wird.«

8. KAPITEL

Bei Helenes Version eines sicheren Unterschlupfs handelt es sich natürlich um ein großes, renoviertes Cottage im englischen Stil inklusive Witwensteg, das auf einem riesengroßen Grundstück am Hudson River steht. Drinnen ist es nicht schmutzig, sondern höchstens ein wenig staubig. Als wäre schon länger niemand mehr hier gewesen.

Im Keller befindet sich eine Kommandozentrale, die mit Unmengen Computern und anderem Kram ausgestattet ist. Ganz offensichtlich ist das der einzige Raum, der die ganze Zeit über gepflegt und gereinigt wurde. Nirgends liegt Staub, und die technischen Geräte sehen aus, als wären sie gerade erst gekauft worden. Außerdem gibt es noch einen begehbaren Waffenschrank und ein Sicherheitssystem, das es mit dem einer Schweizer Bank aufnehmen kann. Diese Frau ist fraglos auf fast alles vorbereitet.

Bear sitzt vor einem Bedienpult und tippt hektisch auf der Tastatur. »Fox und Crow sind unterwegs. Fox wird voraussichtlich in eineinhalb Stunden eintreffen. Aber Crow braucht etwas länger.«

Das überrascht mich nicht. Die Fahrt hierher hat eine Ewigkeit gedauert, weil Bear Hauptverkehrsstraßen gemieden und zusätzlich mehrmals unterwegs kehrtgemacht hat. So hat es bestimmt niemand geschafft, uns zu verfolgen. Allerdings haben wir das schon einmal gedacht und doch eine unschöne Überraschung erlebt. Es ist durchaus möglich, dass wir zumindest auf einem Teil der Strecke von Sicherheits- oder Verkehrsüberwachungskameras erfasst wurden. Und Helenes Wagen ist ein Rolls Royce. Ziemlich markant.

Thom holt aus dem Waffenschrank eine Auswahl an Schusswaffen heraus und reiht sie auf einem Tisch auf. Nachtsicht-Headset-Dinger. Vollautomatische Gewehre. Es ist alles da, was man sich nur wünschen kann. Sogar Henry wäre beeindruckt.

»Ich kann von dem Sicherheitsdienst, der für mich arbeitet, Verstärkung anfordern«, sagt Helene, die über Bears Schulter hinweg auf den Bildschirm schaut.

Thom schüttelt den Kopf. »Wir wissen nicht, bis zu wem Archer vorgedrungen ist, nur dass er die Gruppe höchstwahrscheinlich schon einmal unterwandert hat. Scorpion und ihre Leute verfügten über Insiderwissen bezüglich Ihrer Aufenthaltsorte und der dortigen Sicherheitsvorkehrungen, Helene. Da gehe ich jede Wette ein. Sie wussten genau, wann und wo sie angreifen mussten, damit sie die besten Chancen hatten, Sie auszuschalten. Wären Bear und ich nicht dazugekommen, wären Sie jetzt tot.«

»Wie Sie meinen. Ich werde mich jetzt ein wenig ausruhen, solange ich noch Gelegenheit dazu habe. Sollte sich die Lage verändern, verständigen Sie mich bitte.«

»Jawohl, Ma'am.«

Helene steigt wie eine Königin mit hoch erhobenem Kopf die Treppe hinauf. Trotz des kürzlichen Mordversuchs zeigt sie keine Anzeichen von Furcht. Ich habe mich währenddessen auf einen Stuhl an der Seite gesetzt und rezitiere im Kopf einige Jahrzehnte alte Songtexte. Weil ich eben praktisch veranlagt bin. Und ich lieber über Janis Joplin und ihre Großartigkeit nachdenke als über den Tod im Allgemeinen oder mein baldiges Sterben im Besonderen. So bleibt mein Gehirn beschäftigt und grübelt nicht über Dinge, über die man besser nicht so genau nachdenken sollte. Dinge wie Leichen und Blut und Gehirnmasse an der Wand. Oder dass ich jemanden getötet habe. Badgers verblüfften Gesichtsausdruck. Weiße Rosen mit roten Sprenkeln.

Vielleicht stehe ich unter Schock. Mir ist kalt, und die reale Welt scheint irgendwie weit weg zu sein. Als würde ich jeden Moment aus diesem schrecklichen Albtraum erwachen.

»Schatz.« Thom streckt mir die Hand hin. »Komm mit nach oben und leg dich ein Weilchen hin. Es wird vorerst nichts passieren.«

Ich ergreife seine Hand und lasse mich von ihm aus dem Stuhl hochziehen und nach oben führen. Tapeten mit Schottenkaromuster und klobige braune Ledersessel prägen hier das Bild. In der Küche sind Walnussholzfronten mit Edelstahlgeräten kombiniert.

»Hast du Hunger?«, fragt Thom. »Es ist zwar nichts Frisches da, aber der Gefrierschrank ist voll mit Tiefkühlkost.«

Allein beim Gedanken an Essen dreht sich mir der Magen um. »Nein, danke.«

Thom führt mich in das nächstgelegene Zimmer, ein in Hellbraun gehaltenes Schlafzimmer mit einem großen Schlittenbett mit tannengrüner Bettwäsche. Die zugezogenen Vorhänge sperren das Morgenlicht aus. Wie der Rest des Hauses ist auch dieses Zimmer lediglich ein wenig staubig. Vermutlich kommt nur einmal im Monat jemand zum Saubermachen vorbei. Der Garten ist zwar nicht besonders aufwendig angelegt, benötigt aber sicherlich trotzdem etwas Pflege. Vielleicht bezahlt sie das Personal durch eine Briefkastenfirma, damit keiner von ihnen erfährt, für wen sie wirklich arbeiten. Nicht, dass das gerade wichtig wäre.

Wir sind für den Augenblick in Sicherheit. Ich sollte mich

eigentlich sicher fühlen. Vorübergehend etwas durchatmen können. Aber ich kann nicht. Ich warte die ganze Zeit darauf, dass die nächste Katastrophe über uns hereinbricht. Was den Eindruck erwecken könnte, dass ich keinerlei Vertrauen in Thoms Fähigkeiten habe. Aber so ist es nicht. Ich bin nur … verdammt. Ich weiß auch nicht, was mit mir los ist. Ich kann noch immer das Rucken der Waffe in meiner Hand spüren, als ich den Abzug betätigte. Kann das Geräusch der Kugeln hören, die in Fleisch eindringen oder von Metall abprallen. Als stünde ein Teil von mir noch immer in diesem Aufzug und sähe dabei zu, wie die Hölle losbricht.

Zum Schlafzimmer gehört auch ein Badezimmer, was in Anbetracht dessen, wie diese Nacht verlaufen ist und wie ich aussehe, ungemein praktisch ist. »Ich sollte vielleicht schnell – «

»Sehen wir zu, dass du aus deinen blutverschmierten Kleidern rauskommst.« Thom schließt die Tür und verriegelt sie. Er begutachtet mein Gesicht. Wahrscheinlich sieht er viel bleiche Haut und dunkle Ringe unter meinen Augen. Hinter mir liegen einige harte Tage. Eine schlimme Nacht.

»Ich habe den jungen Mann dazu überredet, mich ins Penthouse hinaufzubringen«, sage ich. Ich muss es einfach laut ausgesprochen hören. Die nackten Tatsachen. Ich bin schuld. An meinen Händen klebt Blut. »Cory. Er hieß Cory. Seine Schicht war gerade zu Ende. Er hat mir einen Gefallen getan.«

»Du wusstest nicht, was oben vor sich ging.« Thom kniet sich vor mich und schnürt meine Stiefel auf. »Manchmal werden Unschuldige in schlimme Dinge hineingezogen. Wenn du jemandem die Schuld geben willst, dann demjenigen, der ihn kaltblütig erschossen hat. Setz dich aufs Bett, Schatz.«

Ich folge seiner Anweisung. »Ich habe auch jemanden erschossen. Ich habe Badger getötet.«

»Ja. Aber er war ein böser Mensch, der erschossen werden

musste.« Er zieht mir den Stiefel vom Fuß, dann die Socke. Dann wechselt er zum anderen Fuß. »Du hast dich nur verteidigt, Betty. Er hätte dich sonst umgebracht. Er hat schon einmal versucht, uns zu töten, indem er unsere Adresse verraten hat, damit eine Bombe in unserer Wohnung platziert werden konnte.«

»Mm.«

»Er hat sich als Söldner anheuern lassen und war bereit, unschuldige Menschen allein des Geldes wegen zu töten.« Er nimmt den Saum meines T-Shirts und lächelt mir kurz zu. »Arme hoch.«

Mit erhobenen Armen sage ich: »Seit ich ein Kind war, hat mich, glaube ich, niemand mehr ausgezogen.«

»Ich ziehe dich in Gedanken ständig aus. Ich weiß nicht, ob das auch zählt. Steh auf.« Er zieht an meiner Hand, und ich lasse mich von ihm auf die Beine stellen. Er öffnet den Knopf und den Reißverschluss meiner schwarzen Jeans und zieht sie herunter. Unterhalb des Knies ist der Stoff steif von getrocknetem Blut. Es ist eine Erleichterung, die Hose loszuwerden. »Heb das Bein.«

»Ich habe nichts anderes anzuziehen.«

Wir ignorieren beide den rotbraunen Schmierfleck, den das Blut eines anderen Menschen auf meinem Schienbein hinterlassen hat. Ich stehe in meiner Unterwäsche vor Thom, viel zu benommen, um mich entblößt zu fühlen. Außerdem hat er mich ja schon mal so gesehen. »Ich lasse die Sachen für dich waschen. Keine Sorge.«

Er führt mich ins Badezimmer, dreht die Dusche auf und prüft mit der Hand die Wassertemperatur. Keiner meiner bisherigen Liebhaber oder vergleichbaren Partner hat sich jemals so um mich gekümmert. Mich umsorgt. Ist das Liebe? Das Bedürfnis, auf den auserwählten Menschen achtzugeben? Das Verlangen, ihm nah zu sein? Vermutlich. Wahrscheinlich ist es zumindest sehr nah dran an diesem besonderen Gefühl. Vielleicht hat er, was seine Gefühle für mich betrifft, doch nicht die ganze Zeit über gelogen. Vielleicht lüge ich gerade, was meine Gefühle betrifft.

»Ziehen wir dir das mal aus«, sagt er und greift hinter meinen Rücken, um meinen schwarzen BH zu öffnen.

»Ich weiß, dass du zu tun hast, aber kannst du noch ein bisschen bei mir bleiben?« Ich kralle die Hände in sein Shirt, muss ihn spüren. Im Moment hat er die Welt weitaus besser im Griff als ich. Ich befinde mich im freien Fall.

»Sicher.«

»Danke. Ich möchte nur … Ich weiß auch nicht.«

Er sagt nichts, nickt aber verständnisvoll.

Sobald ich keine Unterwäsche mehr anhabe, schlüpft auch er aus seinem Shirt und den Schuhen. Er kann sich viel schneller ausziehen, als ich das jemals fertigbrächte. Noch so eine seiner nützlichen Fähigkeiten. Er nimmt meine Hand und tritt rückwärts in die Dusche. Wasser perlt über seine Haut. »Komm rein, damit dir nicht kalt wird.«

Der Wasserstrahl weckt mich ein bisschen auf und aktiviert meine Lebensgeister ein wenig. Wie kann es sein, dass ich jemanden getötet habe und dabei das Gefühl habe, als wäre ein Teil von mir selbst gestorben? Vielleicht etwas von meiner Unschuld. Ich bin mir nicht sicher, ob ich wirklich noch ein guter Mensch bin. Oder vielleicht bin ich auch jemand, der unter Druck zu Dingen fähig ist, die ich nie für möglich gehalten hätte. Ich kann jemanden töten, der mir nicht fremd ist. Ich kann Grenzen überschreiten und mich wehren. Vielleicht ist das mit Gut und Böse doch nicht so einfach, wie ich immer dachte.

Ich lege ihm die Hand auf die Schulter, als er sich hinkniet, um mir das Blut vom Bein abzuwaschen. Pinkfarbenes Wasser verschwindet wirbelnd im Abfluss. Seine Haut fühlt sich heiß an. Sie ist alles, was ich jetzt brauche. Seine Narben, seine harten Muskeln … er ist so wunderschön. Wie zärtlich seine Hände sind, obwohl sie doch auch zu ganz anderem fähig sind.

Ich bin diejenige, die mit dem Küssen beginnt, drücke meinen Mund seitlich auf seinen Hals. Trotz des Wassers kann ich noch seinen warmen Duft riechen. Das Salz auf seiner Haut schmecken. Thom in Perfektion.

»Schatz«, raunt er, »bist du okay?«

»Ganz und gar nicht.« Ich küsse ihn noch mal. Fordernder.

»Was immer du brauchst.« Seine Hände gleiten meinen Rücken hinab, eher tröstlich als aufreizend. Die Muskeln in seinen Armen spannen sich an, als er seinen Griff um mich verstärkt. »Ich dachte heute, ich würde dich verlieren. Noch nie im Leben hatte ich so verdammt viel Angst. Die Aufzugtüren öffneten sich, und da standst du. Dann hat sich dieses Arschloch umgedreht und die Waffe auf dich gerichtet und …«

»Ich bin hier.«

»Aber um ein Haar wärest du es nicht mehr.«

Ich weiß nicht, was ich darauf erwidern soll.

»Gott, wenn er dir etwas angetan hätte, dann hätte ich ihn sicherlich keines schnellen Todes sterben lassen.« Das Lodern in seinen Augen, seine hohen Wangenknochen … Dieser Mann ist wirklich überwältigend. Insbesondere jetzt, in diesem Moment. »Ich weiß, dass du so etwas nicht hören willst, aber es ist die Wahrheit.«

»Ich verstehe.« Das tue ich wirklich. Wenn ich mir vorstelle, dass ihm jemand wehtut, sehe ich auch rot.

»Du wirst mir nie wieder folgen. Versprich mir das.«

»Aber du musstest erfahren, dass –«

»Nichts ist es wert, dass du verletzt wirst. Scheiße. Du wurdest fast getötet. Sag mir, dass du das verstanden hast, Betty.«

Das Problem ist, dass ich nicht ganz seiner Meinung bin. »Wusstest du über Badger Bescheid?«

»Ich habe tatsächlich erst kurz vor deinem Erscheinen davon erfahren.«

»Dann habe ich dir also damit, dass ich ihn getötet habe –«

Thom stöhnt. »Das war durchaus hilfreich. Aber wir hätten das auch alleine geschafft.«

»Aber sie hätten euch beim Warten auf den Aufzug in die Enge getrieben. Gib es zu.«

Doch er hat offensichtlich erst einmal keine Lust mehr auf weitere Diskussionen.

Anfangs ist sein Kuss noch sanft. Seine Lippen drücken sich wieder und wieder auf meine. Als wolle er sich versichern, dass ich noch da und am Leben bin. Ich bin diejenige, die ihn zu mehr anspornt. Ich öffne den Mund, spiele mit meiner Zunge. Und Thom hält sich kein bisschen zurück. Nicht nachdem er begriffen hat, dass ich es will. Himmel, dass ich es brauche. Ich spüre seinen straffen Körper an meinem, seine besitzergreifenden Hände auf meiner Haut. Nach dem Tag, der hinter uns liegt, sehnen wir uns beide nach dieser körperlichen Bestätigung dafür, dass wir noch leben und zusammen sind. Daran gibt es keinen Zweifel.

Ich pralle mit dem Rücken gegen die gekachelte Wand der Dusche. Thom legt die Hand an meinen Hinterkopf und küsst mich, wild und intensiv. Es ist ein Kuss mit Leib und Seele, wie ich es noch nie zuvor erlebt habe. Seine Zunge liebkost meine, seine Lippen liegen fest auf meinem Mund. Nachdem wir so viel Tod gesehen haben, haucht er mir neues Leben ein, und ich kann nicht genug davon bekommen.

Er umfasst eine meiner Brüste, knetet sie und spielt damit. Das fühlt sich so gut an. Irgendjemand hat mein Sensibilitätslevel offenbar auf Stufe elf hochgedreht. Denn ich bin feuchter, als ich es jemals zuvor gewesen bin, und das hat nichts mit dem Duschwasser zu tun. Es ist fast schon peinlich. Normalerweise brauche ich immer etwas länger und mehr Zuwendung, um so erregt zu werden. Aber neuerdings genügt es offenbar, dass Thom sich in meiner Nähe aufhält.

Als er vor mir in die Knie geht, den Mund auf meinen Schoß drückt und die empfindliche Haut küsst, schaltet mein Gehirn komplett ab. Sorgen, Nöte, Bedenken, nichts davon existiert mehr. Es gibt nur noch das Hier und Jetzt.

Mit starkem Griff hebt er mein Bein über seine Schulter und öffnet mich weiter für seine Liebkosungen. Früher hat er dort unten immer nur kurz herumgefummelt. Hat so getan, als würde es ihm etwas bedeuten, dann aber schnell anderweitig weitergemacht. Doch nun leckt mich dieser Mann, als wäre es sein einziger Lebenszweck. Seine Zunge fährt zwischen meinen Schamlippen hindurch und umkreist dann meine Klitoris. Seine Finger gleiten in mich, bewegen sich langsam auf und ab. Doch das ist nicht genug.

Und ich scheue mich nicht, dem Ausdruck zu verleihen, indem ich fordernd an seinen Haaren ziehe. Das gedämpfte Lachen, das ich zur Antwort erhalte, treibt mich schier in den Wahnsinn. Dennoch folgt er meiner Aufforderung und beginnt, an meiner Klitoris zu saugen, krümmt den Finger, um in meinem Inneren ihre Rückseite zu massieren. Eine weitere Bestätigung dafür, dass dieser Mann über hervorragende anatomische Kenntnisse verfügt. Er leckt mich und besorgt es mir mit dem Finger, und das Rauschen des Wassers und mein schwerer Atem erfüllen den dampfigen Raum. Ich bin fast so weit. So dicht davor.

Doch dann tut er das Unvorstellbare und hört auf. Der Mistkerl hebt doch tatsächlich mein Bein von seiner Schulter und steht auf. Was zum Teufel soll das denn bitte?

»Thom«, fauche ich.

»Du kommst mit mir in dir drin. Ich will das spüren. Ich brauche das.«

»Aber –«

»Sofort, Schatz.«

Keine schlechte Idee. Obwohl ich noch immer etwas angesäuert bin, weil er aufgehört hat. Er legt mein Bein um seine Hüfte und streicht mit der Eichel über meine Öffnung. Nach der Zurschaustellung seiner ausgezeichneten oralen Fähigkeiten bin ich dermaßen auf Touren, dass dies womöglich der kürzeste Sex aller Zeiten wird. Aber warum soll ich mir darüber Sorgen machen, wenn ich weiß, dass ich ihn in mir haben kann?

Ohne weiteres Zögern dringt er mit seinem mächtigen Glied in mich ein. Es trifft mich wie ein Schock, doch gleichzeitig schürt er das Feuer, das in meinem Inneren glüht. All meine Nervenenden prickeln.

»Oh Gott. Thom.«

»Es gefällt mir wirklich, wie du meinen Namen sagst.« Er zieht sich zurück, bevor er erneut tief eindringt. Sein Schwanz dehnt mein Inneres auf wundervolle Weise. Die Spitze trifft genau die richtigen Stellen, und ich keuche schon wieder. Allerdings …

»Ist das auch wirklich dein richtiger Name?«

»Elizabeth.« Unbeeindruckt stößt er weiter hart und schnell in mich. »Bleib bitte bei der Sache.«

»Die Sache« besteht hoffentlich darin, dass ich gleich komme. Ich kann nämlich nicht mehr viel mehr tun, als mich an ihn zu klammern und die Arme fest um seine Schultern zu schlingen. Wir passen so perfekt zueinander. Als wären wir dafür geboren. Kein Tod, kein Chaos, nichts dergleichen. Nur er und ich, zusammen.

Der Mann vögelt mich, nicht gerade behutsam, aber dafür mit viel Geschick, in einen Lustrausch. Sein herrliches Glied lässt mich von innen heraus entflammen. Eine Woge aus Empfindungen schwillt in mir an und hebt mich auf die Zehenspitzen. Ich kann ihm nicht nahe genug sein. Ich bin so verdammt gierig auf mehr. Doch in diesem Moment verkrampft sich mein ganzer Körper und die Welle trifft mich mit voller Wucht. Jeder einzelne Muskel in meinem Schoß spannt sich an, um ihn in mir zu halten. Ich zittere und bebe. Es ist unglaublich.

Thom flucht leise und heftig, während ich einfach nur schwebe. Zum Glück hält er mich aufrecht. Außerdem ist es in Anbetracht der Körperflüssigkeiten, die wir austauschen, wirklich praktisch, dass wir schon unter der Dusche stehen. Mit ihm in mir zu kommen ist absolut sensationell. Ihn hinterher noch in mir zu spüren. Ihm einfach so nahe zu sein.

Eins ist sicher: Es ist herrlich, am Leben zu sein.

»Heute Morgen wurden drei Mitglieder von Mr Adisas Stab durch eine Bombe getötet.«

»Das ist bedauerlich«, sagt eine männliche Stimme. Sie klingt britisch und vornehm.

Das Handy liegt in der Kommandozentrale im Kellergeschoss auf dem Tisch, und alle haben sich darum versammelt und hören zu. Inzwischen sind auch Fox und Crow zu uns gestoßen. Ich gehe leise die Treppe hinunter, um nicht zu stören. Es ist früher Nachmittag. Kurz nach Mittag. Aber nachdem ich gerade den schlimmsten Albtraum aller Zeiten hatte, kann ich sowieso keinen Schlaf mehr finden. Meine frisch gewaschenen Kleider lagen für mich schon am Bettende bereit. Genau, wie Thom es versprochen hatte. Aber zurück zum Telefonat …

»Oh, es ist weitaus mehr als das«, verbessert ihn Helene. »Wenn man zusätzlich zu diesem Vorkommnis noch das Killerkommando in Erwägung zieht, das Sie mir in mein Hotelzimmer geschickt haben, Archie, würde ich sagen, dass ich Ihre Botschaft überdeutlich verstanden habe.«

»Ich habe anfangs versucht, diese Angelegenheit friedlich zu lösen. Vergessen Sie das nicht, altes Mädchen.«

Helene presst wütend die Lippen aufeinander. »Dann darf ich aus Ihren Handlungen also schließen, dass Sie Ihren irrwitzigen Plan, unsere Organisation zu monetarisieren, nicht aufgeben wollen?«

»Jetzt haben Sie es endlich begriffen.«

»Nun gut. Es ist offenkundig, dass wir Sie nicht umstimmen können, und ich habe kein Interesse daran, dass mir Meuchelmörder auf den Hals gehetzt werden. Ich bin berechtigt, Ihnen hiermit auch in Charles' Namen mitzuteilen, dass wir uns beide zurückziehen und die Verantwortung in Ihre Hände legen.« Helene reckt das Kinn. »Ist Ihnen das genehm?«

Archer räuspert sich. »Ist es. Das kommt sehr … unerwartet. Ich hätte nie gedacht, dass Sie beide jemals … dazu bereit wären. Aber ja, das ist mir äußerst genehm.«

»Charles und ich werden immer älter, und ich habe keinen Erben. Wir haben beide das Gefühl, dass es nach der guten Arbeit, die wir über die Jahre geleistet haben, zum jetzigen Zeitpunkt nicht gänzlich untragbar ist, wenn wir zurücktreten. Die Verantwortung für die Neuausrichtung des Komitees liegt entsprechend nun allein bei Ihnen.«

»Es freut mich zu hören, dass Sie zur Vernunft gekommen sind.«

»In der Tat. Ich gehe davon aus, dass Sie die nötigen Unterlagen für die Machtübergabe vorbereitet haben?«

»Ja, habe ich«, schnurrt er geradezu. »Wo halten Sie sich derzeit auf? Es wäre mir eine Ehre, sie Ihnen persönlich zu übergeben. Es besteht ja nun kein Anlass mehr für diese fürchterlichen Feindseligkeiten zwischen uns.«

Helene lehnt sich auf ihrem Stuhl zurück und schlägt die Beine übereinander. »Oh Archie, Sie glauben doch nicht wirklich, dass ich es Ihnen so leicht machen werde. Sie waren schon immer recht verwöhnt. Zwar bin ich bereit, auszusteigen, aber immerhin haben Sie erst gestern Abend versucht, mich umzubringen. Das war recht erschütternd. Verzeihen Sie mir meine Schwächen. Kleinlichkeit ist wirklich ein unschöner Zug. Aber trotzdem gedenke ich, Ihnen lieber zu gestatten, mich auf eigene Faust zu finden. Wenn Sie das denn schaffen …«

Er lacht. »Auch gut. Dann lassen Sie uns doch jetzt gemeinsam den Umfang der Schutzmaßnahmen festlegen, die jeder von uns bei dieser Zusammenkunft treffen will, hm? Ich fände es unerfreulich, wenn es in dieser Hinsicht in letzter Minute noch zu Missverständnissen käme.«

»Schicken Sie drei von Ihren Leuten, die die Papiere abliefern, und ich werde hier zwei von meinen Leuten bei mir haben. Aber Sie kommen nicht, Archie.« Ihr Tonfall wird härter. »Das ist meine Bedingung. Wenn ich Ihnen schon mein Lebenswerk überschreiben muss, will ich Sie währenddessen nicht auch noch hämisch grinsen sehen. Im Moment würde ich es als Erfolg verbuchen, wenn ich Ihr Gesicht nie wiedersehen müsste.«

»Helene, Sie brauchen diese ganze Angelegenheit doch nicht persönlich zu nehmen.«

»Akzeptieren Sie meine Konditionen?«

Leises Lachen tönt aus dem Telefon. »Selbstverständlich. Meine Leute werden sich bei Ihnen melden.«

Dann ist die Verbindung unterbrochen.

»Ich komme mir vor, als hätte ich mit einem verdammten Bond-Bösewicht verhandelt«, sagt Helene seufzend. »Also wirklich, dass es so weit kommen musste.«

»Sie glauben diesem Scheißkerl doch nicht wirklich, oder?«, fragt Bear.

»Kein Wort. Bilden wir uns nichts ein. Er wird uns allen an den Kragen wollen, mit einer kleinen Armee und einer Menge Waffen im Schlepptau.«

Fox lehnt sich an die Wand und verschränkt die Arme. »Wozu dann diese Spielchen?«

»Warum habe ich wohl gerade versucht, das Ego dieses aufgeblasenen Wichtigtuers zu treffen? Warum habe ich ihm gesagt, dass ich es als Erfolg verbuchen würde, sein Gesicht nicht mehr zu sehen? Weil er mich jetzt deswegen höchstpersönlich erschießen muss. Er wird sich nun mit nichts Geringerem zufriedengeben, als mir in die Augen zu sehen, wenn er abdrückt«, erläutert Helene. »Natürlich erst nachdem seine Leute ihm den Weg frei geräumt haben. Das ist die beste Gelegenheit für uns, ihn zu erwischen und diesem ganzen Spuk ein Ende zu setzen.«

Auf ihre Ansprache folgt nachdenkliches Schweigen. Nicht, dass ich zum allgemeinen Denkprozess viel beitragen würde. Ich habe einfach furchtbare Angst und tue mein Bestes, es mir nicht anmerken zu lassen.

»Wolf, was schätzen Sie? Wie viel Zeit bleibt uns?«, fragt sie schließlich.

Mein Verlobter richtet sich auf. »Schwer zu sagen. Mindestens einige Stunden. Es könnte aber auch sein, dass sie alles noch künstlich in die Länge ziehen, um uns etwas zu zermürben. Sie sind uns zahlenmäßig überlegen und haben das Timing in der Hand. Es könnte sein, dass sie bis weit nach Mitternacht abwarten, in der Hoffnung, dass wir dann müde oder unachtsam werden.«

»Was, wenn Scorpion das Kommando hat?«, fragt Crow.

»Dann wird sie erst einmal abwarten und herausfinden wollen, was wir vorhaben, bevor sie handelt. Sie ist vorsichtig – deswegen hat sie so lange überlebt und ist eine so gute Agentin«, sagt Thom. »Wir hatten gestern Abend Glück, dass wir unversehens ihre Attacke vereitelt haben. Ich bezweifle, dass wir noch einmal eine solche Chance bekommen.«

Jetzt wird mir wirklich angst und bange. Thom sucht von der anderen Seite des Raumes Blickkontakt zu mir, und ich versuche zu lächeln. Doch nach seiner finsteren Miene zu urteilen klappt das nicht besonders gut.

Fox verdreht seufzend die Augen. »Die Kacke ist schon wieder am Dampfen, bla, bla, bla. Das wissen wir doch alle. Wie lautet unser Plan? Ich habe nämlich keine Lust mehr, von diesen Arschlöchern attackiert zu werden.«

»Zuerst holen wir alle Waffen aus dem Schutzraum, und dann wartest du dort zusammen mit Helene und Betty, bis es hier draußen wieder sicher ist.«

»Kommt nicht infrage«, sagt seine Vorgesetzte ungefähr eine halbe Sekunde schneller als ich. »Sie brauchen alle Unterstützung, die Sie bekommen können, und ich kann Ihnen versichern, dass ich zu meiner Zeit eine versierte Schützin gewesen bin. Wenn ich aus hundertachtzig Metern Entfernung eine Ente vom Himmel holen kann, dann bin ich auch in der Lage, Archie das arrogante Grinsen mit einer Kugel aus dem Gesicht zu radieren.«

»Das Gleiche gilt auch für mich«, schließe ich mich an. »Von dem Teil mit der versierten Schützin mal abgesehen. Aber ich kann zielen und schießen. Das habt ihr ja alle schon gesehen.«

Thom sieht äußerst angefressen aus und ist fraglos kurz davor, uns vehement zu widersprechen.

»Keine Diskussionen, Wolf«, blafft Helene. »Wenn ich nicht

präsent bin, wird Archie es nicht riskieren, sich zu zeigen und sich ins Feuergefecht einzumischen. Das ist aber unsere einzige Chance, das alles hier zu überleben. Es ist erst vorbei, wenn er tot ist. Charles ist vorerst vor alldem sicher. Er ist unser Plan B, für den Fall, dass mir etwas zustoßen sollte.« Sie reckt das Kinn noch höher. Ich bezweifle, dass jemand ihr oft vorzuschreiben versucht, was sie zu tun hat. »Ich weiß Ihr Bestreben, mich am Leben zu halten, durchaus zu schätzen, aber diesen kleinen Mistkerl zu stoppen steht jetzt an erster Stelle.«

Er seufzt. »Na schön. Aber ihr beiden bleibt trotzdem erst einmal so lange hier unten im Keller, bis wir den ersten Ansturm unter Kontrolle haben. Dann werde ich die Lage neu bewerten. Erst wenn wir ihre Angriffskraft dezimiert haben, ziehen wir unseren Plan durch. Crow, du bist unser Langwaffenexperte. Ich möchte, dass du dich oben auf dem Witwensteg positionierst und alles, was du ins Visier bekommst, ausschaltest. Bear, du überwachst die Straße. Fox, du übernimmst den Uferbereich.«

Crow hebt die Hand. »Ich habe Antipersonenminen mitgebracht.«

»Sprengstoff ist immer gut. Gute Arbeit. Wusste ich's doch, dass ich dich aus irgendeinem Grund mag«, sagt Thom. »Okay, legen wir los.«

Die Versammlung löst sich auf, und alle machen sich daran, das Haus auf weiß Gott wie viele Arten abzusichern. Fox beginnt Helene über das Sicherheitssystem zu löchern, darüber, wo irgendwelcher Kram inklusive Gartengeräten lagert und wo sich sämtliche Zugänge zum Haus befinden. Da Helene hier nicht viel Zeit verbringt, brechen sie schließlich zu einer Erkundungstour auf. Bear und Crow machen sich unterdessen daran, so viele Waffen und Messer bereitzulegen, dass man damit eine ganze Armee töten könnte.

»Noch kann ich dich von hier wegschaffen, Betty.« Thom steht neben mir. »Das meine ich ernst.«

»Lass es gut sein. Ich gehe nirgendwohin.« Ich seufze. »Wie kann ich helfen?«

Seine Miene ist düster. »Sorge dafür, dass alle Fenster geschlossen und die Vorhänge zugezogen sind. Wir müssen das Haus komplett abriegeln.«

»Okay. Welche Waffe soll ich nehmen?«

Er wählt eine kleine Pistole aus und legt sie mir grimmig in die Hand. »Helene wird immer an deiner Seite sein. Folge ihrer Führung. Richte deine Waffe erst auf jemanden, wenn sie es auch tut. Drück nur ab, wenn sie es auch tut.«

»Okay.«

»Das ist mein Ernst«, sagt er. »Andernfalls besteht die Gefahr, dass du versehentlich jemanden von uns triffst. Ich würde lieber in deinen Armen sterben als in deinem Fadenkreuz.«

»Verständlich.«

»Also, du bleibst im Keller, wohlbehalten und in Sicherheit.« Er streicht mir eine Haarsträhne hinters Ohr. Was für eine zärtliche, liebe Geste. Eigentlich passt diese Beschreibung auf diesen ganzen Augenblick zwischen uns. Nur die Waffen stören ein wenig.

Meine Lunge fühlt sich plötzlich bleiern an, und mein Herz rast. Dieser Ausdruck in seinen Augen, als er jetzt auf mich herabblickt – darin liegt alles, was ich mir jemals gewünscht habe. Alles, was ich nicht mehr gehofft hatte von diesem Mann zu bekommen. Doch nun steht er vor mir und überschüttet mich geradezu damit. Ich versuche, mir diesen Moment so genau wie möglich einzuprägen, um mich für alle Zeiten daran erinnern zu können. Denn die Wahrheit lautet, dass uns dank Archie und seiner Söldnerarmee womöglich nicht mehr viele Momente wie dieser vergönnt sein werden.

»Ich glaube, das Gleiche hast du auch zu mir gesagt, bevor du zu Helenes Hotel aufgebrochen bist«, bemerke ich dezent sarkastisch. »Nur, damit du es weißt.«

»Den gestrigen Abend wollen wir lieber nicht wiederholen.« Er küsst mich auf die Stirn. »Ich schwöre, Schatz, deinetwegen hätte ich fast einen Herzinfarkt bekommen.«

Ich hatte selbst auch fast einen. Aber das erwähne ich nicht.

»Versprich mir, du knallharte Revolverbraut, dass du vorerst unten im Keller und außer Sichtweite bleiben wirst, okay?«

»Okay. Na gut«, sage ich schulterzuckend. »Du wirst vorsichtig sein, ja?«

»Ich bin immer vorsichtig. Weißt du, ich liebe dich.«

»Das sagst du andauernd.«

Er schenkt mir ein winziges Lächeln. »Ich wollte nur sicher sein, dass du mir diesmal auch glaubst.«

Ich weiß nicht, was ich sagen soll. Insbesondere wenn er mich so ansieht wie jetzt. Sein kaum merkliches Mienenspiel zeigt mir unmissverständlich, dass er begreift, welchen innerlichen Kampf ich gerade führe. Mein Herz gegen meinen Kopf und so weiter.

Meine Gefühle für ihn sind alles andere als simpel, aber ich bin mir nicht sicher, ob sie so sind, wie er es gerade gern hätte – denn ich gehe davon aus, dass er von mir dasselbe hören will. »Thom …«

Er blinzelt. »Ich sollte mich lieber an die Arbeit machen.«

Dieses Blinzeln bleibt der einzige Hinweis darauf, dass ich einen wunden Punkt getroffen habe und er verletzt ist, weil ich seine Liebesbezeugung nicht erwidert habe. Thom zu verletzen fühlt sich so an, als würde ich mir selbst ein Messer ins Herz rammen.

Ich bin ehrlich gesagt völlig perplex. Das ist wirklich eine Offenbarung für mich. Wenn das keine deutliche Antwort auf die Liebe-ich-ihn-oder-liebe-ich-ihn-nicht-Frage ist, dann weiß ich auch nicht.

Nur ist er leider bereits gegangen.

Ich stehe nur da und starre ihm nach wie eine Vollidiotin. Eine, die sich am liebsten in den Hintern treten würde, weil ich seine Worte nicht sofort erwidert habe, den Sprung ins Ungewisse nicht gewagt habe im Vertrauen darauf, dass er mich auffangen wird. Doch inzwischen diskutiert er angeregt mit Bear, wobei Worte wie »Eingrenzung« und »Verteidigung« fallen.

Der Augenblick ist vorbei, und außerdem sollte ich jetzt wie alle anderen auch meine mir zugeteilten Aufgaben erledigen. Oder ich könnte auch ehrlich sein und zugeben, dass ich mich nicht traue, ihn doch noch auf der Stelle beiseitezunehmen oder mit dem Blödsinn aufzuhören und es laut vor allen anderen auszusprechen. Meine Gefühle vor einem Publikum aus Geheimagenten zu offenbaren. Obwohl wir womöglich schon bald eines gewaltsamen, hässlichen Todes sterben werden, bleibe ich offensichtlich ein emotionaler Angsthase. Ich bin sehr von mir enttäuscht.

Aber wenn Thom mutig genug ist, sein Herz zu riskieren, kann ich das auch. Das hat er verdient.

Also: Schultern zurück, Brust raus. Nachdem er mich gerade als knallhart bezeichnet hat, muss ich diesem Ruf auch gerecht werden – zumindest, was meine Empfindungen angeht. Bevor es hier richtig zur Sache geht, werde ich noch eine Gelegenheit bekommen, ihm unter vier Augen meine Gefühle zu gestehen. Oh ja, dafür werde ich notfalls Himmel und Hölle in Bewegung setzen.

9. KAPITEL

»Thom?«

Er wendet sich von einem der Wohnzimmerfenster ab. Hinter ihm taucht der Sonnenuntergang den Garten in beeindruckendes, strahlend goldenes Licht. Zu seinen Füßen liegt auf dem Orientteppich ausgebreitet ein gleichermaßen beeindruckendes und noch dazu tödliches Waffenarsenal. »Schatz, hey. Alles okay?«

»Ja. Ich, ähm …« Ich betrachte verwundert das merkwürdige Werkzeug in seiner Hand. »Was machst du gerade?«

»Ich schneide Löcher in die Fensterscheiben, damit wir hindurchschießen können«, erklärt er. »Das ist unauffälliger, als die Fenster zu zerschlagen, und macht auch weniger Dreck.«

»Meinst du, das macht noch einen Unterschied?«

»Alles, was uns helfen kann, als Sieger aus dieser Sache hervorzugehen, ist einen Versuch wert. Wenn wir hierdurch einen kleinen Zeitvorteil herausschlagen, bevor sie merken, von wo wir schießen, dann könnte das durchaus einen Unterschied machen.«

Ich nicke. »Klingt logisch.«

»Schön, dass du einverstanden bist.«

Oh. Mein. Gott. Er lächelt ein ganz klein wenig, was so süß aussieht. Mann, mich hat es wirklich heftig erwischt. Mein Magen fährt Achterbahn. Als ob mein strapaziertes Nervenkostüm das jetzt gebrauchen könnte. Ich reibe mit meinen verschwitzten Handflächen über meine Jeans. Ich glaube, selbst in meiner Schulzeit hatte ich Gefühlsoffenbarungen besser im Griff als jetzt.

Das Innere des Hauses ist in Schatten gehüllt. Nur wenige, strategisch platzierte Lichtquellen sind noch eingeschaltet. Wenn ich es nicht besser wüsste, würde ich glauben, das Haus stünde leer. Genau diesen Eindruck wollen wir erwecken. Wir haben das Mobiliar umgestellt, um mögliche Eingänge damit zu versperren und jeden, der versucht, sich durch Türen oder Fenster Zutritt zu verschaffen, auszubremsen.

Wir alle haben unser Bestes getan, um das Cottage in eine Festung zu verwandeln. In Filmen sind diese schnell geschnittenen Szenen mit den Vorbereitungen für ein Gefecht ja immer total spannend. Doch in Wirklichkeit ist es leider nicht so. Zum Beispiel hatten wir keine dynamische Hintergrundmusik, und außerdem tut mir der Rücken weh, weil ich einen Couchtisch aus Jade an seinen neuen Platz geschleppt habe. In Wahrheit sind diese Vorbereitungen auf die große Actionszene schlicht Schwerstarbeit.

»Was ist los?«, fragt er. »Du hast doch nicht deine Meinung darüber geändert, dass du hierbleiben willst?«

»Wie? Nein, keineswegs.«

Er atmet erleichtert auf. Wahrscheinlich wäre es sehr schwierig, mich jetzt noch von hier wegzuschaffen. Aber ich werde sowieso nicht von seiner Seite weichen.

»Aber ich, ähm … Ich muss dir etwas sagen.«

Nun legt er das Werkzeug weg und widmet mir seine volle Aufmerksamkeit. Das ist jetzt wirklich ein bedeutsamer Moment – und trotzdem lasse ich mich davon ablenken, wie er aussieht. Er trägt eine schusssichere Weste und darunter ein langärmeliges schwarzes Henley-Shirt. Es liegt herrlich eng an, wodurch das ehrfurchtgebietende Spiel seiner Armmuskeln zu erkennen ist. Meine Hormone vollführen ein Freudentänzchen. Am liebsten würde ich sofort mein Gesicht an seine Brust schmiegen und mich ein Weilchen verstecken. Vielleicht auch für immer. Aber ich bin eine Frau mit einer Mission.

»Okay.« Er verschränkt die Arme. »Ich höre. Aber wenn du mir mitgeteilt hast, was du zu sagen hast, ziehst du deine schusssichere Weste an und bleibst unten im Keller bei Helene.«

»Gut, das mache ich. Aber was ich dir sagen wollte, ist …« Ich schwöre, ich bin kurz davor, es ihm zu sagen. Zum ersten Mal jemandem gegenüber, der nicht zu meiner Familie oder meinen engsten Freunden gehört, das L-Wort zu benutzen.

Doch in diesem Moment bemerke ich ein kleines schwarzes Ding, das unauffällig in seinem Ohr steckt.

»Thom, kann jemand anderes dieses Gespräch mithören?«

»Sie sind nicht daran interessiert, uns zuzuhören.«

»Das war nicht meine Frage.«

In diesem Moment verdreht er genervt die Augen und drückt eine Hand an sein Ohr. »Halt die Klappe, Bear. Geh in den Wald kacken oder so.«

Durch das Loch in der Fensterscheibe kann ich leises Lachen hören. Es scheint aus nördlicher Richtung zu kommen. Also von oben. »Ist das Crow oben auf dem Haus?«

»Ja. Wir gehen vorsichtshalber alle in Position.«

»Könntest du dieses Ding eventuell für eine Minute ausschalten?«

»Entschuldige Schatz, warte einen Moment.« Das mit der leicht gerunzelten Stirn kann er auch sehr gut. »Danke, Fox. Mir ist bewusst, dass im Moment keine Zeit für Beischlaf ist. Aber trotzdem danke für deinen Beitrag.«

»Beischlaf?«

Thom schüttelt den Kopf. Trotz dieses ganzen *In dieser Branche hat man keine Freunde*-Geredes genießt er es sichtlich,

Menschen um sich zu haben, denen er vertraut und die er gern hinter sich hat. Das ist schön. »Tut mir leid. Offensichtlich verfallen wir alle in den Humor von Zwölfjährigen, um etwas Anspannung abzubauen. Was wolltest du sagen?«

Ich habe ein Publikum. Ein verdammt großes Publikum für meine verdammt großen Gefühle. Mir rutscht das Herz in die Hose.

»Oh. Äh. Später geht auch.«

»Bist du sicher?«

»Ja. Es kann warten.« Auch wenn ich Thoms Freunde mag, gedenke ich nicht, ihm unter diesen Umständen meine ewige Liebe zu schwören. Insbesondere, da sie alle gerade in so komödiantischer Stimmung sind. Nein, nichts da. Der Feigling in mir hat mal wieder gewonnen. Oh Mann.

Urplötzlich hört man das Knallen von Schüssen.

Das Fenster, vor dem Thom stand, zersplittert. Er ist schon in Bewegung, schlingt den Arm um mich und reißt mich mit sich zu Boden. Ach du meine Güte.

»Kontakt bestätigt, ich weiß«, antwortet er irgendjemandem, der gerade durch seine Hörmuschel mit ihm spricht. »Sag mir, dass du sie im Auge hast … Mehrere Feinde. Verstanden.«

Er verstummt und lauscht, während er immer noch halb auf mir liegt und mich fest im Arm hält. Wir können hören, wie Crow über uns das Feuer erwidert. Fox tut von einem der Küchenfenster, die aufs Wasser hinausgehen, das Gleiche. Bear ist irgendwo draußen und trägt zweifellos ebenfalls seinen Teil bei. Trotzdem sieht es verdammt noch mal danach aus, als wären wir umzingelt.

»Schatz, kriech auf Ellenbogen und Knien zur Treppe«, sagt Thom und nimmt sich ein Gewehr. »Bleib unten. Ich will, dass du sofort in den Keller gehst und eine schusssichere Weste anziehst. Los.«

Glasscherben schneiden durch die langen Ärmel meines Shirts in meine Arme, aber ich ignoriere sie so gut ich kann und sehe zu, dass ich wegkomme. Der Gedanke, Thom alleinzulassen, ist furchtbar. Ich hasse ihn hundertprozentig. Doch trotzdem folge ich seinen Anweisungen wie eine gute Rekrutin/Verlobte.

Während ich über den Boden krieche, höre ich drinnen im Haus und auch von draußen immer wieder das Knallen und Krachen diverser Waffen. Da schießt tatsächlich jemand auf uns. Schon wieder. Und diesmal ist es viel schlimmer als in Helenes Hotelzimmer. Der Lärm ist ohrenbetäubend, als würde Hagel aufs Haus prasseln oder als befänden wir uns inmitten eines Tornados. Irgendjemand versucht tatsächlich, uns auszulöschen, und ich habe furchtbare Angst, dass das womöglich gelingen könnte. Mein Puls pocht in meinen Ohren, und Adrenalin flutet meinen Körper. Aber wir werden nicht sterben. Alles wird gut. Das hoffe ich wirklich, verdammt noch mal.

Meine Hoffnungen haben genau so lange Bestand, bis die Wand neben mir explodiert.

Ich werde weggeschleudert und fliege schreiend durch den Raum. Staub und Steine regnen herab. Glücklicherweise pralle ich gegen die Sofalehne, die meine Landung etwas abfedert. Trotzdem tut mir alles weh. Außerdem klingelt in meinen Ohren eine Glocke oder etwas in dieser Art. Heilige Scheiße. Das ist doch Wahnsinn.

»Thom?« Ich richte mich vorsichtig ein kleines Stückchen auf. Gerade so weit, dass ich mich im Zimmer umsehen kann. »Oh Gott, bitte sei noch am Leben!«

Eine Hand taucht aus dem Staubsturm auf und drückt mich wieder zu Boden. Seitlich an seinem Gesicht tropft Blut aus einer Wunde, die ein Splitter oder etwas Ähnliches gerissen hat, aber davon abgesehen scheint er in Ordnung zu sein. »Schatz, alles ist okay. Bist du verletzt?«

»Ich liebe dich.«

Der Gute verzieht keine Miene. »Ich weiß. Aber bist du verletzt?«

»Nein, ich glaube nicht.« Ich huste einen Lungenflügel oder auch zwei heraus, während sich der Staub langsam legt. Normalerweise würde ich es seltsam finden, dass er mein großes Geständnis so lapidar hinnimmt, aber da wir gerade um unser Leben kämpfen, lasse ich es ihm durchgehen. »Haben die mit einer Rakete auf uns geschossen?«

»Ja, das war eine raketengetriebene Granate.«

»Bist du verletzt?«

»Ich habe so wie du nur ein paar Kratzer. Aber in der Wand dahinten ist jetzt ein Loch, weshalb ich es begrüßen würde, wenn du deinen hübschen Hintern augenblicklich in den Keller bewegen würdest.« Er verstummt kurz und betrachtet dabei besagtes Loch. Offenbar redet gerade wieder jemand über dieses Ohr-Dings mit ihm. »Ich kümmere mich drum, Crow. Bear ist unterwegs nach drinnen.«

Tatsächlich fallen draußen nun noch mehr Schüsse, und dann kommt Bear zur Küchentür hereingehinkt. Fox schiebt rasch einen umgekippten Tisch vor die Tür und klemmt ihn mit Trümmerteilen fest. Thom, der offensichtlich davon ausgeht, dass ich seinen Anweisungen folge, geht neben dem neuen Loch in der Wand in Deckung und lehnt sich ab und zu vor, um auf die bösen Jungs zu schießen.

Ich könnte jetzt wegrennen und mich verstecken wie befohlen. Oder ich könnte wirklich helfen. Ich versuche, aufzuspringen, doch stattdessen taumle ich eher zombiemäßig zu Bear und Fox hinüber, die sich hinter der zentralen Kücheninsel aus Granit positioniert haben. Blut sickert aus einer

Wunde an Bears Wade, und auch der Ärmel seines schwarzen Shirts saugt sich langsam mit Blut voll. Die Verletzungen sind im schummrigen Licht kaum zu erkennen.

»Hey, Betty«, sagt Bear, der gerade damit beschäftigt ist, eine Pistole nachzuladen. »Solltest du nicht im Keller sein? Wolf wird ausflippen, wenn er rausfindet, dass du noch immer hier oben bist.«

Völlig unerwartet packt jemand meine Haare. Mein Kopf wird herumgerissen, und dann ist plötzlich Fox' Gesicht direkt vor mir. Sie sieht mir mit bohrendem Blick nacheinander in beide Augen, als könne sie direkt in meinen Schädel oder meine Seele blicken.

»Sie ist einsatzbereit. Wir brauchen jede Hilfe, die wir kriegen können.« Sie konzentriert sich wieder auf den Schusswechsel. »Erste-Hilfe-Kasten, steht drüben bei der Tür.«

»Wird erledigt«, sage ich und krabble auf allen vieren durch Staub und Glas, um ihn zu holen.

»Sie sollte nicht hier sein«, knurrt Bear, als ich wieder zurückgekrochen komme.

»Ich habe gesagt, sie ist bereit«, blafft Fox. »Behalte du die Augen auf sechs Uhr und lass sie deine Blutungen unter Kontrolle bekommen.«

»Du musst aufhören, dich so viel zu bewegen«, weise ich ihn an. Die Schnittwunde an seinem Arm ist tief, aber nicht besonders lang. Sie sieht eher wie eine Stichverletzung aus. »Soll ich das einfach nur verbinden?«

»Ja. Blutstillende Kompressen müssten vorhanden sein. Bringen wir zuerst meinen Arm in Ordnung, dann verbinden wir die Schusswunde in meiner Wade.« Bear folgt meinen Anweisungen und behält gleichzeitig die seitlichen Fenster und die Tür hinter uns im Auge. Die Waffe liegt dabei in seinen Händen.

Ich durchstöbere den Verbandskasten, bis ich fündig werde.

Er enthält auch Desinfektionstücher. Ich reinige die Wunde an seinem Arm so gut ich kann, aber sie blutet ziemlich stark. Zu stark.

Bear blickt nach unten. Erstaunlicherweise beginnt er zu lächeln und sieht beinahe erleichtert aus. Vielleicht weil mir gerade sein Blut nicht ins Gesicht spritzt, was bedeutet, dass die Kugel, die sein Bein durchschlagen hat, zumindest keine Vene oder Arterie oder was auch immer getroffen hat. Oder vielleicht ist er auch einfach nur gern schwer verletzt. Keine Ahnung. Manche Leute sind schon wirklich komisch. Jedenfalls legt er die Waffe in seinen Schoß, nimmt sich zwei Kompressen und drückt sie vorne und hinten gegen sein Bein, während ich mit seinem Arm beschäftigt bin.

»Leg los«, fordert er mich auf. »Schön fest, bitte.«

»Okay.« Ich atme tief durch und versuche, ruhig zu bleiben. Ehrlich gesagt pocht mein Herz so heftig, dass ich das Gefühl habe, meine Rippen brechen gleich. Ich drücke eine Kompresse auf die Wunde und umwickle sie mit der anderen Hand mit einer Mullbinde. Es ist offensichtlich, dass ich über keinerlei medizinische Kenntnisse verfüge. Aber zumindest ist die Wunde jetzt verbunden.

»Gut gemacht. Jetzt nimm dir eine Verbandsrolle.« Bear weißt nickend auf den Verbandskasten. »Die Kugel ist glatt durchgegangen, weswegen wir die Wunde genau wie bei meinem Arm nur fest verbinden müssen, um die Blutung zu verringern. Ich halte, so gut ich kann, die Kompressen fest.«

Das ist alles so merkwürdig. Der Fußboden neben ihm ist blutverschmiert und rutschig, und über unsere Köpfe zischen Kugeln hinweg. Überall um uns herum Geschirr, Glas, Mauerbruchstücke und Staub. Ich kann nichts gegen das heftige Zittern meiner Hände tun, weshalb ich es einfach so gut wie möglich ignoriere. Versuche, das laute Knallen und die Kriegsgeräusche auszublenden. Ich habe keine Zeit für Angst. Keine Zeit, um zu schwitzen und zu keuchen und zu zittern, obwohl ich das alles trotzdem gerade tue.

»Wie viele sind da draußen?«, frage ich.

»Genug.«

Crow kommt aus der Bibliothek gerannt. In diesem Raum befindet sich auch die alte Wendeltreppe, die hinauf zum Witwensteg führt. Anscheinend wurde es dort oben zu gefährlich. Sein Scharfschützengewehr hat er jedenfalls schon weggelegt. Ohne Zögern positioniert er sich neben Thom und zieht sofort eine Pistole aus einem Holster an seinem Oberschenkel.

Es überrascht mich nicht besonders, dass Helene plötzlich neben mir auftaucht. In einer Hand hält sie ein Gewehr und eine Tasche, in der anderen meine schusssichere Weste. Es ist inzwischen sinnlos für uns beide, uns noch im Keller zu verstecken. Archie hetzt uns alles auf den Hals, was er hat. Wenn wir eine Chance haben wollen zu überleben, dann müssen jetzt alle hier oben mithelfen. Auch wenn das nur bedeutet, Wunden zu verbinden und ungefähr in Richtung unserer Gegner zu schießen.

»Sie haben das hier vergessen.« Sie legt die Weste neben mich.

»Danke.«

Helene hebt vorsichtig den Kopf, gerade so weit, um aus dem Küchenfenster spähen zu können. »Auf meinem Rasen liegen überall Leichen.«

»Sie haben außerdem ein Loch in Ihrer Wohnzimmerwand«, bemerke ich.

»Was werden die Nachbarn denken? Ziehen Sie diesen Verband fester, Betty.« Sie beobachtet genau meine Hände und schüttelt noch einmal den Kopf über das ganze Chaos, das uns umgibt. Sie wirkt ganz ruhig und ein klein wenig verschnupft.

Als hätte sie jemand bei einem Teekränzchen gestört. »Allerdings überrascht mich das alles nicht. Archie hatte schon immer die Angewohnheit, zu weit zu gehen. Zurückhaltung ist für ihn ein Fremdwort. Außerdem hat er Angst vor uns. Bisher haben wir uns als schwierig zu töten erwiesen.«

Eine Explosion erschüttert die linke Seite des Hauses, wo sich die Schlafzimmer befinden. Zum Glück haben wir vorhin alle Fenster verbarrikadiert. Gleich darauf hört man wieder ein dumpfes Knallen aus derselben Richtung. Die Antipersonenminen erfüllen offensichtlich ihren Zweck.

Ich verstehe nicht, wieso nicht schon längst ein Nachbar diesen Radau gehört und die Polizei verständigt hat. Vielleicht würden die anrückenden Polizisten die Angreifer vergraulen. Die Hoffnung stirbt ja bekanntlich zuletzt. Aber es ist wohl wahrscheinlicher, dass Archie und seine Gang alle Unschuldigen töten und uns anschließend erneut angreifen.

»Klingt, als hätte jemand versucht, sich durch Ihre Rosengärten zu nähern.« Bear lächelt. Selbst im dämmrigen Licht ist zu erkennen, dass er aufgrund des hohen Blutverlusts und seiner Schmerzen ganz bleich ist. »Gute Idee übrigens, rund ums Haus dornige Gewächse zu pflanzen. Das ist immer nützlich, wenn man jemanden ausbremsen will.«

Helene nickt nur und überprüft ihr Gewehr. Die Tasche, die sie mitgebracht hat, ist ebenfalls voller Waffen. Sie ist wirklich gut vorbereitet. Das Knallen der Pistolenschüsse wird nun vom Knattern von Fox' Maschinengewehr übertönt. Es ist höllisch laut. Daneben ist kaum noch etwas anderes zu hören.

»Okay, alles fertig.« Obwohl Bear direkt neben mir sitzt, muss ich fast schreien, damit er mich versteht.

Bear rappelt sich auf und geht in die Hocke. Er belastet sofort versuchsweise sein verletztes Bein. Erst verzieht er das Gesicht, dann nickt er. Wir sind fertig.

Ich wische mir die blutverschmierten Hände an der Jeans ab, bevor ich in meine Weste schlüpfe. Jetzt ist zumindest ein kleiner Teil von mir kugelsicher. Die Wahrheit lautet: Auch wenn man zum zweiten Mal in eine Schießerei gerät, wird es kein bisschen einfacher. Der Lärm und die Hektik und die Todesangst sind genauso schlimm wie beim letzten Mal. Oh Gott, ich hoffe, wir sterben nicht alle. Vom Staub und dem Schießpulver überall habe ich einen metallischen Geschmack im Mund.

»Es wird Zeit, dass ich mich wieder an die Arbeit mache«, sagt Bear. »Sucht euch eine Position, wo ihr so gut wie möglich durch eine Wand geschützt seid, und haltet immer, wenn ihr nicht schießt, die Köpfe unten.«

Mit diesen weisen Worten verschwindet er.

»Folgen Sie mir, Betty«, schreit mir Helene durch das Kriegsgetümmel zu und kriecht zur Küchentür. Die Glasscheibe ist zersplittert, doch der umgekippte Tisch, mit dem sie verbarrikadiert ist, versperrt die Sicht und gibt uns Deckung. Rechts und links von der Tür gibt es dicke Wände, hinter denen wir uns gemäß Bears Anweisungen verstecken können. Fox hält momentan allein diese Seite des Hauses. Helene hat das gut durchdacht. »Gehen Sie auf die andere Seite. Dann können wir einander Feuerschutz geben, wenn wir nachladen müssen.«

Ein guter Plan. Ich habe leider nichts Vergleichbares zu bieten. Ich überwinde mich, vorsichtig um die Wand herum in den Garten hinterm Haus zu spähen.

Zuerst ist es schwierig, im schwindenden Licht etwas zu erkennen, bis in der Dunkelheit plötzlich Mündungsfeuer wie ein kleines Glühwürmchen aufblitzt und mir gleich darauf Kugeln um die Ohren pfeifen. Noch mehr Adrenalin flutet meinen Körper, und der instinktive Kampf-oder-Flucht-Mechanismus lässt all meine Alarmglocken läuten. Am liebsten möchte ich mich zusammenrollen und mich irgendwo verstecken. Verdammt, ich will wegrennen. Aber ich weigere mich, meiner Angst nachzugeben.

Trotzdem ziehe ich mich sofort wieder hinter die gemauerte Wand zurück, bevor ich auch nur daran denke zu schießen. Die Waffe zittert in meinen Händen. Aber wir müssen gewinnen. Alles muss gut werden. Obwohl mein Verstand genau weiß, dass Thom auf sich selbst aufpassen kann, macht es mir trotzdem furchtbare Angst, dass ich ihn nicht sehen kann. Er muss okay sein. Etwas anderes könnte ich nicht ertragen.

Ich konzentriere mich darauf, die Ellenbogen ruhig zu halten. Den Trick hat mir eine erfahrene Floristin am ersten Tag in meinem ersten richtigen Job gezeigt, als mir vor Aufregung die Hände zitterten. Das waren zwar etwas andere Begleitumstände, aber es hat damals funktioniert und heute funktioniert es wieder. Zumindest ein bisschen. Gut genug, dass ich mich vorbeugen und eine Salve in die ungefähre Richtung des Mündungsfeuers abgeben kann. Für Schuldgefühle oder vergleichbaren Unsinn bleibt keine Zeit. Wenn ich jemanden töten sollte, dann ist das eben so. Sie haben angefangen.

Helene und ich wechseln uns dabei ab, auf alles zu schießen, was sich draußen in der Dämmerung bewegt. Ich bin mir nicht sicher, ob ich wirklich jemanden treffe. Ich kann nicht so gut zielen. Aber wir müssen sie zumindest ausbremsen.

Nachdem sich meine Augen an das schummrige Licht gewöhnt haben, erkenne ich, dass das, was sie über die verstreuten Leichen auf dem Rasen gesagt hat, der Wahrheit entspricht. In Kombination mit den Rosenbüschen und den kunstvoll geschnittenen Hecken wirkt das alles wie eine missglückte Gartenparty. Eine extrem missglückte Party. Archie hat anscheinend eine kleine Armee mitgebracht, die wir nun peu à peu niedermähen. Am grau-violetten Himmel funkelt der erste

Stern. Mit etwas so Normalem, Alltäglichem vor Augen fällt es schwer, daran zu denken, wie wir alle in diesen Schlamassel hineingeraten konnten.

Wir sparen es uns, nachzuladen, und holen uns stattdessen Nachschub aus Helenes Waffenarsenal in Taschenform, das zwischen uns steht.

Fox duckt sich abrupt. »Feuer im –«

Das komplette Gebäude erbebt schon wieder, und wir werden alle drei zu Boden geschleudert. Überall um uns herum nur noch Rauch und Chaos. Anscheinend haben sie noch mehr von diesen raketengetriebenen Dingern auf uns abgefeuert, denn da, wo die Küchenwand war, klafft jetzt ein Loch, und die Küchenschränke hinter uns haben Feuer gefangen. Es ist kein großes Feuer – noch nicht –, aber trotzdem … Wir befinden uns jetzt mitten auf einem Kriegsschauplatz.

Ganz langsam rappelt sich Fox vom Boden auf. Eine Glasscherbe hat ihr die Wange aufgeritzt. Ihre dunklen Haare sind staubbedeckt. »Das gibt's doch nicht.«

»Ich lösche das Feuer«, rufe ich, nachdem ich aufgehört habe zu husten. Da Fox und Helene bessere Schützen sind als ich, ist es nur logisch, dass ich mich um die Flammen kümmere.

Helene nickt und begibt sich mit einem riesengroßen, glänzenden Revolver in der Hand wieder auf ihre Position. Das Ding sieht aus, als entstamme es einem Western. Ich glaube, selbst John Wayne würde sich vor einem Schießeisen dieser Größe in Acht nehmen.

»Ich möchte ja ungern persönlich werden, aber diese Leute fangen langsam an, mir tierisch auf die Nerven zu gehen.« Fox bewegt sich nun merklich langsamer und zieht zähneknirschend eine Pistole aus einer Halterung an ihrem Oberschenkel. Es geht unaufhaltsam weiter. Keine Zeit, um kurz zu verschnaufen oder sich von seinen Verletzungen zu erholen.

»Sollte Scorpion noch leben, wird sie für diese Scheiße hier büßen.«

Neben dem Herd hängt ein kleiner Feuerlöscher an der Wand. Helene hat wirklich an alles gedacht. Obwohl kugelsicheres Glas auch praktisch gewesen wäre. Ausgerechnet da hat sie geknausert. Wenn wir es schaffen sollten, hier lebend herauszukommen, werde ich mit ihr darüber auf jeden Fall ein ernstes Wörtchen reden.

Ich versuche, den Kopf unten zu halten, aber dieses Feuer löscht sich nun mal nicht von selbst. Also strecke ich den Arm hoch und richte die Düse auf die Flammen. Helenes edle Möbel sind auf jeden Fall ruiniert. Das Gleiche gilt für die schicken Teller und Kristallgläser, die in tausend Stücke gesprengt wurden.

Während ich noch über diese wirklich nutzlosen, blöden Dinge nachdenke, prallt irgendetwas zweimal gegen meinen Rücken – und ich schnappe nach Luft. Mein ganzer Brustkorb verkrampft sich. Dann zieht sich plötzlich eine brennende Linie aus Schmerz über meinen Oberarm. Der Feuerlöscher fällt mir aus den Händen, die plötzlich taub geworden sind, und ich kann nichts anderes mehr tun, als zu versuchen, trotz der Schmerzen weiter zu atmen. Sie sind unerträglich.

»Runter!«, brüllt Fox.

Guter Vorschlag. Aber leider ungefähr fünf Sekunden zu spät.

Ich lande mit dem Hintern auf dem Boden und drücke die Hand auf die blutige Spur, die die Kugel an meinem Arm hinterlassen hat. *Achdugroßeverdammtescheiße.* Ich kneife für einen Moment die Augen zu, um mich etwas zu sammeln. Zumindest sprudelt das rote Zeug nicht aus der Wunde. Es tut nur höllisch weh. Außerdem habe ich den Verdacht, dass eine meiner Rippen durch den Aufprall der Kugeln auf meiner

Weste gebrochen ist, weil nämlich jeder Atemzug eine Tortur ist.

Wenn im Film jemand angeschossen wird, dann beißt derjenige immer die Zähne zusammen und macht weiter. Was für ein absoluter Schwachsinn. Ich zittere am ganzen Körper, und mir laufen Tränen übers Gesicht. Aber zumindest habe ich das Feuer gelöscht. Der Schrank ist nur noch ein rauchendes Skelett voller Schaum. Zu schade, dass ich weinen muss und damit mein knallhartes Image versaue.

»Jetzt ist aber Schluss mit dem Unsinn«, faucht Helene, legt den Revolver ab und nimmt ihr Handy. Dann schubst sie mit finsterer Miene den Erste-Hilfe-Kasten in meine Richtung. Als hätte ich mich mit Absicht anschießen lassen.

Das Knallen der diversen Waffen scheint etwas nachgelassen zu haben. Nicht viel, aber zumindest ein klein wenig. Es hat sich von einem anhaltenden Trommelfeuer in einen unregelmäßigen Kugelhagel verwandelt. Hoffentlich haben die Bösen bald keine Leute mehr, die sie noch auf uns hetzen können. Das wäre schön.

Die Schmerzen sind inzwischen so schlimm, dass ich am liebsten nach Thom schreien würde. Stattdessen schnappe ich mir den Verbandskasten und suche die Desinfektionstücher, die ich auch bei Bears Wunde benutzt habe. Ich tupfe mit zusammengebissenen Zähnen die Wunde ab so gut ich kann.

»Feuer einstellen! Feuer einstellen!« Nachdem alle den Befehl ausgeführt haben, hält Helene das Handy ans Ohr und holt tief Luft. »Archie … lassen Sie uns reden.«

»Das ist ein Fehler«, murmelt Thom etwas später.

Helene nimmt davon natürlich keine Notiz.

»Es ist unklug, sich selbst als Köder zu benutzen.«

»Ich habe Sie schon beim ersten Mal verstanden, Wolf. Die

Entscheidung ist gefallen. Hören Sie auf, darauf herumzureiten.«

»Jawohl, Ma'am.«

»Ich hatte ein gutes Leben, das ich zum Großteil dieser Organisation gewidmet habe. Wenn ich das letzte große Opfer bringen muss, um sie zu retten, und dabei noch diesen abscheulichen Schweinehund ausschalten kann, dann werte ich das als persönlichen Triumph.« Sie seufzt schwer. »Außerdem bezweifle ich, dass wir eine andere Chance haben, hier herauszukommen. Wir wissen nicht, wie viele Leute er mitgebracht hat und wie gut sie ausgerüstet sind. Was wir allerdings *mit Bestimmtheit* wissen, ist, dass uns demnächst die Munition ausgehen wird, ganz zu schweigen von den Menschen, die die Waffen abfeuern können. Auf diesem Weg haben wir zumindest eine Chance.«

Niemand widerspricht. Das ist ganz schön beängstigend.

»Ich habe mich schon immer gefragt, wie es wohl ist, an vorderster Front zu stehen und diese Situationen direkt zu erleben.« Sie lächelt grimmig. »Ich finde, ich habe mich unter den gegebenen Umständen recht gut geschlagen.«

»Jawohl, Ma'am, das haben Sie.« Er gibt ihr etwas, das sie in ihrer rechten Hand verschwinden lässt. Der Gegenstand ist zu klein, um ihn erkennen zu können. Thom sieht jedenfalls nicht erfreut aus. Kein Stück.

Wir haben zwar keine weiße Fahne, mit der wir wedeln könnten, aber dafür stehen jetzt Gespräche über einen vorübergehenden Waffenstillstand an. Die Küchentür ist inzwischen frei geräumt und steht für alle offen. Beziehungsweise für Archie und seine Leute. Und sie kommen hereinstolziert, als wären sie hier zu Hause. Das Oberarschloch trägt einen dreiteiligen gestreiften Anzug. Zu einem Feuergefecht. Lieber Himmel. Er hat glänzend schwarzes Haar und ein schmales, bleiches Gesicht. Wenn ich es nicht besser wüsste, würde ich ihn für einen Banker oder Börsenmakler halten.

Bei den Gestalten, die ihn begleiten, kann das nicht passieren. Die meisten von ihnen sind groß, muskulös und schwarz gekleidet und tragen Einsatzwesten und merkwürdige Sichtgerätschaften auf dem Kopf. Wahrscheinlich Nachtsicht- oder Wärmebildbrillen. Sie halten Maschinengewehre und Pistolen in den Händen. Genau wie wir sind sie mehr als gut vorbereitet. Aber noch richtet niemand seine Waffe auf jemand anderen. Alle tun ganz einträchtig.

Ich sitze neben dem zerstörten Küchenschrank auf dem Boden, während sich fast alle anderen strategisch um Helene herum positioniert haben. Sie steht im großen Durchgang zum Wohnzimmer, der sich am hinteren Ende des kombinierten Koch- und Essbereichs befindet, um etwas Abstand zwischen sich und unsere Besucher zu bringen. Der Bereich rechts von der Tür ist allerdings weitestgehend leer geräumt, denn alle Tische und Stühle stehen jetzt an der Seite. Fox und ich sind die Einzigen, die sich im eigentlichen Küchenbereich links von der Tür aufhalten. Zweifellos sind alle bereit, im Notfall sofort loszuschlagen. Die Spannung, die in der Luft liegt, raubt mir fast den Atem. Neben dem ganzen verdammten Staub, der noch immer überall herumwabert.

»Scorpion.« Thoms Stimme ist leise und zornig, und sein Blick fest auf eine der Frauen gerichtet. Ich habe ihn noch nie so aufgebracht erlebt. »Schön, dich zu sehen.«

Es ist mir unbegreiflich, wie er sie zwischen den vielen anderen und trotz ihrer schwarzen Kampfmontur erkennen kann. Doch sie zieht tatsächlich ihr Sichtgerät hoch, um ihn anzusehen.

»Wolf.« Das Lächeln der Blondine scheint nur aus Zähnen zu bestehen. Sie sieht ihn an wie ein hungriges Raubtier. Doch wenn man von diesem manischen Gesichtsausdruck einmal absieht, ist sie hübsch. »Hey. Du weißt, dass es noch nicht zu spät ist. Bist du sicher, dass du nicht die Seiten wechseln willst? Bei uns kannst du besseres Geld verdienen. Ganz zu schweigen davon, dass deine derzeit verkürzte Lebenserwartung wieder deutlich steigen würde.«

»Hmm. Nein, kein Bedarf.« Thom hält seine Waffe in der Hand, hat sie jedoch, wie die anderen Mitglieder unseres Teams, auf den Boden gerichtet. »Danke.«

Scorpion gibt vor zu schmollen. »Tut mir leid, das zu hören. Spider und Hawk waren ähnlicher Ansicht, was bedauerlich für sie war. Sieh nur, was dabei herausgekommen ist. So traurig.«

Thom sagt nichts.

Scorpion lässt den Blick über die anderen wandern und bleibt schließlich bei mir hängen. Ich habe strikte Anweisung, mich so harmlos und zivil wie möglich zu geben, aber ich sehe es trotzdem nicht ein, mich von dem dämlichen Blickduell, das diese Frau gerade mit mir veranstaltet, einschüchtern zu lassen. Ihre Miene wird merklich härter. »Ah, die falsche Verlobte. Ich war sehr enttäuscht, als ich erfahren habe, dass du die Explosion, die euer Zuhause zerstört hat, überlebt hast. Aber wie interessant, *hier* auf dich zu treffen.«

Ich folge Thoms Beispiel und sage nichts. Vorerst. Diese Frau ist wirklich abscheulich und hätte eine gründliche Abreibung verdient. Möglicherweise auch Tod und Verstümmelung.

An Thoms Kiefer zuckt ein Muskel. Er wollte doch ernsthaft, dass ich mich unten verkrieche. Schon wieder. Aber inzwischen ist es zu spät, um sich noch zu verstecken. Außerdem brauchen sie noch immer jede Hilfe, die sie kriegen können. Auch wenn ich inzwischen als blutverschmierte Verwundete herumlaufe beziehungsweise sitze, kann ich meine Waffe noch immer ruhig genug halten.

Meine Verletzung war ein weiterer Grund dafür, dass Thom mir erlaubt hat zu bleiben. Keiner weiß genau, wie schwer ich verletzt bin. Nur dass jede Bewegung meines Rückens oder meiner Rippen sich anfühlt, als bräche in meinem Kopf die Hölle los. Doch das lasse ich mir vor den anderen nicht anmerken. Thom ist nicht der Einzige, der seine Gefühle verstecken kann.

Ich habe eine Hand in den Schoß gelegt, mit der anderen drücke ich meine Pistole auf den Boden. So wird sie praktischerweise von meinen üppigen Oberschenkeln verborgen. Obwohl man schon ein Idiot sein muss, um ernsthaft zu glauben, dass irgendjemand der hier Anwesenden nicht bewaffnet ist. Ich begegne Scorpions hasserfülltem Blick mit ausdruckslosem Starren. Wen juckt's, dass sie in der Vergangenheit wahrscheinlich meinen Freund gevögelt hat? Inzwischen bin ich mir sogar ziemlich sicher, dass es so war. Aber ich bin hier diejenige, die einen überdimensionierten Diamantring am Finger trägt. Nimm das, Miststück.

Vielleicht sollte ich mir momentan mehr Sorgen darüber machen, dass sie eine Waffe auf mich gerichtet hat. Etwas Angst zeigen oder so. Aber das war heute einfach ein vollkommen überwältigender Tag, und ich bin wirklich nicht zu allem imstande. Ich sage nur: totale emotionale Arbeitsüberlastung.

»Dir ist schon klar, dass das alles nur ein Schwindel war. Eine nette Möglichkeit für Wolf, sich in der Vorstadt zu verstecken, ohne dabei zu riskieren, dass seine Tarnung auffliegt.« Also wirklich, diese Frau ist Abschaum. Ihre Augen funkeln geradezu vor Boshaftigkeit. So etwas habe ich noch nie gesehen. Ich frage mich, ob sie vorm Spiegel übt. »Es muss wehgetan haben, als du herausgefunden hast, dass er dich betrogen und belogen hat. Ist dein kleines Herz zerbrochen, als du festgestellt hast, dass er sich einen Dreck um dich schert? Dass das mit euch doch nicht die wahre Liebe war?«

Ich rümpfe die Nase. »Oh Mann. Also wirklich. Das geht dich alles absolut nichts an. Du kommst gerade verdammt kleinkariert rüber. Von Frau zu Frau muss ich dir leider sagen, dass das kein schöner Zug ist.«

Das Funkeln verschwindet sofort aus ihren Augen. Wir beide werden auf keinen Fall Freundinnen werden.

Ein andeutungsweises Lächeln huscht kaum merklich über Thoms Lippen.

Archie hebt lässig die Hand, als langweile ihn der Wortwechsel. Scorpion macht sofort den Mund zu und verkneift sich jede weitere bissige Bemerkung. Sie tritt zurück in die Formation und nimmt das Gewehr wieder in Ruhestellung. Jetzt ist sie nur noch eine brave kleine Soldatin.

»Sie wollten persönlich mit mir sprechen, Helene. Hier bin ich.«

»Wie freundlich von Ihnen«, sagt sie. »Obwohl Sie ohne meine förmliche Einladung hier nicht so einfach hereingekommen wären, nicht wahr? Sie sprengen ein paar Löcher in meine Wände, ich sprenge ein paar Ihrer Leute in die Luft. Wir befinden uns in einer Pattsituation, finden Sie nicht auch?«

Jetzt sieht Archie genauso erzürnt aus wie Scorpion. Aber er widerspricht ihr nicht. Helene hat die Situation offenbar richtig beurteilt. Ihre Spekulationen darüber, wie viele Leute er noch übrig hat, um sie uns auf den Hals zu hetzen, waren anscheinend korrekt. Gut zu wissen.

»Aber das ist jetzt alles unerheblich«, fährt sie fort und räuspert sich. »Etwas bereitet mir Sorge, Archie. Ich gebe es ungern in Zeiten wie diesen und hier vor allen anderen zu, aber ich glaube, ich habe einen furchtbaren Fehler begangen.«

»Meinen Sie?« Archie lacht und lässt den Blick über das

Trümmerfeld schweifen, das einmal ihr Haus war. Über ihre erschöpften und verwundeten Beschützer. Er grinst und sieht geradezu Übelkeit erregend selbstzufrieden aus. »Sie haben mich schon immer unterschätzt.«

»Sie?« Sie lächelt. »Ach du liebe Zeit, nein, Sie meine ich nicht. Sondern Charlie.«

Er runzelt die Stirn. »Was reden Sie da?«

Sie sieht ihn durchdringend an, als versuche sie abzuschätzen, ob seine Verwunderung tatsächlich echt ist. »Ich habe mich gefragt, wie er es geschafft hat, Sie dazu zu bewegen, herzukommen und in Ihren sicheren Tod zu gehen. Aber Sie wissen nicht mal etwas davon. Er hat Sie die ganze Zeit über manipuliert, und Sie haben nichts davon geahnt.«

»Sie reden wirres Zeug«, faucht Archie, sieht jedoch beunruhigt aus.

»Grämen Sie sich nicht. Mich hat er auch hereingelegt. Vor zwei Tagen hat er mich dazu überredet, dass ich ihm mein ganzes Vermögen überschreibe. Er hat behauptet, wir würden damit ein so hohes Kopfgeld auf Sie aussetzen, dass Sie, selbst wenn Sie zu mir durchzudringen sollten, in ihrem verbleibenden kurzen Leben keine Nacht mehr ruhig schlafen würden. Und ich bin darauf hereingefallen.«

»Ein Kopfgeld macht mir keine Angst.« Archie bläht die Nasenflügel. »Außerdem dachte ich, dass Charlie inzwischen kein Problem mehr darstellen würde. Ich muss mich dringend mal mit demjenigen unterhalten, der diesen Job erledigen sollte.«

Helene schüttelt den Kopf. »Sie verstehen nicht. Es wird keine Unterhaltungen und keine Jobs mehr geben. Charlie, der alte Fuchs, hat längst gewonnen. Ich hatte nicht daran gedacht, dass er der Einzige ist, der Bescheid wusste. Er hat mich angewiesen, hierherzukommen. Er meinte, hier wäre ich schwer aufzuspüren und in der Lage, mich zu verteidigen. Und ich hatte keine Ahnung.«

»Keine Ahnung wovon?« Archie sieht jetzt wirklich wütend aus. Seine Nasenspitze ist knallrot geworden.

Sie lächelt ihn an, doch diesmal ist es ein betrübtes Lächeln. »Vom Dynamit.«

»Was?«

Langsam dreht sie die rechte Hand und zeigt ihm ein kleines schwarzes Gerät in ihrer Faust. Es handelt sich um dieses Ding, das Thom ihr gegeben hat, und sein Anblick lässt Archies komplette Armee erstarren. Die beiden ganz hinten wechseln einen Blick.

Vermutlich hält Helene eine Art Totmannschalter, und wenn sie sterben oder die Hand öffnen sollte, fliegt hier alles in die Luft.

Mein Inneres krampft sich vor Angst zusammen, und mein einziger dämlicher Gedanke ist, dass ich wünschte, Thom stünde neben mir. Damit ich, wenn das hier in einem flammenden Inferno endet, zumindest in seinen Armen liegen kann. Aber er steht weit weg, auf der anderen Seite des Raums. Er wäre niemals rechtzeitig bei mir.

Helene spricht weiter, ganz ruhig, als hielte sie nicht das Leben aller Anwesenden in der Hand. »Das komplette Anwesen wurde bei der Renovierung 1990 damit versehen. Vom Keller bis über die Einfahrt hinaus. Charlie wusste von Anfang an darüber Bescheid. Er war derjenige, der mir den Kontakt zum Team verschafft hat, damit wir alles vorbereiten konnten.«

»Sie bluffen«, sagt Archie und spuckt die Worte förmlich aus. »Sie würden nicht all Ihre Leute umbringen.«

»Ach bitte. Sie waren schon in dem Moment tot, als sie zustimmten, hierherzukommen, und das wissen Sie auch.« Sie lässt die linke Hand neben sich auf den Boden sinken und die

Waffe aus den Fingern gleiten. »Sehen Sie es ein, Archie, wir wurden an die Wand gespielt. Charlie hat uns dazu gebracht, all unsere Ressourcen und Leute an dem Ort zu konzentrieren, von dem er weiß, dass Sie ihn erfolgreich angreifen und ich ihn erfolgreich zerstören kann. Es ist vorbei, für uns alle. Sie dachten, Sie wären derjenige, der das Zepter übernimmt, aber eigentlich hatte er die ganze Zeit die Fäden in der Hand. Er wusste, dass ich, sollte ich dazu gezwungen sein, mein Leben geben würde, um die Organisation zu retten. Sei's drum. Wenigstens werde ich diejenige sein, die Sie tötet. Das ist zumindest ein kleiner Trost.«

»Boss?«, fragt Scorpion. Sie sieht jetzt beunruhigt aus.

»Ruhe!«, fährt Archie sie an. Die Hälfte seines Teams scharrt nervös mit den Füßen. »Lass mich einen Moment nachdenken. Lasst mich nachdenken!«

»Das Einzige, worum es mir wirklich leidtut, ist der Vermeer. Er hängt im großen Schlafzimmer.« Helene blickt hoffnungsvoll zu Archie auf, dann sieht sie mich an. »Wir haben eine Zivilistin hier. Niemand von uns kommt hier lebend raus. Aber wir könnten sie damit wegschicken. Wahrscheinlich würde sie es schaffen, rechtzeitig weit genug wegzukommen. Immerhin gibt es auf der ganzen Welt nur vierunddreißig Gemälde von ihm.«

»Moment mal, was?«, platze ich geschockt von der abrupten Wende der Ereignisse heraus. »Nein! Ich gehe nirgendwo hin.«

Um ehrlich zu sein, bezweifle ich, dass ich es mit meinen Verletzungen überhaupt aus dem Haus schaffen würde, geschweige denn, über die ganze Einfahrt. Aber ich werde Thom auf keinen Fall verlassen. Was immer auch kommen mag, wir werden es Seite an Seite erdulden. Oder zumindest weitestgehend im selben Raum.

»Ach, na ja …« Helene nickt und senkt den Blick auf ihre

rechte Faust, deren Knöchel ganz weiß sind und in der sie den Auslöser fest umklammert hält. »War nur so ein Gedanke.«

»Warte, du dämliches Miststück – « Archie streckt die Hand nach ihr aus.

»Scheiße! Ich wurde nicht für eine Selbstmordmission angeheuert«, ertönt hinter Archie eine Stimme. Es ist einer seiner Männer, der direkt neben der gesprengten Wand steht. Er dreht sich um und ergreift die Flucht.

»Was machst du da?« Archie dreht sich erschrocken um. »Stellung halten!«

Vier weitere verbliebene Mitglieder von Archies Team drehen die Köpfe nach dem Söldner, der gerade die Beine in die Hand nimmt. Der arme Kerl hofft wohl, es noch aus der Explosionszone zu schaffen, bevor Helene uns alle ins Jenseits sprengt.

In diesem Moment heben Thom, Bear, Crow und Fox ohne ein Wort gleichzeitig die Waffen. In diesem kurzen Augenblick, in dem alle Feinde abgelenkt sind, beginnen sie zu schießen. Mehrere böse Jungs gehen zu Boden und regen sich nicht mehr.

Doch nicht Scorpion. Sie hatte den Kopf nicht weggedreht. Als jetzt der Kugelhagel beginnt, zieht sie Archie mit sich hinter die Kücheninsel und erwidert das Feuer.

Alles geschieht viel zu schnell. Thom pulverisiert mit seiner Waffe die Kücheninsel. Alle schießen, gehen rennend in Deckung und die Hölle bricht los.

Ich mache mich noch kleiner, lege mich auf den Boden. Aber nicht, weil ich wieder verletzt worden wäre. Thom hat mir beigebracht, mich so zu verhalten. Doch während er versucht, Scorpion und Archie aus ihrem Versteck zu treiben, stelle ich fest, dass ich mich in der perfekten Position befinde, um heimlich von der anderen Seite an die Kücheninsel heranzurobben und etwas Gutes zu tun. Wenn man den Versuch, jemanden zu töten, als gut bezeichnen kann.

Fox ist ein Stück weit weg in ein Handgemenge verwickelt. Ein bulliger Kerl knallt ihren Kopf auf die Herdplatten, bis sie schlaff zu Boden sinkt. Doch bevor der Kerl mich oder jemand anderen erschießen kann, malt ihm auch schon jemand einen blutigen Kreis mitten auf die Stirn.

Thom beugt sich immer wieder hinter den Überresten der Wand zwischen der Küche und dem angrenzenden großen Raum hervor. Er schießt jedes Mal auf Scorpion. Ich kann getrost davon ausgehen, dass sie meinem Mann derzeit ihre ganze Aufmerksamkeit schenkt. Helene ist nicht weit weg von mir. Sie hat die Waffe wieder in der Hand und feuert fröhlich drauflos. Aber sie ist vollkommen ohne Deckung, sitzt einfach nur auf dem Boden, und es dauert nur eine Sekunde, bis sie getroffen wird. Die Wucht der Kugel wirft ihren schmalen Körper herum, dann sackt sie zu Boden.

Unsere Blicke treffen sich, während Blut aus ihrer Brust sickert und der Totmannschalter aus ihrer Hand fällt.

Die Zeit bleibt stehen.

Einige der bösen Jungs werfen sich hektisch in die Zimmerecke, wahrscheinlich in der Hoffnung, dort überleben zu können, wenn das Gebäude zusammenbricht.

Aber Helene zwinkert mir nur zu.

Nichts passiert.

Ein Bluff. Das alles war nur ein verdammter Bluff. Charlie, das Dynamit, dass sie all ihren Besitz abgegeben hat, einfach alles. Alles, um diesen kleinen Vorteil, diese eine Sekunde herauszuschlagen.

Thom, Bear und Crow hören nicht auf zu feuern. Zwei weitere von Archies Männern gehen zu Boden. Dann detonieren mehrere Blendgranaten, gefolgt von betäubter Stille. Ich weiß nicht mal genau, welche Seite sie geworfen hat. Staub hängt in der Luft, und in meinen Ohren rauscht und pfeift es. Das ist meine Chance.

Ich krieche auf Ellenbogen und Knien vorwärts. Welche Verletzung mein Rücken auch immer abbekommen hat, sie tut höllisch weh. Allerdings geht es meinem Arm auch nicht viel besser. Noch immer fliegen Kugeln durch die Gegend, jedoch nicht in meine Richtung. Das meiste spielt sich am anderen Ende des Raums ab, wo die Küche in den Wohnbereich übergeht – und wo Thom, Bear und Crow noch immer unerbittlich feuern.

Meine Schmerzen werden schier unerträglich, aber trotzdem schaffe ich es, weit genug um die Kücheninsel herumzukriechen, um das Arschloch in seinem dreiteiligen Anzug sehen zu können. Ich kann kaum atmen, und die Ränder meines Gesichtsfeldes werden langsam dunkel. Aber ich kann trotzdem noch klar genug sehen, um den Job zu erledigen. Hoffentlich.

Archie hält eine Pistole in seinen zitternden Händen. Ich weiß genau, wann er mich bemerkt. In diesem Augenblick stößt er nämlich einen verwunderten Schrei aus und versucht, die Waffe auf mich zu richten. Nur stellt er sich dabei so ungeschickt an, dass *ich* im Vergleich wie eine Expertin wirke.

Ich drücke den Abzug, und meine erste Kugel bohrt sich in seinen Oberschenkel. Er lässt geschockt die Waffe fallen.

Höher. Ich muss höher zielen.

Die zweite Kugel trifft seine Brust, was ihn hintenüberfallen lässt und Scorpion freie Schussbahn gibt, um mich zu töten.

Oh, verdammt. Sie hat gemerkt, dass sich jemand heimlich herangeschlichen hat. Der Lauf ihrer Waffe schwenkt von Thom weg und richtet sich genau auf meine Wenigkeit.

Sie will gerade abdrücken, als Thom über die Arbeitsfläche der Kücheninsel rutscht und sich auf sie wirft. Sie rollen auf dem Boden herum, während Archie vor Schmerzen stöhnt und Blut aus seiner Wunde quillt. Oh Gott.

Außerdem werde ich wohl gleich ohnmächtig. Mein Kopf fühlt sich schwer an, und mein Gesichtsfeld verfinstert sich immer weiter. Nein. Verdammt noch mal, nein. Ich bin okay. Ich muss nur noch ein bisschen länger durchhalten. Thom braucht mich.

Ich ziehe mich mühsam in den Stand und versuche zu zielen, aber sie bewegen sich zu schnell und liefern sich einen erbitterten Kampf in einer Mischung aus Kampfsport und Boxen. Eine beeindruckende Darbietung, der ich fasziniert zuschauen würde, stünden nicht Leben auf dem Spiel.

Scorpion hat plötzlich ein Messer in der Hand und rammt es Thom in dem Moment in die Schulter, in dem er ihr mit der offenen Hand gegen die Luftröhre schlägt. Er zuckt keuchend zusammen und weicht zurück. Das ist ihre Chance, die Sekunde, die sie braucht, um mit einer Hand an der Kehle zur Tür zu rennen.

Thom reißt das Messer wieder heraus und schleudert es ihr hinterher. Blut – Thoms Blut – spritzt durch die Luft, als die Klinge auf ihr Ziel zufliegt. Sie prallt geräuschvoll vom Türrahmen ab, als Scorpion nach draußen eilt. Ich bin mir nicht sicher, ob sie aufschreit, jedenfalls bleibt sie nicht stehen und eilt rasch ins Dunkel und in die uns umgebenden Wälder davon. Eine gute Idee, wenn man bedenkt, dass ihr Boss gerade vor mir verblutet und der Großteil ihrer Kumpane tot ist.

Ihre Desertion kommt nicht überraschend. Damit, dass sie sich Archie angeschlossen hat, hat sie ja schon bewiesen, was von ihrer Loyalität zu halten ist.

Für einen Moment sehen Thom und ich uns nur an. Voll echter Liebe. Und wie. Archies Stöhnen nervt zwar, lässt sich aber gut ignorieren. Nichts kann mich von diesen Wahnsinnsgefühlen ablenken, die ich gerade empfinde. Wenn ich nur daran denke, dass ich auf Thoms nichtssagende, langweilige Fassade hereingefallen bin … Er ist einfach wunderschön, und ich liebe ihn. Nichts kann daran etwas ändern. Nicht die Trümmer überall oder die gelegentlichen Schüsse, die man noch hört, weil die anderen dafür sorgen, dass unsere Feinde auch wirklich alle ausgeschaltet werden, oder das absolute Chaos, das überall um uns herum herrscht.

Nichts davon ist von Bedeutung. Nur wir zählen.

Thom scheint das anders zu sehen, denn er jagt Archie eine Kugel durch den Kopf. Und dann vorsichtshalber noch eine. Er tut es, ohne hinzuschauen. Schickt den großen bösen Boss ganz zwanglos ins Jenseits. Verständlich.

Da Thom schon weiß, dass ich ihn liebe, sage ich einfach das Nächstbeste, was mir in den Sinn kommt. »Du blutest.«

Thom kneift die Augen zusammen. »Was hast du gesagt?«

Da ich inzwischen mehr keuche als spreche und alle bestimmt halb taub sind, überrascht es mich nicht, dass er mich nicht verstanden hat. »Ich … Ähm … Du … Ch Mist …«

Alles wird still. Ich falle. Mein Bewusstsein hält gerade noch lange genug durch, um zu merken, dass ich mit dem Gesicht zuerst auf dem Boden lande. Und das war's dann.

10. KAPITEL

So viel Gepiepse, das meinen friedlichen Schlaf stört. Oh Mann, also wirklich. Außerdem ist fast alles um mich herum weiß. Die Laken, die Bettdecke, die Wände und die Zimmerdecke.

Oh nein. Mein Fehler. Als ich meinen Kopf drehe, wird die Monotonie von einigen fantastischen Blumenarrangements und Sträußen durchbrochen. Pfingstrosen, Hortensien, Orchideen, Tulpen, Chrysanthemen, Lilien … alles da. Wie überwältigend und entzückend. Da hat jemand viel Geld für mich ausgegeben. Also echt. Menschen können so unglaublich wundervoll sein. Ich meine, wenn ich es mir recht überlege, ist die Welt so ein herrlicher, wunderschöner Ort. Einfach ganz im Allgemeinen so außergewöhnlich fantastisch.

»Betty.« Thoms blasses Gesicht schwebt über mir. »Schatz, ich bin hier.«

»Das weiß ich doch, Dummerchen. Ich kann dich sehen.«

Der Mann meiner Träume blinzelt verwundert. »Du bist gerade total high, oder?«

Es könnte sein, dass ich daraufhin albern kichere. Wer könnte es mir auch verdenken?

Sein Lächeln wirkt erschöpft. »Ich würde die Ärzte ja darum bitten, das Morphium etwas zu reduzieren, aber du hast starke Prellungen an der Wirbelsäule und mehrere gebrochene Rippen. Aber du wirst wieder. Wir hatten verdammt viel Glück, dass die Kugeln, die dich am Rücken getroffen haben, nicht panzerbrechend waren. Sie haben auch so schon genug Schaden angerichtet. Außerdem wurde der tiefe Streifschuss an deinem Arm gesäubert. Davon wirst du eine Narbe zurückbehalten. Tut mir leid.«

Da fällt mir plötzlich alles wieder ein. Das Cottage und das verrückte Gefecht und alles, was wir durchgemacht haben. Doch mein Gehirn ist so zugedröhnt, dass die Bilder verzerrt bleiben. Verquer. Ich schaffe es nicht, klar zu sehen. »Thom, ich glaube, ich habe jemanden umgebracht. Schon wieder. Oh mein Gott. Ich weiß, dass wir kaum eine andere Wahl hatten, aber trotzdem …«

»Verdammt«, murmelt er und streichelt sanft mein Gesicht. »Nicht weinen, Schatz. Du hast nur zweimal auf Archie geschossen. Weißt du noch? *Er* war ein schrecklicher Mensch. Aber ich bin derjenige, der ihn getötet hat. Hab ihm zwei Kugeln direkt zwischen die Augen gejagt. Ich war das, nicht du. Okay? Hältst du mich für einen schrecklichen Menschen?«

»Nein. Du bist wundervoll. Der wundervollste Mann, der mir jemals begegnet ist.«

»Vielleicht sollte ich dich öfter unter Drogen setzen.«

»Ich kann nicht fassen, dass wir lebend davongekommen sind.« Ich atme aus. Trotz der vielen Glücklichmacher, die ich verabreicht bekommen habe, fordert selbst diese kleine Bewegung schon ihren Tribut. »Ich glaube, ich sollte mich lieber noch nicht bewegen.«

»Das ist wahrscheinlich eine gute Idee.« Sein Blick ist so liebevoll, dass mir ganz warm ums Herz wird. Er hat die hübschesten blauen Augen, die es gibt. Da fällt mir etwas anderes wieder ein. Thom runzelt die Stirn. Irgendwie wirkt er so leidgeprüft. »Warum um alles in der Welt weinst du jetzt schon wieder?«

»Ich habe mich gerade an etwas erinnert. Dir wurde in die Schulter gest-gest-gestochen.«

»Schatz, die Wunde wurde schon vor Stunden genäht. Mir geht's gut.« Er wischt mir die verheulten Wangen ab. Zwischen seinen Augenbrauen hat sich eine kleine Furche gebildet. »Hör damit auf. Komm schon, du musst ruhig bleiben. Es ist nicht gut für dich, wenn du dich über jede Kleinigkeit so aufregst.«

»Über jede Kleinigkeit? Wir haben gerade einen Krieg überlebt!«, schniefe ich. Ich kann mir die Nase nicht mit dem Handrücken abwischen, weil darin eine irre große Nadel steckt. Meine Güte. Zum Glück erkennt Thom meine Notlage und reicht mir ein Papiertaschentuch. Ich schnäuze mir wenig damenhaft die Nase. »Danke. Wie geht es den anderen?«

Seine Miene wird ausdruckslos. »Helene hat es nicht geschafft.«

»Oh nein.«

»Charles ist jetzt da. Er hat das Kommando übernommen und setzt sich mit der Polizei und allem Weiteren auseinander.«

»Haben sie Scorpion gefunden?«

»Nein. Noch nicht. Aber das werden sie.« Er streicht mir das Haar aus dem Gesicht. »Ich habe nachgedacht, Betty.«

»Hmm?«

»Ich habe beschlossen, dass ich mich, wenn dieser ganze Schlamassel geklärt ist, zur Ruhe setzen werde.«

Jetzt bin ich baff. Trotz des Nebels in meinem Kopf holen mich seine Worte unliebsamerweise ein ganzes Stück zurück in die Realität. »Wirklich? Du bist bereit, die Aufregung und das Herumgerenne mit einer Waffe und alles andere aufzugeben? Moment mal … Tust du das etwa nur für mich?«

»Selbstverständlich tue ich das für dich. Es gibt ja wohl kaum jemand anderen, für den ich es tun würde.«

»Aber was ist, wenn du dich irgendwann höllisch langweilst und mich deshalb verabscheust?«

»Nein.« Er schüttelt den Kopf. »Das wird nicht passieren. Wie könnte ein Leben mit dir langweilig sein? Außerdem warst du bewusstlos, als ich die Entscheidung getroffen habe.«

»Aber trotzdem bin ich der Grund dafür, dass du diese Entscheidung triffst, und das ist eine so *riesengroße* Entscheidung.«

»Es ist die richtige Entscheidung.«

»Werden sie überhaupt gestatten, dass du dich zurückziehst? Die Organisation, meine ich?«

»Nach allem, was passiert ist, schulden sie uns etwas.«

»Oh.« Ich schließe die Augen. Obwohl ich gerade erst aufgewacht bin, bin ich schon wieder müde. Andererseits sehe ich ihn gerne an. Also öffne ich die Augen noch einmal. »Du bist so schön. Aber du sprichst hier über lebensverändernde Dinge. Einerseits gefällt mir die Vorstellung, dass du nicht mehr permanent in Gefahr schwebst. Andererseits ... äh. Ich weiß nicht mehr, was ich sagen wollte. Ich bin mir ziemlich sicher, dass ich für eine so wichtige Entscheidung zu high und zu verletzt bin. Außerdem will ich nichts Falsches sagen. Bist du sicher, dass du dich nicht auch etwas hinlegen und dich ausruhen solltest? Wie viel Blut hast du verloren?«

»Mir geht es gut. Mach dir keine Sorgen um mich. Und ja, du hast recht, das ist eine riesengroße Entscheidung. Lass uns später darüber reden.« Er küsst mich sacht auf die Lippen. »Ich liebe dich. Glaubst du mir jetzt, wenn ich das zu dir sage, oder was?«

Es tut weh. Aber ich muss trotzdem grinsen. »Das tue ich.«

»Das ist Schwachsinn«, sagt Jen. Es ist mein zweiter Tag im Krankenhaus, und Jen steht mit verschränkten Armen am Ende meines Bettes.

»Tut mir leid.«

Meine beste Freundin zieht ein noch grimmigeres Gesicht.

Kann ich ihr nicht verübeln. Nachdem meine Morphiumdosis verringert wurde, bin ich auch nicht gerade super drauf. Ein großer Teil meines Rückens ist grün und blau, meine Rippen tun höllisch weh, und auch sonst habe ich nicht viel Grund zum Lachen. Außer, dass ich noch lebe. Und verrückt nach Thom bin. Und dass ich Menschen wiedersehen kann, die ich gernhabe. Das ist alles wichtig. Es fällt nur schwer, sich daran zu erinnern, wenn selbst das Atmen wehtut.

»Ich habe gesehen, wie dich diese beiden Bekloppten im Krankenwagen abtransportiert haben«, sagt sie zornig. »Sie mussten mich aus der Tür schubsen, damit ich nicht mit dir mitfahre.«

»Ich weiß. Es tut mir so leid, dass ich mich nicht bei dir melden konnte. Nicht mal eine Nachricht schicken konnte. Sie haben es mir nicht erlaubt, und selbst wenn ich es gedurft hätte, hätte ich dich damit nur in Gefahr gebracht.«

»Und was genau darfst du sagen?«, fragt sie mit hängenden Schultern.

»Nichts«, gestehe ich. »Ich soll gar nichts sagen. Trotzdem verrate ich dir, dass ein sehr hohes Tier aus Regierungskreisen mich angewiesen hat, nichts zu sagen, weil das sonst schlimme Dinge nach sich ziehen könnte. Einen Gerichtsprozess. Gefängnis. Was genau, weiß ich auch nicht. Sie klang allerdings sehr unheilschwanger. Ich schäme mich nicht, zuzugeben, dass ich Angst hatte.«

Das entspricht der Wahrheit. Die Frau, die Charles für eine Art Abschlussbesprechung zu mir geschickt hat, hat mir tierische Angst eingejagt. Da Scorpion sich noch irgendwo dort draußen aufhält, ist jetzt immer Thom oder einer der anderen bei mir. Doch da Thom anderweitig beschäftigt war und Fox Verlobten-Wachdienst geschoben hat, musste ich mich ganz allein mit der Dame von der Regierung herumschlagen. Ganz ehrlich: Ich würde lieber wieder in ein Feuergefecht verwickelt werden, als ihr noch einmal zu begegnen. Sollte sie Helenes Platz im Komitee einnehmen, kann ich allen nur viel Glück wünschen.

»Dann kannst du mir also nichts anderes sagen, als dass du nichts sagen darfst und dass wir alle verdammt sind, falls du es trotzdem tust?«

»Du hast es auf Anhieb verstanden. Dieses Gespräch hat niemals stattgefunden, und wir werden es auch nie wieder erwähnen. Hast du mich verstanden?« Hätte Thom mein Zimmer nicht auf Wanzen durchsucht und ein Dingsbums installiert, das es unmöglich macht, uns abzuhören, hätten Jen und ich nicht einmal diese Unterhaltung führen können. »Die offizielle Version lautet, dass ich im Koma lag und versehentlich unter falschem Namen im Krankenhaus aufgenommen wurde, weshalb mich auch niemand finden konnte.«

Jen schnaubt. »Als hätte ich nicht jedes einzelne Krankenhaus nach dir abgeklappert. So einen Blödsinn hätte ich nie geglaubt.«

»Ich weiß. Deswegen habe ich dir gesagt, was ich dir gesagt habe. Obwohl ich es dir eigentlich nicht sagen durfte.«

»Obwohl du mir eigentlich nichts gesagt hast.«

»Tut mir leid. Das ist alles, was ich dir verraten kann. Du musst bitte verstehen, dass es kein Scherz ist, wenn ich sage, dass diese Leute … Sie sind gefährlich. Wir müssen ihre Geheimnisse bewahren. Wir haben keine andere Wahl.«

»Und Thom gehört zu ihnen?«

»Nein.« Je länger ich über seinen Ruhestand nachdenke, desto besser gefällt mir die Idee. »Thom ist sicher. Aber wie ich bereits sagte: Wir werden hierüber nie wieder sprechen. Und du darfst es auf keinen Fall ihm gegenüber erwähnen.«

Sie lässt sich auf einen Stuhl plumpsen und sieht mich müde

an. Um das wiedergutzumachen, muss ich sie mit einer Menge Eiscreme und Pediküren verwöhnen. »Erzählst du mir etwas über den großen Klunker an deinem Finger?«

»Wir lieben uns, und wir werden heiraten. Diesmal wirklich.«

Jen blinzelt einmal, zweimal, dreimal. »Du hast nur so getan, als würdest du ihn verlassen?«

»Nein! Keineswegs. Du solltest mich besser kennen«, sage ich und verschränke ebenfalls die Arme. Allerdings tut mir das an den Rippen weh, und außerdem will ich meiner besten Freundin gegenüber nicht so in die Defensive gehen. Was für eine verdammt unangenehme Situation. Ich kann Jen nicht vorsätzlich in die Irre führen oder belügen. Das will ich nicht tun, und es würde auch gar nicht funktionieren. Wir beide kennen uns inzwischen schon so lange, dass ich für sie wie ein offenes Buch bin. Entsprechend würde sie mir diese dämlichen Lügengeschichten, die sich Thoms Leute ausgedacht haben, nie im Leben abkaufen. Sie Mom und Dad glaubhaft zu machen, hat mir schon einiges an Schauspielkunst abverlangt. »Ich wollte ernsthaft mit ihm Schluss machen. Seitdem haben wir allerdings zahlreiche abwechslungsreiche Gespräche geführt. Außerdem habe ich ihm höchstpersönlich ein wenig in den Hintern getreten, und nun haben wir beschlossen, dass wir es noch einmal versuchen.«

»Das wird ja immer kurioser. Du liebst ihn jetzt?«

»Das ist binnen einer relativ kurzen Zeitspanne passiert, aber ja, ich liebe ihn wie verrückt. Das ist die Wahrheit.«

»Und er liebt dich?«

»Er sagt, dass er es tut, und ich glaube ihm.«

»Okey-dokey«, sagt sie.

»So leicht machst du es mir?«

Sie zuckt mit den Schultern. »Was könnte ich denn sonst sagen? Diese ganze Situation ist mehr als verwirrend. Aber das Gute daran ist, dass du lebst und glücklich bist, nicht in die Luft gesprengt wurdest und weitestgehend unverletzt bist. Und was das Wiederaufleben eurer Verlobung angeht, ist mir das auch recht, solange ich mein Brautjungfernkleid selbst aussuchen kann. Ich mochte den Kerl eigentlich sowieso schon immer. Er ist etwas still, aber man kann schließlich nicht alles haben.«

»Er ist gar nicht so still und langweilig, wie wir immer dachten. In dieser Hinsicht lagen wir eventuell ein klein wenig daneben.«

»Lass mich raten …« Jen hebt eine Augenbraue. »Du darfst mir nichts darüber erzählen.«

Ich lächle sie grimmig an. »Du hast es auf Anhieb erfasst.«

Thom klopft leise an die Tür, bevor er eintritt. »Die Zeit ist um. Wir bekommen gleich Besuch.«

»Wen?«

Er verzieht ein wenig den Mund. »Bear, der alte Schleimer, bringt dir noch mehr Blumen.«

»Du weißt, dass er das nur tut, um dich zu ärgern.«

Mein Verlobter erwidert nichts.

»In was hast du sie da nur hineingezogen?«, fragt Jen, deren Stimme jetzt wieder streng klingt. »Spar dir die Mühe, mir zu erzählen, dass du mir nichts erzählen kannst. Dieses ganze Geschwafel über streng geheimen Regierungsmumpitz habe ich schon gehört. Und keine Sorge, ich halte den Mund.«

»Hey«, sage ich leicht panisch. »Du hast doch gesagt, dass du ihm nichts davon verraten würdest.«

»Nein, habe ich nicht.«

»Jen«, seufze ich.

Aber sie ist viel zu sehr damit beschäftigt, meinen Verlobten böse anzufunkeln, und hört mich gar nicht. Außerdem ist sie anscheinend noch nicht mit ihrer Ansprache fertig, in deren

Verlauf sie immer wieder drohend mit dem Finger auf ihn deutet. »Nur, damit du es weißt, Thom. Du passt lieber gut auf sie auf, oder du kannst was erleben. Mir fehlen die notwendigen sozialen Fähigkeiten, um eine neue beste Freundin zu finden. Und die Energie dazu habe ich auch nicht. Entsprechend wird sie ab sofort nie wieder in die Luft gesprengt oder angeschossen oder sonst was. Haben wir uns verstanden?«

»Jawohl Ma'am«, sagt Thom, ohne mit der Wimper zu zucken.

»Dann ist es ja gut.«

Freunde … so sind sie eben.

Am Ende darf ich doch nicht aussuchen, in welches von Thoms Häusern, die ihm als Unterschlupf gedient haben, wir einziehen. Die Entscheidung wird anhand des besten Sicherheitssystems gefällt. Doch da es sich dabei um ein cooles, modernes Haus handelt, das ein bisschen wie ein Betonkasten aussieht und in Venice Beach liegt, gibt es keinen Grund, sich zu beschweren.

»Es ist mit einem hohen Zaun und Sensoren ausgestattet, und der Garten sowie das Innere des Hauses sind kameraüberwacht«, erklärt Thom, als er mich aus der Garage in den offen gestalteten Wohn- und Küchenbereich führt. »Die Außentüren sind aus Stahl und die Wände stabil und dick. Sie sollten selbst Explosionen standhalten können. Das Sicherheitssystem ist das beste, das es derzeit auf dem Markt gibt. Ich zeige dir später noch, wie man es bedient.«

Ich schlurfe vorsichtig hinter ihm her, weil es mir noch immer schwerfällt, mich zu bewegen. Gebrochene Rippen brauchen für gewöhnlich sechs Wochen, bis sie geheilt sind. Bis dahin sollten auch die Blutergüsse an meinem Rücken verschwunden und die Wunde an meinem Arm abgeheilt sein.

»Schöne Möbel. Das helle Holz und die offen liegenden Balken gefallen mir. Und die Küche ist der wahr gewordene feuchte Traum eines jeden Kochs.«

»Hinter der Speisekammer befindet sich ein Schutzraum. Auch der Hauptteil der Waffen ist dort gelagert.«

»Wer immer dieses Haus eingerichtet hat, hat einen tollen Job gemacht«, schwärme ich. »Obwohl ich ihm natürlich schon hier und da eine persönliche Note verleihen möchte. Vielleicht ein paar Kissen oder Teppiche als Farbtupfer.«

»Die Fenster bestehen aus Lexan, sind also kugelsicher.«

»Oh mein Gott, Thom, wir haben einen offenen Kamin und eine Terrasse! Ich sehe gute Zeiten auf uns zukommen. Wir können ganz oft Ethan einladen. Das würde dir doch gefallen, oder?«

Ich erhalte ein Schnauben zur Antwort.

»Du meintest, oben gäbe es drei Schlafzimmer?«

»Richtig. In jedem sind ein Waffensafe und Alarmknöpfe eingebaut.«

»Ja? Wie sieht es mit Granaten aus?«

»Blendgranaten lagern hinter der Speisekammer, die anderen befinden sich zusammen mit Tretminen und ein oder zwei Stinger-Raketen in einem Bodentresor in der Garage«, betet er herunter.

Ich sehe ihn vielsagend an.

»Was denn?« Er reckt ein wenig das Kinn. »Willst du lieber alle Waffen im Schutzraum haben?«

»Rate noch mal.«

»Du willst überhaupt keine Granaten?«

»Was ich will, mein Freund, ist, dass du dich etwas entspannst. Du hast dich zur Ruhe gesetzt. Schon vergessen?«

»Nein. Aber ich liebe dich. Du bist die erste richtige Familie, die ich jemals hatte, und ich nehme deinen Schutz sehr ernst.

Das ist jetzt mein Job.« Er legt mir die Arme um die Taille und schmiegt sich so dicht an mich, dass seine Nasenspitze meine berührt. »Selbstverständlich sollst du dich trotzdem nicht erdrückt oder eingeengt fühlen. Weil das aus mehreren wichtigen Gründen kontraproduktiv wäre, an die ich mich gerade zwar nicht mehr erinnern kann, die du mir aber mehrfach und ausgiebig erläutert hast.«

»Hmm. Du sammelst gerade nicht unbedingt Pluspunkte.«

»Ja, aber ich kann diese Sache mit meiner Zunge machen. Die bringt mir immer Punkte ein.«

»Thom …«

»Und wenn du wieder arbeiten gehst, wäre es doch lustig, wenn ich mitkäme, oder? Ich könnte so etwas wie dein persönlicher Assistent sein.«

Ich muss ihn schon wieder *sehr* vielsagend ansehen.

»Es bleibt in dieser Hinsicht also bei einem Nein?«

»Ich liebe dich auch. Ich bin verrückt nach dir. Aber ich fände es toll, wenn alles andere nicht so verrückt wäre.« Ich lächle ihn liebevoll an. »Du wirst dir ein anderes Hobby suchen müssen, als mich zu stalken. Nicht mehr rund um die Uhr in Gefahr zu schweben, wird in Sachen Lebensstil eine große Veränderung für dich bedeuten. Aber wie wir bereits besprochen haben: Mich stattdessen mit deiner Zuneigung und Aufmerksamkeit zu erdrücken, führt im Endeffekt nur dazu, dass wir beide mehr oder weniger durchdrehen.«

»Möglicherweise auch nicht«, entgegnet er. »Das weißt du nicht mit Sicherheit.«

»Wie viele Peilsender trage ich gerade an mir? Sei ehrlich.«

Er verzieht das Gesicht. »Einen oder zwei. Höchstens drei. Na gut, vier. Aber ich hätte dich um ein Haar verloren, und die Welt dort draußen ist gefährlich. Da ist es nur vernünftig, Vorkehrungen zu treffen.«

»Ich lasse mich auf zwei Sender ein. Mehr nicht.«

»Danke. Das ist nett von dir.« Er neigt nachdenklich den Kopf. »Moment. Beinhaltet das auch die Überwachung deines Handys? Denn das ist ja wirklich ein Standard-Überwachungsverfahren.«

Ich verdrehe die Augen. »Lieber Himmel.«

»Ist das ein Nein?«

»Da ich weiß, dass du das alles nicht tust, weil du mir misstraust oder mich kontrollieren willst, und wenn es bedeutet, dass du dadurch ein wenig lockerer wirst, dann lasse ich mich meinetwegen darauf ein«, sage ich. Nach dem, was ich erlebt habe, bin ich mir der potenziellen Gefahren, die uns drohen könnten, durchaus bewusst, aber ich will auch nicht permanent in Watte gepackt werden. Wir müssen ein Gleichgewicht finden. »Bis zu einem gewissen Grad. Aber übertreib es nicht, mein Lieber. Irgendetwas Neues über Scorpion?«

Er spielt mit der Zunge an der Innenseite seiner Wange. Ein seltenes Anzeichen von Beunruhigung bei meinem so stahlharten Verlobten. »Crow hat ihre Spur in Kanada verloren. Wahrscheinlich ist sie inzwischen schon auf der anderen Seite des Globus und sucht Arbeit oder organisiert sich neu oder was auch immer.«

»Wahrscheinlich«, stimme ich zu.

»Wir werden sie irgendwann finden. Sie kann sich nicht für immer verstecken.«

»Macht es dir auch ganz sicher nichts aus, im Ruhestand zu sein? Ich meine, ich möchte dich in Sicherheit wissen. Aber ich möchte auch, dass du glücklich bist, und du hast bisher kein anderes Leben gekannt.«

»Es macht mir nichts aus.«

»Es scheint mir nur ein recht spontaner Entschluss zu sein«, sage ich nachdenklich.

»Schatz, hör mir zu.« Er drückt mir einen sanften Kuss auf die Lippen und lächelt. »Mein Job darf dich nie in irgendeiner Weise gefährden oder verletzen. Das darf nie wieder vorkommen. In Helenes Cottage gab es einen Augenblick, als ich dachte, du wärest schwer verletzt oder sogar tot. Das hätte mich beinahe umgebracht.«

»Das verstehe ich. Wirklich. Die Vorstellung, dass dir etwas zustoßen könnte, macht mich auch völlig fertig.«

»Dann sind wir uns also einig, dass meine Entscheidung richtig ist.«

Ich zögere. Ich kann nicht anders. »Vermutlich.«

»Ganz sicher sogar.« Er gibt mir wieder einen zärtlichen Kuss. »Ich entscheide mich für dich. Ohne den geringsten Zweifel.«

»Okay«, antworte ich und versuche, meine Ängste abzuschütteln. »Wie fändest du es dann, wenn wir zur Abwechslung keinen Krieg, sondern eine Hochzeit planen würden?«

In diesem Moment ist da etwas in seinen wunderschönen blauen Augen. Etwas, das ich nicht recht zu deuten weiß. Es ist da und sofort wieder verschwunden. Fast frage ich mich, ob ich vielleicht nur paranoid bin. Noch paranoider als er, wenn das überhaupt möglich ist. Doch sein träges Grinsen lässt mich alles sofort wieder vergessen. »Was immer du möchtest, Elizabeth. Eine Hochzeit also.«

»Wie schlägt er sich?«, frage ich, während ich zum hundertsten Mal meinen Lippenstift auffrische. Nicht, dass es nötig gewesen wäre. Ich bin nur so nervös. Lächerlich. Obwohl: Eigentlich ist es gar nicht so lächerlich, denn immerhin heirate ich heute.

Lass uns eine kleine Feier veranstalten, hatte ich gesagt. Halten wir sie simpel und schlicht. Doch am Ende kam es anders. Zunächst einmal weigerte sich Thom, mich, meine Mom oder meinen Dad auch nur einen Cent für die Feier bezahlen zu lassen. Wir haben allen erzählt, dass er geerbt hat und nun von den Erträgen des angelegten Kapitals lebt. Das erschien uns die plausibelste Erklärung dafür zu sein, wie er plötzlich zu Geld gekommen ist.

Ich arbeite selbstverständlich trotzdem noch und war gern bereit, meinen Teil beizutragen. Thom sah das allerdings anders. Er wollte mich verhätscheln. Ich habe den Verdacht, dass das eine Art Wiedergutmachung dafür sein soll, dass er mich über ein Jahr lang belogen hat und ich angeschossen wurde. Jedes Mal, wenn ich mich bei der Planung der Feier auch nur andeutungsweise in Zurückhaltung üben wollte, ermutigte, ja, nötigte er mich stattdessen zu noch mehr Exzessen. Zu meiner Schande muss ich gestehen, dass ich mich darauf einließ.

Aus der intimen, schlichten Feier, die ich mir ursprünglich vorgestellt hatte, ist eine Gartenhochzeit geworden, die den Kardashians alle Ehre machen würde. Das ist kein Witz.

Als Schutz gegen schlechtes Wetter ist ein schickes weißes Zelt auf der Terrasse aufgebaut. Im Inneren hängen unzählige Blumen und Kerzen von der Decke. Ein Koch sowie zahlreiche Küchenhelfer, Bartender und Kellner versorgen uns und unsere Gäste mit Essen und Getränken. Ein Streichquartett sorgt derweil für die musikalische Untermalung.

Ein Schokoladenbrunnen ist ebenfalls vorhanden – warum auch nicht? Und dann ist da natürlich noch die siebenstöckige Hochzeitstorte, bei der jede Schicht einen anderen Geschmack hat (dafür habe ich als einzige Entschuldigung vorzubringen, dass ich Torte nun mal liebe).

Ganz ehrlich, an diesen Exzessen bin ich nicht allein schuld. So was passiert eben, wenn mir ein Hochzeitsplaner ständig Champagner- und Tortenpröbchen unter die Nase hält. Da dreht man als Braut durch. Das ist unverantwortlich und gehört verboten. Wir haben sogar eine verdammte Kanone, die in dem Moment, in dem wir zu Mann und Frau erklärt werden, Rosenblätter verschießt.

Wahrscheinlich wollte Thom bei unserer Hochzeit auch eine kleine Explosion haben. Wenn es ihn glücklich macht.

»Er hat sein Terminator-Gesicht aufgesetzt«, berichtet Jen vom Fenster aus.

»Seine vollkommen ausdruckslose Miene?«

»Jap.«

»Verdammt.«

»Er sieht wirklich furchteinflößend aus. Wie ein irrer Killer. An diesen Gesichtsausdruck habe ich mich immer noch nicht gewöhnt.« Jen streicht ihren schräg geschnittenen schwarzen Seidenrock an den Hüften glatt. Wie vereinbart durfte sie ihr Outfit aussuchen. Es ist ein wirklich hübsches Kleid. »Nicht, dass ich deinen zukünftigen Ehemann als irren Killer bezeichnen würde.«

»Doch, das hast du gerade irgendwie schon.«

»Nicht so richtig.«

»Einigen wir uns darauf, dass wir unterschiedlicher Meinung sind.« Ich schüttle den Kopf. »Er ist nur nervös.«

»Natürlich ist er das. Aber alle anderen wirken entspannt und scheinen sich zu amüsieren«, berichtet sie weiter. »Nur der große, blonde Kerl schlägt Thom dauernd so heftig auf den Rücken, als wolle er ihm dabei helfen, einen Fellballen hochzuwürgen. Ist das eine typisch männliche beruhigende Verhaltensweise?«

»Ich bin mir nicht sicher. Aber für Bear ist das eine typische Verhaltensweise. Wahrscheinlich ärgert er Thom einfach nur aus Spaß. So drückt er seine Zuneigung aus.«

Sie nippt an ihrem Glas Wein. »Schöner Name. Bear. Er

sieht auch wirklich wie ein Bär aus. Manche Eltern sind in ihrer Namenswahl gleichzeitig gemein und treffsicher.«

»Ja.« Ich schenke ihr mein überzeugendstes falsches Lächeln. »Nicht wahr?«

»Er ist ein großer Kerl. Hat einen breiten Kopf. Vielleicht war es eine schwere Geburt.«

»Ähm, vielleicht.«

»Und wer ist der gut aussehende, elegante, dunkelhäutige Typ, der neben ihnen steht?«

»Hmm?« Ich gehe ans Fenster. »Oh, das ist Cro… Chris. Ja. Chris. Er ist ein alter Freund von Thom.« Jen würde bestimmt misstrauisch werden, wenn plötzlich zu viele Hochzeitsgäste Tiernamen trügen. Ein bisschen weiß sie zwar schon Bescheid, aber ich habe nicht vor, ihre Neugier unnötig anzustacheln. Am Ende wird die Organisation noch aufmerksam auf sie. Das wäre gefährlich.

»Der Mann ist ja attraktiv wie ein Supermodel.«

»Ja, nicht wahr?«

»Oh, er hat eine Begleitung mitgebracht.«

»Das ist Fiona. Sie ist auch eine Freundin von Thoms früherer Arbeitsstelle.« Merken: Crow und Fox Bescheid sagen, dass sie ihre Identität wechseln müssen. Das ist für die beiden wahrscheinlich nichts Ungewöhnliches.

Obwohl ich von Thom in puncto Lügen einiges gelernt habe, kommen meine Fähigkeiten in diesem Bereich nicht an seine heran. Zum Glück hat Jen inzwischen begriffen, dass sie alles, was ihr in Bezug auf Thom und Co. irgendwie spanisch vorkommt, einfach schweigend hinnehmen soll. Heute sind zum ersten Mal seit meinem Krankenhausaufenthalt die anderen Teammitglieder wieder mit von der Partie. Wahrscheinlich hatte der Rest vom Zoo zwischenzeitlich anderes zu tun. Oder es liegt ihnen einfach nicht, freitags abends auf ein

Footballspiel im Fernsehen oder sonntags zum Grillen vorbeizukommen. Bedauerlich. Ich glaube, Thom vermisst sie und ihre Kameradschaft mehr, als er dachte. Aber das würde er sich selbstverständlich niemals eingestehen. Das könnte ihm von seinen knallharten Kollegen glatt als Schwäche ausgelegt werden. Er hat mich, und ich bin alles, was er in seinem Leben braucht. Mehr würde er nie zugeben.

Thom hat die Zeit im Ruhestand derweil genutzt, um sich zu ... beschäftigen. Wir haben inzwischen ein Zimmer nur für seine Schnitzereien. Was soll ich sagen – der Mann spielt eben gern mit Messern. Jeder, den ich kenne, hat in den vergangenen vier Monaten mindestens ein Eichhörnchen oder einen Kolibri aus Holz geschenkt bekommen.

Wenn ich es nicht besser wüsste, würde ich meinen, dass der Ruhestand ihn langsam in den Wahnsinn treibt, er das aber komplett verdrängt. Ich bin mir noch nicht sicher, was ich diesbezüglich unternehmen soll. Ich habe in verschiedenen Artikeln gelesen, dass es etwa ein bis zwei Jahre dauern kann, bis Ruheständler sich in ihre neue Lebenssituation ohne Arbeit, die sie erdet, einfinden.

Vielleicht braucht er einen neuen, ganz anderen Job. In Teilzeit möglicherweise. Oder zumindest etwas, das ihn interessiert und das nichts mit mir, Fitnesstraining, Holztierschnitzereien oder der Pflege und Wartung seiner zahlreichen Waffen und Geheimverstecke zu tun hat. Die hat er natürlich für alle Fälle behalten. Ob im Ruhestand oder nicht – Thom wäre ohne ein gutes Dutzend Notfallpläne einfach nicht glücklich.

Wir gehen noch immer zweimal die Woche gemeinsam zum Üben auf den Schießplatz. Inzwischen ziehe ich sogar schneller. Wenn ich arbeite oder mich außer Haus aufhalte, schreibe ich ihm regelmäßig oder rufe ihn an, damit er weiß, dass ich noch lebe und er sich keine Sorgen machen muss.

Eigentlich sollten wir unser häusliches Glück genießen. Aber irgendetwas stimmt nicht ganz. Ich weiß auch nicht genau, was. Ich bin unruhig. Ich liebe ihn und will, dass er glücklich ist. Aber ich bin unsicher, ob dieses gesetzte Leben wirklich das Richtige für ihn ist. Oder vielleicht sind das auch nur meine alten, schwachsinnigen Ängste, die sich mal wieder melden und mich darüber grübeln lassen, ob ich auch gut genug für ihn bin.

Bäh. Ich weiß, dass er mich liebt. Ausgerechnet heute kann ich diesen Blödsinn nun wirklich nicht gebrauchen.

»Mehr Rosé?«, fragt Jen.

»Ja. Ach, gib mir einfach die ganze Flasche.«

»Das ist die richtige Einstellung!« Sie reicht mir lachend den Alkohol. »Hüpf auf den Altar zu. Ach was, tanze im Rumba-Schritt.«

»Ich weiß nicht mal, wie man Rumba tanzt. Aber weißt du was? Vielleicht hast du recht.« Ich stecke mir die Flasche unter den Arm, zücke mein Handy und schreibe schnell eine Nachricht. »Bin in ein oder zwei Minuten wieder da.«

»Was? Wo willst du hin?«

»Ich muss etwas Wichtiges erledigen. Dauert nicht lange. Bleib cool.« Ich schlüpfe aus der Schlafzimmertür und gehe über den Flur ins Büro oder den Hobbyraum oder wie immer man das nennen soll. In das Zimmer, wo Thom seine Kunstwerke aufbewahrt. Ich stelle die Weinflasche auf einem Tisch inmitten von Adlern und Kojoten ab. Seine aktuellen Lieblingstiere. So viele kleine hölzerne Äuglein, die mich anglotzen. Wenigstens begeistert er sich nicht fürs Tiereausstopfen oder ähnlich gruselige Dinge. Das wäre ekelhaft.

Mein Mann betritt leise den Raum und schließt die Tür hinter sich. Sein Gesichtsausdruck ist äußerst befriedigend. »Schatz, du siehst schöner als schön aus. Wie ein Traum. Dein Kleid ist unfassbar heiß und einer Königin würdig.«

»Danke.« Schön zu wissen, dass die zwei Stunden Hairstyling und Schminken die Mühe wert waren. Ich lasse den langen Rock meines trägerlosen seidenen Kleides schwingen. »Es hat Taschen.«

»Ja. Wozu?«

»Das würdest du wohl gern wissen«, necke ich ihn. »Du siehst in diesem Anzug verdammt gut aus.«

Das ist noch untertrieben. Bei seinem Anblick kommt man ins Sabbern. Der alte Thom mit seiner präzisen gegelten Frisur, seiner faden Art und den ständig hängenden Schultern ist verschwunden und dem starken, lebensstrotzenden Mann gewichen, der er schon immer war. Ich kann nicht anders, ich muss ihn einfach anstarren. Seinetwegen schlägt mein Herz wie wild.

»Warum bin ich hier, Betty?«, fragt er und kommt näher. »Geht es dir gut? Ist alles in Ordnung?«

»Schließ bitte die Tür ab.«

Er tut, was ich sage.

»Also … meine Informanten haben mir berichtet, dass du dort unten unter unseren Gästen etwas verkrampft gewirkt hast.«

»So, so, deine Informanten. Mir geht es gut.« Er seufzt. »Eigentlich sogar besser als gut. Fabelhaft. Ich heirate gleich die Liebe meines Lebens. Du musst dir keine Sorgen machen.«

Ich warte ab.

Er stöhnt. »Vielleicht beunruhigt es mich ein wenig, dass ich die vielen Gäste, die kommen und gehen, nicht gut genug überwachen kann, aber das ist okay. Ich werde damit leben.«

»Sprich mir nach: Das ist unsere Hochzeit und keine Hochrisikozone.«

»Ich weiß, ich weiß.« Er streicht mit der Hand über meine nackten Schultern. Seine Fingerkuppen fühlen sich warm und ein wenig rau an. »Alles ist gut. Wirklich.«

»Sag die Wahrheit. Du lässt den Zoo die Feier überwachen, stimmt's?«

Er schnaubt spöttisch. »Nein.«

»Doch, tust du wohl, du Schwindler.«

»Sie sind darauf trainiert, ihre Umgebung zu beobachten. Ich habe kein Wort zu ihnen gesagt. Ich schwöre es.«

»Das brauchtest du auch nicht.« Ich streiche sacht mit den Fingern über das Revers seiner Anzugjacke und sein frisches weißes Hemd. »Es freut mich, dass deine Freunde heute für dich da sind. Und ich weiß, dass ich deiner Meinung nach unsere Sicherheit nicht ernst genug nehme, aber das tue ich. Ich verstehe es. Ich möchte, dass wir beide ein langes, gesundes Leben miteinander führen. Es ist gut, dass sie aufpassen. Dadurch fühle ich mich sicherer. Aber jetzt musst du dich entspannen und den Tag genießen. Das ist ein Befehl.«

»Jawohl, Ma'am.«

Meine Hände rutschen tiefer, über seine Gürtelschnalle hinweg zum Reißverschluss seiner schwarzen Anzughose. Schon öffne ich ihn und lasse meine Finger in seine Hose gleiten.

»Schatz«, sagt er grinsend, »haben wir dafür noch Zeit?«

»Das ist wichtig. Wir nehmen uns einfach die Zeit dafür. Der Blowjob vor der Hochzeit ist eine Tradition. Hast du noch nie davon gehört?«

»Ach, jetzt, da du es erwähnst, klingt es wirklich wie eine wichtige Institution, die man eifrig pflegen sollte«, sagt er, und ich spüre, wie er dabei in meiner Hand hart wird.

»Seien wir doch realistisch: In unserer Hochzeitsnacht wirst du stundenlang damit beschäftigt sein, mir in penibler Kleinarbeit alle Haarnadeln aus der Frisur zu zupfen, bis wir irgendwann beide erschöpft zusammenbrechen.«

»Diese Tradition scheint mir wirklich gründlich durchdacht zu sein. Ich stehe dir zu Diensten.«

»So, tust du das? Dann nimm die Beine bitte etwas weiter auseinander.«

Seine Haut ist so seidig und heiß. Und vom Duft seines Körpers und seines Rasierwassers werde ich richtiggehend high.

Ich richte sorgfältig meinen Rock und gehe auf die Knie. Dann schließe ich eine Hand um sein hartes Glied und führe es an meine wartenden Lippen. Er flucht heftig. Sogar in Fremdsprachen.

Ich umschließe ihn mit den Lippen und lasse sie auf und ab über seinen Schaft gleiten, halte nur inne, um genau so intensiv zu saugen, wie er es mag. Meine andere Hand spielt derweil in seiner Hose mit seinen Hoden. Ich sauge und lecke und nehme ihn tief in mich auf, liebe ihn mit meinem Mund. Zeige ihm, dass alles gut ist. Der erste salzige Tropfen trifft meine Zunge, und, oh Gott, ihm Lust zu bereiten, macht mich auch heiß. Ich bin schon völlig feucht und startbereit. Aber jetzt geht es erst einmal nur um ihn.

Doch als sein Glied richtig geschwollen und steif ist, sodass die Adern deutlich hervortreten, hält er mich plötzlich zurück.

»Du kommst mit mir zum Höhepunkt«, keucht er atemlos, legt die Hände auf meine Arme und zieht mich hoch. »Du bist oben, damit wir dein Kleid nicht zu sehr zerknautschen.«

»Was ist mit deinem Anzug?«

»Scheiß auf meinen Anzug.« Er streift das Jackett ab und wirft es über eine Stuhllehne. Dann legt er sich mir zu Füßen auf den Boden. Schweiß glänzt auf seiner Stirn. »Na los.«

Mein Kleid wurde für derlei nicht unbedingt gemacht, aber was soll's. Ich hocke mich rittlings über ihn und sinke auf sein steifes Glied hinab. Zum Glück ist der Rock meines Kleides bodenlang. Niemand wird je erfahren, wie wundgescheuert meine Knie hinterher wahrscheinlich sind.

Mir entfährt ein leises Seufzen. »Verdammt, das fühlt sich gut an.«

»Reite mich«, befiehlt er.

»Wir müssen schnell sein. Die ganzen Leute unten …«

Er lacht. »Du bist doch oben. Worauf wartest du noch?«

Ich stütze die Hände auf seine Brust und beginne, meine Hüften zu heben und zu senken, suche den richtigen Rhythmus. Reibe mich an ihm. Das fühlt sich alles so gut an. Wie er mich dehnt. Wie hart und mächtig er sich in mir anfühlt. Alles ist perfekt. Ich liebe ihn so sehr, dass es wehtut. Aber wenn meine komplizierte Frisur dieses Stelldichein tatsächlich unbeschadet überstehen sollte, schulde ich der Hairstylistin etwas. Denn es dauert nicht lange, bis ich Thom mit ganzer Kraft reite.

Genau wie bei mir geht auch sein Atem keuchend und stoßweise. »Braves Mädchen.«

»Oh ja.«

»Du fühlst dich immer so verdammt gut an.«

Er gräbt die Finger unter meinem Kleid in meine Oberschenkel, treibt mich wortlos an. Immer wilder und schneller reite ich ihn. Seine Hüften zucken mir entgegen, wobei er noch tiefer in mich eindringt. Wärme breitet sich aus, verstärkt sich immer mehr, bis sie mich schließlich auf wundervollste Weise zu verbrennen scheint. Meine Lunge leistet Schwerstarbeit, und mein Herz steht kurz vor der Explosion. Dann ist es endlich so weit. Und es ist wirklich ein hammermäßiger Orgasmus, der durch meinen ganzen Körper rast und mich vollkommen umhaut. Meine Vagina umschließt ihn gierig, will ihn nie mehr loslassen.

»Schatz«, stöhnt er noch unter mir, dann kommt er ebenfalls heftig.

Ich besitze tatsächlich noch so viel Geistesgegenwart, um mich nicht völlig ermattet mit dem Gesicht auf sein schneeweißes Hemd fallen zu lassen. Gott sei Dank. Niemand würde uns glauben, dass er sich sein Hemd versehentlich mit Make-up beschmiert hat. Jen hat bestimmt schon Verdacht geschöpft. Andererseits ist es nicht verboten, seinen Zukünftigen vor der Eheschließung zu vögeln. Nur diese Tradition, dass der Bräutigam die Braut vor der Zeremonie nicht sehen soll, können wir jetzt getrost vergessen. Sei's drum.

Thom strahlt über beide Ohren. »Meine Güte, ich liebe dich.«

»Siehst du«, sage ich, atme tief durch und versuche, mich wieder in Ordnung zu bringen. »Jetzt bist du ganz entspannt und zufrieden, oder?«

»Klar bin ich das.«

»Ich sage es dir andauernd: Ich weiß es am besten. Wann wirst du mir das endlich glauben?«

»Jetzt glaube ich dir.«

»Wurde auch Zeit.«

»Ich glaube, du hast mir gerade einiges an Vernunft eingebläut. Oder eingevögelt.«

»Quatsch«, sage ich. »Du warst auch vorher schon vernünftig. Du bist ein kluger Kerl. Schließlich heiratest du mich, oder?«

»Küss mich«, verlangt er und hebt den Kopf.

Ich tue wie geheißen. Aus Pflichtschuldigkeit und Vergnügen. Ich beabsichtige, es für den Rest meines irdischen Lebens zu tun und, sofern sich das machen lässt, auch noch darüber hinaus. »Ich bringe lieber rasch mein Make-up in Ordnung. Wie wäre es, wenn wir uns danach unten treffen?«

»Wird gemacht.«

11. KAPITEL

Ein paar Gedanken zu Hochzeitszeremonien ... Also, es ist wirklich seltsam, sich zu seiner eigenen Party zu begeben, ohne vorher die Gäste begrüßt zu haben. Dazu kommt noch diese Sache, dass einen jeder anstarrt und dabei lächelt. Als hätte man gerade etwas vollkommen Wundersames vollbracht, wie die Welt zu retten, obwohl ich in Wirklichkeit lediglich ein kleines Vermögen für ein Kleid und ein Paar Schuhe ausgegeben habe. Normalerweise würde man dafür, dass man für Sachen, die man wahrscheinlich nie wieder anzieht, derart viel Geld verschwendet, eher Kritik ernten. Aber wenn man die Braut ist, ist das plötzlich in Ordnung.

Doch das alles ist vollkommen bedeutungslos. Nur Thoms liebevoller Blick und sein strahlendes Lächeln zählen. Der Blowjob und der anschließende Ritt haben ihn merklich lockerer gemacht. Er scheint inzwischen richtig Spaß zu haben. Ich werde das Gefühl nicht los, dass das ein toller Start für unsere Ehe ist.

Unter den versammelten Gästen sehe ich Crow lächeln, Fox schmunzeln und Bear grinsen. Auch meine Familie und meine Freunde scheinen sich zu freuen. Das ist schön. Doch ich muss immer wieder Thom anschauen, weil er mein Ein und Alles ist. Als ich schließlich neben ihm stehe, streckt er seine große, warme Hand aus und legt sie sanft um meine. Jetzt ist es so weit. Wir tun es wirklich.

»Alles okay?«, flüstert Thom und beugt sich zu mir.

Ich nicke. »Ja.«

»Keine Bedenken?«

»Nicht die Spur.«

Wir drehen uns beide zur Zelebrantin um, die ruhig in ihrer schicken Tracht vor uns steht. Sie öffnet den Mund, um zu sprechen – als es passiert.

Das schrecklich vertraute Knallen einer Waffe ertönt.

Menschen schreien, die Gäste rennen auseinander oder werfen sich auf die Knie.

Auf der anderen Seite der Terrasse, hinter den Gästen und dicht beim Haus, steht eine Kellnerin. In der Hand hält sie eine Pistole, die direkt auf mich gerichtet ist. Aus dieser Entfernung kann ich nur erkennen, dass sie brünett ist und ein aufgedunsenes Gesicht hat, aber trotzdem kommt sie mir bekannt vor.

»Scorpion«, brüllt Bear und greift unter seine Jacke.

Sie schwingt die Waffe zu ihm herum, und Bear geht zu Boden, bevor sie eine Salve auf ihn abfeuert. Es bleibt keine Zeit, um nachzusehen, ob er verletzt ist. Es bleibt keine Zeit für irgendetwas. Und es ist so laut. Der Moment scheint rasend schnell und gleichzeitig quälend langsam zu verstreichen. Ich hatte ganz vergessen, wie das ist. Aber es gibt einen verdammt guten Grund, weshalb mein Kleid Taschen hat. Sie sind nicht nur für Lippenstift und Taschentücher und all diese nützlichen Dinge gedacht.

Als ich Thom versicherte, dass ich unsere Sicherheit ernst nehme, habe ich das auch so gemeint.

Scorpion dreht sich wieder nach mir um und gibt rasch einen Schuss ab. Ich schwöre, die Kugel zischt so dicht an mir vorbei, dass ich einen Luftzug spüre. Nah dran, aber nicht nah genug.

Jetzt eröffnet jemand anderes das Feuer auf Scorpion und zwingt sie so, hinter der Bar in Deckung zu gehen. Meine Ohren klingeln von all dem Lärm. Unsere Gäste versuchen, sich ins Haus zu flüchten, der Gewalt und dem Chaos zu entkommen.

So viel zu unserer wunderschönen Hochzeit.

Jetzt, da alle flüchten oder sich ducken, habe ich freie Sicht. Ich ziehe meine Waffe und ziele mit ruhiger Hand. Noch etwas, das durch ständiges Üben besser geworden ist. Die kleine Pistole habe ich oft auf dem Schießplatz dabeigehabt. Ich habe sie gut im Griff.

Scorpion ist so mit Crow und Fox beschäftigt, dass sie mich nicht sieht. Mich nicht für eine Gefahr hält. Noch nicht. Als sie das nächste Mal hinter der Bar hervorkommt, um das Feuer zu erwidern, drücke ich ab.

Rote Spritzer ergießen sich über die gläserne Schiebetür hinter ihr, und sie taumelt rückwärts. Fox dreht sich nach mir um und nickt mir zu. Crow nähert sich vorsichtig Scorpions Position und beugt sich über sie. Aber sie ist tot. Man müsste schon saumäßiges Glück haben, um diesen Kopfschuss zu überleben.

»Okay. Wow. Das kam überraschend.« Ich lockere die Schultern und senke die Waffe. »Thom?«

Er liegt zu meinen Füßen auf der Terrasse.

Mein Herz bleibt stehen. Ich schwöre, das tut es wirklich. Doch dann blinzelt er.

Oh, Gott sei Dank. Er lebt noch. »Thom!«, ächze ich.

»Ruft einen Krankenwagen!«, schreit jemand.

Ich gehe neben ihm in die Knie und schiebe sein Jackett beiseite. Da ist so viel Blut, dass sein schönes Hemd durchweicht, aber zumindest ist die Wunde nicht in der Nähe seines Herzens oder seiner Lunge. Sie scheint etwas tiefer an seiner Seite zu sein. Ich ziehe ihm das Hemd hoch, um seine Verletzung besser sehen zu können.

Die Kugel hat ihn am Rücken getroffen und ist unterhalb

seiner Rippen wieder ausgetreten. Ich benutze meinen doofen voluminösen Rüschenrock, um Druck auf die Eintritts- und Austrittswunde auszuüben und die Blutung zu vermindern. Ich sehe und rieche nur Blut, mit dem sich der weiße Baumwollstoff erschreckend schnell vollsaugt. Es ist grauenvoll.

Thom ist blass und sieht sauer aus. »Schatz, hey. Geht es dir gut?«

»Ja, und dir auch.«

»Tatsächlich? Es fühlt sich nämlich verdammt danach an, als wäre ich gerade angeschossen worden.«

»Wie kannst du jetzt Witze reißen?« Meine Kehle schnürt sich zu, aber ich werde nicht weinen.

»Ich lebe noch. Dann kann ich doch auch Witze machen.«

»Scorpion ist tot.« Fox steht mit einer Waffe in der Hand neben uns. »Sie scheint allein gearbeitet zu haben.«

»Es wurden keine Zivilisten verletzt«, sagt Crow. »Aber auf deinem Kleid ist überall Blut, Betty. Hast du ganz sicher nichts abbekommen?«

Ich schüttle den Kopf. »Das ist nicht mein Blut, sondern Thoms. Wo bleibt der Krankenwagen?«

»Ist unterwegs«, sagt Bear. »Tut mir leid, dass wir sie nicht bemerkt haben.«

»Das war nicht eure Schuld. Ich habe euch doch schon gesagt, dass ich keine kompletten Überwachungs- und Sicherheitsvorkehrungen wollte, um unsere Gäste nicht zu verschrecken.« Thom verzieht schmerzerfüllt das Gesicht. »Also, das ist wirklich übel.«

»Das war ein überraschend guter Schuss, Betty«, sagt Fox. Wenigstens sind die Mitglieder des Zoos nicht besonders beunruhigt wegen Thoms Verletzung. Das ist doch ein gutes Zeichen. »Einen Moment lang dachte ich, sie hätte dich. Eine Sekunde später und du hättest neben deinem Verlobten gelegen und den Boden vollgeblutet. Das wäre eine denkwürdige Hochzeit geworden.«

»Sie hatte dich auch im Visier?«, fragt Thom mich mit zusammengebissenen Zähnen. »Ich dachte, sie hätte es nur auf mich abgesehen.«

»Ist doch egal. Sie hat mich nicht getroffen«, sage ich. »Es ist vorbei.«

Thom wirkt nicht beruhigt.

»Sie scheint euch beide nicht besonders gemocht zu haben, wenn sie sich auf eine derartige Selbstmordmission begibt, um euch zu erledigen.« Fox beobachtet weiter aufmerksam die Gäste, die Waffe schussbereit. »Sie musste wissen, dass wir alle hier sein würden.«

»Ja, aber sie wusste auch, dass sie eigentlich sowieso schon tot ist. Es war nur eine Frage der Zeit, bis ihr ein Fehler unterlaufen würde und wir Rache für Helene nehmen würden. Wahrscheinlich dachte sie, sie hätte nichts mehr zu verlieren«, sagt Bear. »Fox, hast du hier alles unter Kontrolle?«

»Klar.«

»Okay. Ich mache einen Kontrollgang übers Gelände. Drück weiter auf die Wunde, Betty, und versuch, dir nicht zu große Sorgen zu machen. Ich weiß, es sieht schlimm aus, aber er kommt wieder in Ordnung.« Damit marschiert Bear davon, ohne eine Antwort abzuwarten.

Einen Moment lang sagt niemand etwas. Thom liegt mit angespanntem Gesichtsausdruck auf dem Boden und blutet, während ich versuche, langsamer zu atmen und mich von meinem Beinahe-Herzinfarkt zu erholen.

»Das ist das Problem, wenn man wieder Zivilist wird«, sagt Fox. »Die Erwartung, dass man einfach ein normales Leben führt, kann genauso gefährlich sein. Der Irrglaube, dass all deine alten Feinde dich vergessen.«

»Das ist nicht gerade hilfreich«, sage ich angespannt.

»Fox hat recht. Das hätte nie passieren dürfen«, sagt Thom. »Anstelle von Scorpion hätte auch jemand anders aus meiner Vergangenheit auftauchen können. Durch mich bist du zur Zielscheibe geworden. Das tut mir leid, Schatz.«

»Es muss dir nicht leidtun. Das ist nicht deine Schuld.«

»Du musstest gerade wieder jemanden töten. Meinetwegen.«

»Ja, aber sie musste sterben.«

Darüber muss er lächeln, oder vielleicht verzieht er auch nur vor Schmerzen den Mund. »Da kann ich dir nicht widersprechen.«

Ich versuche ebenfalls zu lächeln, aber es gelingt mir nicht recht. Meine Hände zittern, aber ich befolge trotzdem Bears Anweisung und halte den Druck auf die Wunde aufrecht. Die Blutung scheint schwächer geworden zu sein. Zumindest hoffe ich das. »Jedenfalls ist sie jetzt tot, und es ist vorbei. Wir können unser Leben weiterleben.«

Thom sieht jetzt wirklich sehr blass aus. Besorgniserregend blass. Er erwidert nichts. Doch dann flüstert er: »Ich liebe dich.«

»Wo zum Teufel bleibt der Krankenwagen?«, schreie ich.

In der Nähe brüllt Bear unseren Gästen zu, dass alles in Ordnung ist, dass sie zurücktreten und Platz für die Rettungssanitäter machen sollen. Jen hilft ihm und wirft mir gleichzeitig besorgte Blicke zu.

»Alles wird gut«, sage ich wieder. Doch ich bekomme keine Antwort.

Krankenhauskaffee ist so ziemlich das Schlimmste, was es gibt. Das ist eine Tatsache. Und genauso schlimm ist es, darauf zu warten, dass Thom aus dem Operationssaal kommt. Ich sitze in meinem blutbesudelten Hochzeitskleid im Wartebereich und beobachte, wie auf der Uhr an der Wand die Stunden dahinkriechen. Jen und Crow haben uns vor einer Weile etwas zu essen besorgt. Aber ich habe keinen Hunger. Mom und Dad sitzen neben mir und versuchen, mich aufzuheitern. Aber es gibt nicht viel zu sagen. Fox hat sie schon beiseitegenommen und ihnen die übliche Ansprache über streng geheime Regierungsoperationen gehalten. Bisher hat sie gewirkt. Sie haben noch nicht gefragt, wer bei unserer Hochzeit eine Schießerei angezettelt hat.

Ich bin mit Thom im Krankenwagen mitgefahren, doch nach unserer Ankunft in der Notaufnahme wurde er gleich in einen Operationssaal gebracht. Ich widersprach, aber es hatte keinen Zweck. Ich durfte nicht bei ihm bleiben. Seitdem warten wir. Die Ärzte und Schwestern sagen mir nichts. Irgendwann sind Fox und Bear verschwunden. Wer weiß, was sie gerade tun. Ich kann es ihnen nicht verdenken. Hier herumzusitzen bringt auch nicht viel.

Als die Polizei im Krankenhaus eintraf, um meine Aussage aufzunehmen, haben Crow und eine Dame in einem schicken grauen Kostüm mit ihnen gesprochen. Bei uns zu Hause ist wahrscheinlich auch gerade jemand von ihrer Truppe, der sich unliebsamen Gesetzeshütern annimmt. Die Organisation ist es offenbar gewohnt, mit schwierigen Situationen umzugehen. Die Polizisten im Krankenhaus bekamen jedenfalls keine Gelegenheit, mir Fragen zu stellen. Jen nahm das als selbstverständlich hin, aber Mom und Dad fanden es etwas befremdlich. Wenn jemand bei einer Hochzeit das Feuer eröffnet und auf den Bräutigam schießt, sollte man doch davon ausgehen, dass darauf eine gründliche polizeiliche Untersuchung folgt. Dass Aussagen von allen Anwesenden aufgenommen werden. Na ja. Thom kann sich später etwas ausdenken, was wir ihnen erzählen. Das kann er gut.

»Ich bin mir sicher, dass er es gut überstehen wird«, sagt Mom und drückt meine Hand.

Unter meinen Nägeln klebt noch immer Blut. Thoms Blut. Obwohl ich mir so lange die Hände gewaschen habe, bis meine Haut runzlig wurde, ist es immer noch da. Es ist getrocknet und hat diese grässliche rötlich-braune Farbe angenommen. Selbst unter meinem zartrosa Nagellack ist es zu sehen. So viel zum schönsten Tag meines Lebens.

Nicht falsch verstehen: Es ist mir vollkommen egal, dass wir nicht rechtskräftig verheiratet sind oder dass die Party unterbrochen wurde. Es ist mir sogar egal, dass wir nie Gelegenheit hatten, die Blumenkanone abzufeuern oder die Torte zu essen. Ich will ihn nur sehen. Wissen, dass es ihm gut geht. Erst dann werde ich wieder richtig durchatmen können.

»Versuch, dir nicht so viele Sorgen zu machen, Schätzchen«, sagt mein Dad. »Er bekommt die bestmögliche Behandlung. Möchtest du sicher nichts essen?«

»Nein, danke.« Sie meinen es gut. Aber fünf Stunden. Fünf verdammte Stunden. Warum dauert das so lange? Bear hat gesagt, er kommt wieder in Ordnung. Er hat es gesagt.

Endlich betritt eine Ärztin im blauen Kittel den Wartebereich. »Elizabeth?«

»Ja?« Ich bin sofort auf den Beinen und eile zu ihr. »Wo ist Thom? Kann ich ihn sehen?«

Doch ihr Gesicht bleibt ausdruckslos, nur ihr Blick ist voller Mitgefühl. »Es tut mir sehr leid.«

»Nein.«

»Es gab Komplikationen –«

Crow ist plötzlich bei mir, legt die Arme fest um mich und stützt mich. Das ist das Einzige, was mich noch aufrecht hält. »Thom ist nicht tot. Das kann nicht sein. Wir wollen heiraten.«

»Es tut mir sehr leid«, wiederholt die Ärztin. Als würde es einen Unterschied machen.

Alles, was ich geliebt habe, ist tot.

»Mach auf«, ruft Jen auf der anderen Seite der Badezimmertür. »Ich weiß, dass du dort drinnen bist.«

Ich stehe stöhnend auf und schließe die Tür auf. »Ist unten etwas nicht in Ordnung?«

»Nein. Deine Mom hat alles unter Kontrolle.« Sie kommt mit einer Flasche Scotch und zwei Gläsern ins Bad. Genau deswegen ist sie für immer und ewig meine beste Freundin. »Aber wenn du dich schon bei der Trauerfeier für deinen Verlobten verstecken willst, dann lasse ich dich dabei wenigstens nicht alleine.«

»Ich konnte es einfach nicht mehr ertragen. Diese hohlen Phrasen von Menschen, die ihn nicht mal kannten. Zumindest nicht sein wahres Ich.«

Sie gießt in die beiden Gläser ordentliche Portionen ein und reicht mir eines mit einem betrübten Lächeln. »Trink das. Du hast die Beerdigung überstanden. An manchen Tagen ist es einfach besser, wenn man nicht versucht, die kompletten vierundzwanzig Stunden nüchtern zu bleiben. Der heutige Tag zählt definitiv dazu.«

»Danke.« Ich versuche zu lächeln, versage jedoch kläglich. Ich kann ehrlich behaupten, dass seine Abwesenheit das Schlimmste ist, was ich jemals erlebt habe.

»Ach, B.«

Ich sitze mit dem Rücken gegen die Badewanne gelehnt und streiche die Knitterfalten in meinem modischen schwarzen Kostüm glatt. Meine hochhackigen Schuhe habe ich vorhin in eine Ecke gepfeffert. Ein zerbrochenes Herz und Blasen an den Füßen waren einfach zu viel auf einmal für einen Tag.

Ich kippe gut die Hälfte des Scotchs hinunter. Er brennt wie Feuer in meiner Kehle. Der Scotch ist gut, keine Frage. Thom hatte in derlei Dingen einen hervorragenden Geschmack. Es ist nur ziemlich viel Scotch auf einmal.

»Verdammt«, röchle ich. Der torfige, rauchige Geschmack hängt in meinem Mund.

Jen gesellt sich zu mir auf den Boden, und wir trinken gemeinsam weiter. Diesmal geht es leichter. Und auf leeren Magen wird der Alkohol schnell seine Wirkung entfalten. Seitdem wir vor weniger als einer Woche im Krankenhaus waren, stehe ich vollkommen neben mir. Ich bin schrecklich deprimiert und funktioniere nur noch, esse, wenn Mom und Dad mir etwas hinstellen, und gehe zu Bett, wenn sie es tun. Wenn ich nachts allein im Bett liege, weine ich und vergrabe das Gesicht in seinem Kissen. Und den Rest der Zeit … Ich weiß auch nicht. Aber heute Morgen zu frühstücken habe ich nicht geschafft. Es ging einfach nicht.

Die meiste Zeit starre ich einfach nur die Wände an. Sie sind so schön leer und langweilig. Sie erinnern mich nicht an Thom. Oder zumindest nicht so sehr wie der Rest des Hauses oder der Rest der Welt.

»Erzähl mir von ihm«, sagt Jen. »Von seinem wahren Ich.«

Ich lecke mir die trockenen Lippen.

»Ich weiß, dass es Dinge gibt, die du nicht erzählen darfst. Aber du kannst dich ja drumherum arbeiten.« Sie trinkt einen Schluck. »Du weißt, dass du kaum über ihn gesprochen hast. Nicht, seitdem es passiert ist.«

»Er ist tot. Was soll das bringen?«

»Dass du dich an schöne Dinge erinnerst. Dass du die Erinnerung an eure Liebe bewahrst, auch wenn er von dir gehen musste.«

»Er ist nicht von mir gegangen, er wurde mir weggenommen.« Ich bereue es nach wie vor nicht, Scorpion getötet zu haben. Ich würde es mit Freuden wieder tun. Doch selbst mein Zorn ist gedämpft und stumpf. Die Traurigkeit ist wie ein Ozean, in dem ich ertrinke.

Sie nickt.

Ich lehne den Kopf gegen den Badewannenrand. »Er war loyal und stark und manchmal auch hart. Sogar brutal. Aber er konnte auch lieb und lustig sein.«

Jen lächelt wieder betrübt.

»Und er war mutig. Mutig und klug. Ich weiß, dass er eher schweigsam war, aber ich schwöre, er war einer der klügsten Menschen, die ich je gekannt habe. Ich hätte nicht gegen ihn Schach spielen wollen. Aber er war nicht perfekt. In mancher Hinsicht hat er sich auch unglaublich dämlich angestellt. Meistens bei Dingen, die mit unserer Beziehung zu tun hatten. Da hat er oft etwas vergeigt. Aber er hat hinterher auch alles wieder in Ordnung gebracht. Er hat einfach nie aufgegeben.« Ich seufze. »Bis jetzt.«

Jen hebt das Glas an die Lippen. »Du weißt, dass er dich sehr geliebt hat?«

»Das weiß ich. Und nur fünfzehn Minuten später wären wir verheiratet gewesen. Dann wäre ich jetzt offiziell Mrs Lange, die Witwe.«

»Ich denke, du kannst dich trotzdem Witwe nennen, wenn du das möchtest. Es wird sicher niemand etwas dagegen haben.«

Ich zucke mit einer Schulter. »Eigentlich ist mir das egal. Das ist nur so ein Gedanke. Es wäre schön gewesen, die Zeremonie in angenehmer Erinnerung zu behalten, und nicht, dass alles in einem Fiasko endete. Ein Dokument zu haben, auf dem er unterschrieben hat, dass er mir gehören wird. Das wäre schön gewesen.«

»Hast du noch mal über eine Therapie nachgedacht?«

»Zur Trauerbewältigung oder weil ich jemanden umgebracht habe?«

Jen reißt kurz die Augen auf. »Ich glaube, du könntest beides gebrauchen.«

»Irgendwann vielleicht. Ich bin noch nicht bereit dazu, mit einem Fremden darüber zu sprechen.« Und wenn es so weit ist, werde ich garantiert nicht ins Detail gehen. In den Nachrichten haben sie nur von einem Mann berichtet, der an seinem Hochzeitstag niedergeschossen wurde. Ein Angriff ohne klares Motiv. Und heute ist der Tag seiner Beerdigung.

»Ich habe mich so bemüht, mich nicht in ihn zu verlieben.« Ich trinke wieder einen Schluck. »Ich wusste, dass das nicht klug wäre. Aber was soll man machen?«

Jen sieht mich ernst an. »Es tut mir leid.«

»Ich weiß. Mir auch.« Ich erhebe mein Glas. »Auf Thom Lange. Die Liebe meines Lebens und den tollsten Mann, dem ich jemals begegnet bin.«

Darauf trinken wir beide.

Wer immer da vor meiner Tür steht, ist wirklich hartnäckig. Da ich trotz des permanenten Läutens der Türklingel nicht vom Sofa aufgestanden bin, versucht derjenige es nun damit, an die Tür zu klopfen. Beziehungsweise damit, dagegen zu hämmern. Zum Glück für mich sind meine Fähigkeiten, alles und jeden zu ignorieren, derzeit immens stark ausgeprägt. Bear und Crow tauchen ständig hier auf und wollen mit mir Filme schauen oder einfach nur Zeit verbringen. Dinge, für die ich momentan definitiv nicht in Stimmung bin. Außerdem wollen sie ganz offensichtlich nur ihrem gefallenen Kameraden zuliebe mich und meine Sicherheit im Auge behalten. Dabei verstehen sie nicht, dass sie mich durch ihre Anwesenheit nur noch mehr an

Thoms Tod erinnern. An mein gebrochenes, zerstörtes Herz. Ständig kontrollieren sie alle Türen und Fenster und bieten mir an, meine Waffe für mich zu reinigen oder mich zum Schießplatz zu begleiten. Nein, danke. Thom ist tot. Das haben seine Feinde bestimmt inzwischen auch mitbekommen und werden mich verdammt noch mal in Ruhe lassen.

Das Gehämmer an meiner Haustür setzt sich noch mehrere Minuten fort. Wenn das so weitergeht, werden sich noch die Nachbarn beschweren. Das wäre mir allerdings auch egal.

»Das ist Stahl, du Blödmann«, murmle ich. »Du kommst hier nicht rein.«

Endlich hört der Lärm auf, und es ist wieder still. Genau so, wie ich es mag. Doch dann schwingt plötzlich die Haustür auf, und Fox kommt gemächlich hereinspaziert, als würde sie hier wohnen.

Ich setze mich kerzengerade auf. »Wie zum Teufel hast du die Tür aufbekommen?«

»Mit einem Spanner.«

»Aha.«

»Wenn du wirklich verhindern wolltest, dass ich reinkomme, hättest du auch noch den Türriegel vorschieben sollen.«

»Ich merke es mir fürs nächste Mal.«

»Nun ja. Wir sehen heute aber wirklich katastrophal aus, nicht wahr?« Ihr britischer Akzent passt hervorragend zu dieser abwertenden Feststellung. »Ich habe ja gehört, dass es dir schlecht geht, aber das … Hast du dich in letzter Zeit mal gewaschen?«

»Geh weg.«

»Das kann ich leider nicht«, entgegnet sie. »Bear und Crow haben anderweitig zu tun, und ich bin die Einzige, die heute verfügbar ist, um nach dir armer Seele zu sehen.«

»Nach mir muss niemand sehen.«

»Wenn du das sagst, Schätzchen.«

»Ich mag dich nicht mal.«

»Du bist auch nicht gerade mein Liebling, aber da kann man nichts machen.« Sie nähert sich mir schnuppernd, rümpft die Nase und setzt sich mir gegenüber. »Es ist jetzt einen Monat her, Betty. Er ist fort. Du musst aufhören, dich so erbärmlich zu verhalten, dich zusammenreißen und wieder leben.«

»Danke für dein Feedback.« Jen, meine Eltern und alle anderen, die ich kenne, sind etwas nachsichtiger mit mir und geben mir Zeit zu trauern. Aber ich hätte mir denken können, dass Spione und Killer wie Fox und Bear über derlei Dinge etwas schneller hinwegkommen. Ich will nichts anderes, als verdammt noch mal in Ruhe gelassen zu werden. Aber das ist anscheinend zu viel verlangt.

»Crow meinte, ich solle dir ein paar Selbstverteidigungstechniken beibringen«, sagt sie.

»Danke, kein Interesse. Zumindest noch nicht.«

»Hast du überhaupt eine Waffe griffbereit?«

Ich wedle unbestimmt mit der Hand. »Irgendwo hier müsste eigentlich eine sein.«

Die makellose Frau mir gegenüber seufzt gequält. »Den Rest deines Lebens damit zu verbringen, den Weltrekord in Dämlichkeit oder den für den höchsten Stapel leerer Pizzakartons zu brechen, ist nicht gerade eine beeindruckend geniale Idee.«

»Ich weiß. Deswegen arbeite ich auch noch an einer Pyramide aus leeren Gurkengläsern. Saure Gurken sind toll. Falls jemand versuchen sollte, hier einzudringen und mich umzubringen, geben sie zudem praktische Wurfgeschosse ab.«

»Hast du keine Putzfrau?«

»War die Tatsache, dass ich dir nicht die Tür geöffnet habe, kein ausreichend eindeutiger Hinweis darauf, dass ich gerade niemanden um mich haben möchte?«

Sie seufzt noch schwerer. »Wolf ist fort. Du musst dich damit abfinden und nach vorne schauen.«

Ich springe vom Sofa auf und beginne, im Zimmer auf und ab zu laufen. Ein solches Gespräch möchte ich nicht im Sitzen führen. Sie hat recht damit, dass ich stinke. Der Schlafanzug, den ich inzwischen schon seit einer Woche anhabe, trägt bestimmt seinen Teil dazu bei.

»Ich bin noch nicht bereit, mich damit abzufinden. Ich kann einfach nicht glauben, dass er tot ist«, sage ich. »Es ist alles so plötzlich passiert.«

»Leugnen. Das ist die erste Stufe von Trauer.«

»Aber –«

»Reiß dich am Riemen, Betty. Seine Asche ist in der Urne auf dem Küchentisch. Du hast die Leiche gesehen. Das haben wir alle.«

Ich hasse sie dafür, dass sie so etwas sagt. Dafür, dass sie mich wieder daran erinnert. Bear wollte mir eigentlich überhaupt nicht gestatten, dass ich ihn sehe. Er meinte, es wäre zu traumatisch. Damit hatte er recht. Einen Toten zu sehen, der hübsch zurechtgemacht in einem offenen Sarg liegt und ganz friedlich und perfekt aussieht, als würde er schlafen, ist eine Sache.

Aber auf der Bahre in der Leichenhalle sah Thom einfach nur kalt und leblos aus. Ich habe geschrien und gezittert, und am Ende musste mich Bear nach draußen tragen, wie ein Bräutigam, der seine Braut über die Schwelle trägt.

Wie ironisch, wenn man bedenkt, wie der Tag ursprünglich angefangen hatte.

»Ich habe zu ihm gesagt, unsere Hochzeit sei keine Hochrisikosituation.« Ich merke, wie meine Stimme bei jedem Wort lauter wird. Ich marschiere immer erbitterter hin und her. Es tut weh, so viel zu empfinden. Genauso wie es wehtut, ohne ihn zu sein. »Wenn ich seine Bedenken nicht ignoriert hätte, dann wäre das alles vielleicht gar nicht passiert.«

Fox begutachtet in aller Seelenruhe ihre Fingernägel. »Zorn. Die zweite Stufe. Das ist wirklich traurig mit anzusehen.«

Ich bleibe wie angewurzelt stehen und presse die Lippen aufeinander. »Er hat mir viel Geld hinterlassen. So viel, dass ich gar nicht weiß, was ich damit anfangen soll. Aber ich würde jeden einzelnen Cent dafür geben, ihn wiederzubekommen.«

»Verhandeln. Stufe drei«, sagt sie. »Es bricht mir das Herz, dich so zu erleben. Wirklich. Aber wenigstens machen wir Fortschritte.«

Verdammt noch mal. Wenn auch nur die geringste Chance bestünde, einen Treffer bei ihr zu landen, würde ich auf sie losgehen. Stattdessen lasse ich mich aufs Sofa plumpsen. Meine Kampfeslust ist schon wieder verraucht. »Wahrscheinlich hat er mich doch nicht geliebt, denn sonst hätte er mich nicht einfach so verlassen.«

»Depression. Stufe vier. Bitte beeil dich ein wenig und geh zu Akzeptanz über. Ich habe keine Zeit, mir den ganzen Tag dein trübseliges Gerede anzuhören. Bear und Crow können dich von mir aus mit Samthandschuhen anfassen und auf deine zarten Gefühle Rücksicht nehmen, aber ich habe Besseres zu tun.«

»Ach, geh doch endlich weg«, stöhne ich. »Ich werde das Haus putzen und eine Dusche nehmen. Versprochen. Ich finde bestimmt auch ein oder zwei Waffen. Lass mich nur einfach in Ruhe.«

»Versprichst du es?«

»Habe ich doch gesagt«, entgegne ich und werfe halbherzig ein Sofakissen nach ihr.

Fox fängt es mühelos auf. »Also wirklich. Es gibt keinen Grund für solche Feindseligkeiten.«

»Du bist in mein Haus eingebrochen!«

Sie steht auf und holt tief Luft. »Stimmt. Sorg dafür, dass ich es nicht noch einmal tun muss. Ich habe viel zu tun, und Frauengespräche sind nicht gerade meine Stärke.«

»Wie auch immer. Raus jetzt.«

»Bin schon weg. Denk an dein Versprechen. Und mach einen Spaziergang – tank etwas Sonne.« Sie geht zur Tür. »Schalt die Alarmanlage ein, wenn ich weg bin, und lass uns so etwas nie mehr wiederholen.«

»In dieser Hinsicht sind wir uns zumindest einig.«

Statt einer Antwort knallt sie die Tür zu.

Die Wahrheit lautet, dass ich nicht weiß, wie ich mich aus diesem Loch wieder befreien soll. Aber wahrscheinlich sind eine Dusche und etwas frische Luft schon mal ein guter Anfang. Wenn ich damit Fox davon abhalten kann, in mein Haus einzubrechen, ist das auch nicht zu verachten. Und dann sind da auch noch die anderen, die ständig vorbeikommen und mich besorgt anschauen. Ihnen kann ich dann auch wenigstens sagen, dass ich etwas getan habe. Vielleicht nerven sie mich dann auch erst mal eine Weile nicht mehr. Ich will mir kein Leben ohne Thom aufbauen. Aber die anderen lassen mir einfach keine andere Wahl.

»Na gut«, verkünde ich meinem nicht vorhandenen Publikum. »Ich mache einen Spaziergang.«

Es ist einer dieser typischen wunderschönen kalifornischen Frühlingstage. Die Sonne scheint am blauen Himmel, und die Vögel singen wie verrückt. Das Grauen meines Hochzeitstages liegt inzwischen fast vier Monate zurück, und ich habe wie versprochen mein Leben inzwischen wieder besser im Griff. Ich habe das Haus und mich sauber gemacht. Ich habe etwas Sonne getankt. Es fiel mir nicht leicht, aber sich zu beschäftigen half. Immerhin haben Crow, Bear und Fox endlich aufgehört, mich permanent zu beaufsichtigen – ob ich die Alarmanlage immer einschalte und gut auf mich aufpasse, wenn ich nach draußen gehe. Das alles ging mir relativ schnell auf die Nerven.

Jen hilft mir, die Einkäufe aus dem Auto zu holen und ins Haus zu tragen. Da ich neuerdings gut auf mich achte, habe ich Unmengen Bio-Obst und -Gemüse gekauft. Ich schalte den Alarm aus, drücke den Knopf des automatischen Garagentors und steuere auf die Küche zu.

Ein ganz in Schwarz gekleideter Mann mit Sturmhaube rollt sich mit einer Waffe in der Hand unter dem herabfahrenden Garagentor hindurch.

Jen kreischt erschrocken auf und lässt einen Korb fallen. Äpfel und Orangen kullern über den Boden. Seine Waffe ist mattschwarz und lang, da sie mit einem Schalldämpfer versehen ist. Er zielt und drückt ab.

Alles geht so schnell. Jen taumelt rückwärts in die Küche. Dort sinkt sie zu Boden. Ich sehe, wie sich etwas Rotes auf ihrer Brust ausbreitet.

»Nein!«, schreie ich. »Jen!«

Das Garagentor schließt sich, und sofort stürzt sich der Mann auf mich und packt mich am Arm. Ich kann nichts gegen ihn ausrichten. Meine Handtasche mit der kleinen Pistole liegt noch im Auto, und Thoms Waffenarsenal ist nicht mehr da. Die Schusswaffen, Blendgranaten und der ganze Rest, den er im Schutzraum und im Safe im Garagenboden gelagert hatte. Vor einigen Monaten habe ich es geschafft, Kontakt zu Henry in seinem Bunker im Wald aufzunehmen, und ihm angeboten, er könne alles haben, was er im Haus findet. Der ausgefuchste alte Prepper hat sogar noch zwei weitere Waffenlager entdeckt, von denen ich nichts wusste, und mir seine ewige Dankbarkeit gelobt. Ich hätte mit dem ganzen Kram ohnehin nichts anfangen können. Nur ein paar Pistolen habe ich behalten. Bedauerlicherweise liegen sie unerreichbar für mich oben in den Waffenschränken.

Hätte ich sie nur jetzt bei mir.

Der Kerl hält mich fest gepackt und schiebt mich ins Haus. Als wir an Jen vorbeikommen, bleibt er nicht stehen. Die Vorderseite ihres Shirts ist inzwischen fast komplett rot.

Ich atme schwer und schluchze. »Was wollen Sie? Warum mussten Sie Jen töten?«

»Beweg dich«, befiehlt er. Seine Stimme ist tief und rau. Er zieht einen Stuhl unter dem Küchentisch hervor. »Hinsetzen.«

Ich tue, was er sagt. »Bitte, tun Sie mir nicht weh.«

Ehe ich mich's versehe, hat er mir schon die Hände hinterm Rücken gefesselt und an die hölzernen Streben der Stuhllehne gebunden, sodass ich mich kaum noch bewegen kann. »Oben habe ich etwas Schmuck. Und in meiner Geldbörse ist Bargeld.«

Doch der Mann stößt nur ein Knurren aus. »Ich will deinen verdammten Schmuck und dein Geld nicht.«

»Was dann? Was?«

»Informationen. Du wirst reden. Die Freunde deines verstorbenen Ehemanns machen mir Scherereien. Du weißt, wen ich meine. Ich habe mir eine von ihnen geschnappt, aber sie wollte nicht klein beigeben. Dann habe ich von dir erfahren.« Zur Unterstreichung seiner Worte schlägt er mir mit der behandschuhten Hand ins Gesicht. »Du bist anders. Leicht zu brechen.«

Ich will ehrlich sein: Der Schlag tut wirklich weh. Meine ganze Wange pocht.

»Rede.«

»Bitte, ich weiß nichts.« Ich höre, dass meine Stimme zittert. Das alles erinnert mich auf ganz furchtbare Weise daran, wie Spider mich im Keller gefoltert hat, während Fox dabei zusah.

»Das wollen wir erst mal sehen.«

»Egal, was ich sage, Sie bringen mich ja doch um.«

»Nicht zwangsläufig. Du hast mein Gesicht noch nicht gesehen, und ich benutze einen Stimmenverzerrer. Wenn du dich als hilfsbereit erweist, können wir durchaus im Guten auseinandergehen.«

»Ich glaube Ihnen nicht.«

»Überleg doch mal. Lebendig bist du für mich viel nützlicher. Es ist so schwer, Zivilisten zu beschützen. Doch der Organisation bist du offenbar wichtig, und das macht dich wertvoll. Wertvoll für mich. Also, wir können das hier auf die harte oder die leichte Tour machen. Deine Entscheidung. Bist du bereit, dich ein bisschen mit mir zu unterhalten?«

»Na gut.« Meine Stimme antwortet fast ohne mein Zutun. Ich will nicht sterben. »Okay.«

»Dann fangen wir doch am Anfang an. Wann hast du Wolf kennengelernt?«

»Thom. Das ist sein Name. Der Name, den er benutzt hat.«

»Dann also Thom.« Er beugt sich vor, kommt mir viel zu nahe und legt die Arme um meinen Hals. »Sprich weiter.«

»Es war –«

Plötzlich knallt irgendwo ganz in der Nähe eine andere Waffe. Der Mann wird einmal, zweimal in den Rücken getroffen und taumelt zurück. Er lässt die Waffe fallen, weicht noch einen Schritt zurück und stürzt schließlich röchelnd zu Boden.

Thom betritt mit katzenhafter Eleganz den Raum. Er hat die Lippen wütend aufeinandergepresst.

Ich kann ihn nur anstarren. Er ist es. Er ist es wirklich.

Er legt mir die Hand auf die Schulter. »Bist du okay?«

Ich starre noch immer.

Er lässt den Blick prüfend durch den Raum schweifen, mustert zuerst den Mann am Boden und anschließend Jen. »Betty, warum atmet Jen noch, obwohl sie zwei Kugeln ins Herz bekommen hat?«

Der Mann am Boden hustet und stöhnt.

Thom marschiert auf ihn zu.

»Tu ihm nicht weh!«, schreie ich. »Schieß ihm nicht in den Kopf.«

Thom sieht mich böse an. Dann beugt er sich nach unten und reißt ihm die Haube vom Kopf. »Henry.«

»Hey, Kleiner.« Henry stöhnt und verzieht das Gesicht. »Scheiße. Ich hatte ganz vergessen, wie sehr ich es hasse, beschossen zu werden.«

Jen öffnet die Augen. Den Kopf hat sie noch immer schlaff gegen den Küchenschrank gelehnt. »Verdammt«, sagt sie und schaut Thom ungläubig an, »sie hatte recht. Du hast wirklich deinen eigenen Tod vorgetäuscht. Das ist so krank.«

Thom stemmt die Hände in die Hüften und lässt den Kopf hängen.

Und ich, ich grinse erst mal nur noch. Grinse so sehr, dass es wehtut. Was auch daran liegt, dass meine Wange von Henrys Schlag schmerzt. Aber das ist egal. Wir mussten alles glaubhaft aussehen lassen, und das haben wir anscheinend auch geschafft. Applaus für uns. Doch trotz meiner Glückseligkeit bin ich auch stinksauer und zornig.

»Du hast das inszeniert?«, sagt er mürrisch und dreht sich zu mir um. »Diese ganze Posse, nur um mich auszutricksen?«

»Ja, und es hat geklappt. Du Mistkerl.«

»Ich … verflucht.« An seinem perfekten markanten Kiefer zuckt ein Muskel. »Was, wenn ich Henry mit einem Kopfschuss ausgeschaltet hätte?«

»Warum, glaubst du wohl, habe ich mich gerade, als du reinkamst, so dicht zu ihr gebeugt? Damit du freie Schussbahn auf meinen Rücken hast.« Henry schmunzelt. »Und ich wusste, dass du nicht mit etwas auf mich schießt, das meine kugelsichere Weste durchschlägt, weil ein Projektil, das direkt durch mich durchgeht, womöglich die Liebe deines Lebens getroffen hätte. Ich ging davon aus, dass du mich nach deiner missglückten Attacke verhören wolltest. Herausfinden wolltest, wer mich geschickt hat und ob noch jemand hinter Betty her wäre. Die Wahrscheinlichkeit war recht hoch, dass du nicht sofort wieder schießen würdest, höchstens wenn ich versucht hätte, an meine Waffe heranzukommen. Genau wie ich es dir beigebracht habe. Sieh es ein, Kleiner. Wir haben dich nach Strich und Faden ausgetrickst.«

»Du hast schnell reagiert. Du warst wohl ganz in der Nähe«, sage ich kalt und sehe Thom fragend an. »Wo genau warst du? Nein … Warte … Sag es mir nicht. Der silberne Wagen, der weiter unten an der Straße geparkt war. Ich habe ihn in den vergangenen Monaten häufiger hier in der Gegend gesehen. Er bleibt allerdings nie lange stehen. Genau wie der weiße SUV und die blaue Kombilimousine.«

»Ein paar hast du übersehen.«

»Na ja, aber du hast bestimmt nicht damit gerechnet, dass mir die Wagen überhaupt auffallen. Stimmt's?«

»Nein«, antwortet Thom trocken, »habe ich nicht.«

»Binde mich bitte los«, befehle ich ihm. »Langsam wird es unangenehm. Henrys Knoten sind viel zu realistisch.«

Thom reagiert nicht sofort. Keine Ahnung, ob er erwägt, die Flucht zu ergreifen, solange ich noch bewegungsunfähig bin. Doch schließlich seufzt er resigniert und beginnt, an Henrys Werk zu zerren. Eines muss man diesen verrückten Preppern wirklich lassen – mit Knoten kennen sie sich aus.

»Danke. Du weißt, dass ich dich jetzt schlagen würde, wenn ich wüsste, dass du lange genug stillhältst.« Ich bewege die Hände, um die Durchblutung anzuregen. »Irgendwie witzig. Fox hat mir geraten, Sonne zu tanken, rauszugehen und mein Leben zu leben. Also habe ich angefangen, Spaziergänge durch die Nachbarschaft zu machen. Und Bear und Crow haben mir immer eingebläut, aufmerksam meine Umgebung im Auge zu behalten. Auf Veränderungen oder bestimmte Muster in unserer Wohngegend zu achten und ihnen Bescheid zu geben, falls mich etwas beunruhigen sollte.«

»Aber du hast es für dich behalten.«

»Anfangs dachte ich tatsächlich, dass sie es sind, die mich aus Überfürsorglichkeit beschatten. Die Baseballkappen und Sonnenbrillen, die du immer getragen hast, haben mich zuerst auf eine falsche Fährte gelockt. Aber dann wurde ich misstrauisch. Deine Schultern sind nicht so breit wie Bears. Aber du konntest auch nicht Crow sein, weil du kurze Haare hast.«

Wie zu erwarten, presst er die Lippen wenig begeistert aufeinander. »Ich musste dich sehen, dir nah sein. Auch wenn ich dir nicht näher kommen konnte als ein Stück weit die Straße runter. Ich dachte, ich könnte mich von dir fernhalten, dass ich dazu in der Lage wäre, aber ich habe es nicht geschafft.«

Jen und Henry stehen neben uns und hängen förmlich an unseren Lippen. Wir liefern anscheinend gerade ein ziemlich dramatisches Schauspiel ab. Auch die beiden haben ihre Rollen bewundernswert gespielt. Ich kann ihnen nicht verdenken, dass sie jetzt wissen wollen, wie die Geschichte ausgeht.

»Dass du das nicht konntest, war mein Glück«, sage ich und schlage die Beine übereinander. »Ich kam ins Grübeln. Ich musste an das denken, was du damals an unserem Hochzeitstag zu mir gesagt hast. Dass du dir Vorwürfe machst, weil du mich in Gefahr gebracht hast. Diese Worte gingen mir nicht aus dem Kopf. Dazu kam die Art, wie Bear mich festgehalten hat, als wir deine Leiche angeschaut haben. Das kam mir von Anfang an merkwürdig vor. Dass er nicht zuließ, dass ich dich berühre. Kurze Zeit später habe ich durch ein wenig Internetrecherche herausgefunden, dass es Medikamente gibt, die die Atmung und den Herzschlag so stark verlangsamen können, dass sie kaum noch wahrnehmbar sind.«

Thom nickt. »Das ist allerdings nicht ungefährlich. Deswegen konnten wir nicht zulassen, dass du mir zu nahe kommst. Ich hatte ein Pulsmessgerät an meinem Knöchel, und im Nebenraum stand ein Anästhesist bereit. Nachdem Scorpion uns aufgespürt und versucht hatte, dich zu töten … Ich konnte nicht riskieren, dass noch jemand versucht, mich zu erwischen. Ich musste dich beschützen.«

Ich schenke seinen Ausflüchten keine Beachtung. Typisch Mann. Selbstverständlich glaubt er, richtig gehandelt zu haben, doch ich weiß, dass es falsch war. Und im Moment zählt nur meine eigene Meinung. So.

»Ich war mir allerdings nicht ganz sicher, ob du wirklich noch lebst – bis ich Henry herbat, damit er im Haus nach deinen Waffen sucht. Ich habe ihm strikte Anweisungen gegeben, dass er sich nichts anmerken lassen soll, falls er irgendwelche Überwachungsgeräte entdeckt. Insbesondere, wenn es den Anschein hat, dass sie erst kürzlich installiert wurden. Aber er sollte mir über alles, was er findet, berichten.«

»Du hast das mit den Kameras, die ich eingebaut habe, herausgefunden?«

»Das ist so typisch für dich, Thom«, fauche ich ihn an. »Natürlich hast du Kameras installiert. Du hast keinen Respekt vor der Privatsphäre anderer Menschen.«

»Ich wollte nur sicher sein, dass es dir gut geht.«

»Ich hätte sie beinahe auch nicht bemerkt«, sagt Henry.

»Doch wer immer sie eingebaut hat, hat das zu perfekt gemacht. Ich musste mir nur überlegen, wo ich die Kameras positionieren würde, damit sie mir die bestmöglichen Bilder liefern und gleichzeitig nicht entdeckt werden. An diesen Stellen schaute ich nach – und da waren sie.«

»Toll. Ich werde mit Fox ein ernstes Wörtchen über ihre Technik reden müssen.«

»Na dann. Es wird Zeit, aufzubrechen.« Henry setzt sich auf und zieht den dicken schwarzen Pullover aus, unter dem sich seine schusssichere Weste verbirgt. »Wir sind jetzt quitt, Betty?«

»Auf jeden Fall, Henry. Du warst brillant.«

»Ich will meine Waffen zurück«, sagt Thom.

Henry lacht nur. »Die kriegst du nicht wieder.«

»Glaubst du etwa, er hat das alles ohne Gegenleistung gemacht?«, frage ich. Henry ächzt und stöhnt und dehnt seinen Rücken, an dem er jetzt mit Sicherheit einige Prellungen hat. »Ich muss dir leider mitteilen, dass ich auch deine beiden zusätzlichen Waffenlager gefunden habe.«

»Nur zwei? Da bin ich aber erleichtert.«

»Wie bitte, was?« Henry bleibt wie angewurzelt stehen. »Es gab noch ein drittes? Wo?«

»Mach's gut, Henry.«

Henry stapft mit finsterer Miene davon und winkt mir noch einmal kurz zu, bevor er durch die offen stehende Haustür verschwindet.

»Nochmals danke, Henry.«

»Das ist dann wohl auch für mich das Stichwort zu gehen«, sagt Jen und rappelt sich auf. Sie nimmt sich ein Küchenhandtuch und wischt sich das Kunstblut ab. Eine ganz schöne Sauerei. »Ich will mich ja nicht einmischen, aber ich glaube, ihr beiden könntet eine Paarberatung brauchen. Normale Menschen machen so etwas nicht miteinander. Nur, dass ihr es wisst.«

»Stimmt. Und ich schulde dir ein neues T-Shirt.«

»War sowieso kein Lieblingsstück.«

»Danke«, sage ich. »Das meine ich ernst. Weißt du, dass du mit vierzehn im Theater-Sommerlager warst, hat sich wirklich ausgezahlt.«

»Ja, nicht wahr?« Sie grinst. »Ich hätte Schauspielerin werden sollen. Ich habe eine Begabung dafür. Aber du, du warst wirklich schlecht. *Warum mussten Sie Jen töten?* Also wirklich, B. Das war unterirdisch.«

»Ich fand es nicht so schlecht.«

»Doch, es war mies. Bis dann.« Jen marschiert davon und wischt im Gehen weiter mit dem Handtuch an dem Blutfleck herum.

»Mach's gut.« Kaum dass sie weg ist, verschwindet das Lächeln von meinem Gesicht.

Thom schließt hinter ihr die Tür, schließt ab und aktiviert die Alarmanlage. Als er wieder zu mir zurückkommt, hat er seine spezielle, vollkommen ausdruckslose Miene aufgesetzt. Schweigend beginnt er, das verstreute Obst vom Boden aufzuheben.

Soll er nur. Aber ich habe ihn erwischt. Ich gewinne. Er gehört mir. Nachdem ich ihm ordentlich in den Arsch getreten habe, selbstverständlich.

»Du hast mich ausgetrickst«, sagt er.

»Du hast mich ausgetrickst.«

Er schüttelt den Kopf. »Das war eine gefährliche Aktion, Schatz.«

»Kannst du dir eigentlich vorstellen, wie wütend ich gerade auf dich bin?«

»Was, wenn etwas schiefgegangen und tatsächlich jemand verletzt worden wäre?« Er stapelt das Obst in eine große Schüssel auf dem Küchentisch. »Und deine Wange ist ganz rot.«

»Ich habe ihm erlaubt, das zu tun.«

Thom sieht mich ernst an. »Wenn er so etwas noch einmal macht, knöpfe ich mir ihn vor.«

»Er wird so etwas nie mehr wieder tun müssen. Du verstehst nicht, worum es hier geht«, sage ich entnervt. »Es geht mir gut, Henry und Jen geht es auch gut, allen geht es gut. Und du lebst – was für eine Überraschung. Warum unterhalten wir uns nicht mal über dieses Thema, hm? Und darüber, wie verdammt zornig ich gerade auf dich bin.«

Er seufzt. »Ich habe es zu deinem Schutz getan.«

»Du hast *kein* Recht dazu, eigenmächtig weitreichende Entscheidungen zu fällen, die uns beide betreffen. Das hat nichts mit Liebe und Zusammengehörigkeit zu tun. Das ist einfach nur Arschloch-Verhalten!«

Er sieht mich schweigend an.

»Ich meine es ernst, Thom. Du hast mir verdammt noch mal das Herz gebrochen.«

»Ich weiß, und es tut mir leid. Aber Scorpion ist vielleicht nicht die Einzige gewesen, die hinter mir her ist.«

»Dann setzen wir uns gemeinsam damit auseinander.«

»Du verstehst das nicht«, sagt er. »Ich arbeite wieder. Momentan nur in beratender Funktion. Das Risiko ist niedrig, und ich kann in der Nähe unseres Zuhauses bleiben. Aber trotzdem ist es gefährlich.«

»Die Straße zu überqueren ist gefährlich. Autofahren ist gefährlich. Ich habe nie von dir verlangt, dich zur Ruhe zu setzen. Das war wieder eine dieser Entscheidungen, die du getroffen hast, weil du meintest, du wüsstest, was ich will.«

Er sieht noch immer nicht überzeugt aus. Idiot. »Wie hast du Henry kontaktiert? Ich habe dich ziemlich genau im Auge behalten. Aber davon habe ich nichts mitbekommen.«

»Die Mädelswochenenden bei Jen. Ich habe mein Handy

bei ihr gelassen und das Auto ihrer Nachbarin ausgeliehen, um in den Norden zu fahren. Es dauerte eine Weile, bis mir der Weg zu seinem Bunker wieder einfiel. Er ist schon ziemlich gut versteckt.«

»Das ist äußerst raffiniert.«

»Danke sehr.«

Dann sieht er mich an. Und in seinem Blick liegt alles. All die Liebe, die ich von diesem Mann will. »Das hier ist keine gute Idee, Schatz. Aus einer Vielzahl an Gründen.«

»Lass mich dir eine Frage stellen, Thom. Nur eine einzige«, sage ich. »Liebst du mich?«

Er zögert keine Sekunde. »Du weißt, dass ich das tue.«

»Da hast du's.« Ich nicke. »Wir bekommen ein Baby, und wir bleiben zusammen. Ich habe mich schon entschieden. Außerdem weißt du nicht, was ich noch alles versuchen würde, wenn du einfach wieder verschwindest. Du hättest keine ruhige Minute mehr, weil du dich ständig sorgen würdest, welche Eskapaden ich wieder aushecke.«

»Ein Baby?«, fragt er mit versteinerter Miene.

»Ja.«

Einen Moment lang sagt er nichts. »Ein Baby. Wow.«

»Wenn man eine Hochzeit organisiert und dann auch noch der Verlobte scheinbar stirbt, kann man schon mal vergessen, die Pille zu nehmen.«

»Ist es passiert, als wir vor der Hochzeit Sex hatten?« Er kommt zu mir und bleibt vor mir stehen. »Meine Güte.«

»Genau. In ungefähr fünf Monaten ist es so weit.«

»Du bist schwanger.«

»Mindestens für die Hälfte der verbleibenden Zeit werde ich wahrscheinlich noch stinksauer auf dich sein, aber dann werde ich es vermutlich gut sein lassen. Wenn du Glück hast.«

»Wir werden Eltern.«

»Aber ich warne dich, Thom. Nach dem, was du getan hast, gewinne ich in Zukunft automatisch jede Auseinandersetzung. Ganz egal, ob ich recht habe oder nicht. Ist das klar?«

Er streckt die Hand aus und berührt beinahe andächtig meinen Bauch, obwohl man bisher noch fast nichts sieht.

»Geht es dir gut? Du übergibst dich doch jetzt nicht oder fällst in Ohnmacht oder so?«, frage ich.

»Nein.« Er schüttelt den Kopf. »Ich brauche nur einen Moment.«

»Okay.«

Schließlich hebt er den Kopf und sieht mir in die Augen. »Ich liebe dich, Elizabeth.«

»Ich weiß. Ich liebe dich auch. Aber wenn du jemals wieder solchen Mist mit mir abziehst, dann bringe ich dich höchstpersönlich um.«

»Das tust du, ja?«

Ich hebe gleichgültig eine Schulter. »Na ja … umbringen werde ich dich wahrscheinlich nicht. Aber ich werde auf dich schießen. So, dass es nicht tödlich, aber äußerst schmerzhaft ist. Hast du mich verstanden, Wolf? Sind meine Worte und meine Drohungen bei dir angekommen?«

Er lächelt, und alles ist perfekt. »Verstanden.«

EPILOG

»Oh.«

»Oh, was?«, frage ich und stelle das letzte schmutzige Glas in die Geschirrspülmaschine. Zum Abendessen gab es Tacos, weil Tacos nun mal alles schöner machen. Obwohl das Leben auch so schon toll ist.

Thom steht mit einem Baby im Arm hinter mir. Einem Baby mit einem nackten Po.

»Sie ist schon wieder abgefallen?«, frage ich ungläubig.

Er runzelt die Stirn. Durchs Vatersein und die Ehe hat er gelernt, seine Gefühle offen, häufig und auf vielfältige Art zu zeigen. »Ich weiß nicht, was ich falsch mache.«

»Ein Mann mit deinen Fähigkeiten kommt nicht mit einer Windel klar? Ernsthaft?«

»Ich dachte, dieses Mal hätte ich es richtig gemacht. Nicht zu eng und nicht zu locker.«

»Wow. Also wirklich. Du kannst eine Bombe entschärfen, aber deinem Kind eine Windel anzuziehen überfordert dich. Ich bin sprachlos.«

»Zu meiner Verteidigung: Dafür gibt's keine Schaltpläne.«

Der sechs Monate alte Henry nimmt die Faust gerade lange genug aus dem Mund, um zu kichern und mich anzulächeln, bevor er seinem Vater aufs T-Shirt pieselt. Ich versuche, nicht zu lachen. Wirklich.

»Das war unumgänglich«, sage ich. »Ich hole Feuchttücher und ein Handtuch.«

»Hier. Nimm du ihn«, sagt mein Ehemann und streckt mir meinen Sohn hin.

»Nichts da. Was, wenn gleich noch das große Geschäft hinterherkommt?« Ich schlängle mich an dem dynamischen, nassen und nicht besonders wohlriechenden Duo vorbei. »Er gehört ganz dir, Kumpel.«

»Na toll.«

Dass Thom nun offiziell wieder am Leben ist, brachte einige Veränderungen mit sich. Es ist nicht so einfach, jemanden von den Toten wieder auferstehen zu lassen, ohne dass gleich eine Riesensache daraus wird. Für den Anfang wissen nur Jen und meine Eltern (denen wir noch immer die Streng-geheime-Regierungsoperation-bitte-keine-Fragen-stellen-Ansprache halten) von seiner Rückkehr. Allen anderen habe ich erst erzählt, dass ich umziehe, um einen Neuanfang zu wagen, und später dann, dass ich wieder mit jemandem zusammen bin. Wir sind in ein geräumiges, modernes Blockhaus umgesiedelt, zu dem ein großes Grundstück gehört. Es liegt im Randbezirk von Boulder in Colorado. Von Thoms Geheimverstecken ist das hier mein Favorit. Im Keller befinden sich ein gesicherter Arbeitsplatz, ein Schutzraum und ein Waffenschrank … Nur für den Fall der Fälle.

Außerdem haben wir in aller Stille geheiratet und unseren Nachnamen in Ferguson geändert. Thom arbeitet hauptsächlich online von zu Hause, managt den Zoo, führt allerlei interessante Recherchen durch und muss nur noch ab und zu kurz verreisen. Ich habe eine Teilzeitstelle in einem Blumenladen. Wenn ich nach Hause komme, kann ich ihm von meinem Tag erzählen. Was er dagegen tut, muss streng geheim bleiben. Damit habe ich mich arrangiert. Im Gegenzug hat er sich damit abgefunden, dass ich ein gewisses Maß an Privatsphäre brauche, und seine Überwachungsmaßnahmen entsprechend zurückgefahren. Hin und wieder, wenn ich in großmütiger Stimmung bin, lasse ich ihn sogar bei einem Streit gewinnen. In einer Partnerschaft muss eben jeder Kompromisse eingehen.

Ab und zu fliege ich nach L.A., um alte Freunde zu treffen. Aber Jen kommt meistens zu uns, um ihr Patenkind zu besuchen. Fox, Bear und Crow haben es sich ebenfalls zur Gewohnheit gemacht, gelegentlich vorbeizuschauen und ihre Rechte als Paten einzufordern. Der große Henry skypt lieber einmal im Monat von seinem Bunker aus. Er hat sich sehr über unsere Namenswahl gefreut und unserem Sohn einen Raketenwerfer geschenkt, den mein Kind, wenn es nach mir geht, niemals in die Hände bekommen wird.

Ich stelle mir gern vor, dass unser Kleiner mal Buchhalter oder Anwalt oder Dermatologe wird. Einen sicheren Beruf ergreift, bei dem man nicht mit Sprengstoffen hantiert. Aber wir werden sehen. Jeder ist anders. Und nach allem, was wir durchgemacht haben, weiß ich jetzt, dass ich am besten bei Thom ich selbst sein kann, und er am besten bei mir. Das Leben ist schön.

Was ist heißer als ein sexy Milliardär?
Ein sexy Milliardär mit Haustieren!

Helena Hunting
STAY
Aus dem amerikanischen
Englisch von
Beate Bauer
400 Seiten
ISBN 978-3-7363-0706-3

Ruby Scott ist sauer: Nachdem ein mysteriöser Typ sie auf einer Party erst küsst (superheiß!) und ihr dann mitten ins Gesicht hustet (supereklig!), wird sie so krank, dass sie ein wichtiges Casting vermasselt. Dabei braucht sie dringend einen Job. Das Angebot, sich um die Haustiere des reichen Hotelbesitzers Bancroft Mills (supersexy!) zu kümmern, kommt ihr da gerade recht. Doch sie ahnt nicht, dass Bane kein Geringerer ist als der Typ von der Party …

»Bezaubernd, humorvoll und so heiß!« HARLEQUINJUNKIE

LYX

Alles geschieht aus einem bestimmten Grund ...

Vi Keeland / Penelope Ward
HATE NOTES
Aus dem amerikanischen
Englisch von
Antje Görnig
352 Seiten
ISBN 978-3-7363-1286-9

Reed Eastwood ist arrogant, zynisch und fordernd. Niemand weiß das besser als seine Assistentin Charlotte Darling. Und doch ist sie sich sicher, dass er auch eine andere Seite hat. Deshalb versucht sie jeden Tag, seine Fassade zum Einsturz zu bringen. Aber Reed hat ein Geheimnis, das eine Liebe zwischen ihnen unmöglich macht. Und so tut er alles, um Charlotte auf Abstand zu halten – und scheitert dabei kläglich ...

»*Hate Note*s macht Spaß, ist prickelnd und doch romantisch und soo emotional!« HARLEQUIN JUNKIE

LYX

Sein Unternehmen ist seine Welt – bis ein Kuss alles verändert ...

Avery Flynn
HEARTBREAKER
Aus dem amerikanischen
Englisch von
Stephanie Pannen
352 Seiten
ISBN 978-3-7363-1098-8

Sawyer Carlyle regiert sein Unternehmen mit eiserner Hand. Ein Privatleben kennt er nicht, und für die Liebe hat er keine Zeit. Umso mehr nervt es ihn, dass seine Familie alles daransetzt, ihn zu verkuppeln und ihm eine potenzielle Freundin nach der anderen präsentiert. Um dem einen Riegel vorzuschieben, engagiert der CEO Clover Lee. Die junge Frau soll seine Verlobte spielen und ihm die heiratswilligen Damen – und seine Familie – vom Hals halten. Doch dann stellt ein Kuss Sawyers Welt auf den Kopf, und aus dem Spiel wird schnell etwas ganz anderes ...

»Von der ersten Seite an ein echter Hit.« BOOKS I LOVE A LATTE

LYX

Denn wir alle brauchen Träume ...

Leisa Rayven
MISTER ROMANCE
Aus dem amerikanischen
Englisch von
Wiebke Pilz und
Nina Restemeier
448 Seiten
ISBN 978-3-7363-0810-7

Max Riley ist Mister Romance – der Mann, dem die Frauen New Yorks zu Füßen liegen. Ob erfolgreicher CEO oder Bad Boy mit einem Herz aus Gold: Wenn der Preis stimmt, lässt er jeden Wunsch in Erfüllung gehen – nur seine Identität hält er geheim. Journalistin Eden Tate will hinter sein Geheimnis kommen und lässt sich auf ein Spiel ein: drei Dates. Hat sie sich danach nicht in Max verliebt, gibt er ihr das Interview, das ihren Job retten könnte. Wenn doch, ist ihre Karriere für immer vorbei ...

»Ich habe mein Herz an Leisa Rayvens Bücher verloren.« COLLEEN HOOVER

LYX